Kevin Major • Caribou

Kevin Major

Caribou

Nach einem historischen Ereignis

Übersetzt von Bernd Gockel und mit
einem Nachwort von Christian Adam

PENDRAGON

Dieser unselige Moment, in dem die Zeit stehen zu bleiben scheint, dieses finale, unwiderrufliche Herumlegen des Hebels, diese geballte Wucht aus Stahl, die aus dem Torpedorohr schießt, dieses fatale Klicken des Magneten, das im nächsten Moment 200 Kilogramm Hexanit in einen glühenden Feuerball verwandelt.

Jede Faser des Körpers steht unter Strom. Es ist der Augenblick, auf den wir fixiert sind, auf den unsere ganze Ausbildung ausgerichtet war. In den Köpfen der U-Boot-Besatzung sind die Bewegungsabläufe so eingebrannt, dass der Prozess – einmal in Gang gebracht – nicht mehr aufzuhalten ist.

14.10.1942, Cabot-Straße,
0534, W 1-2, See 1, c 1, 1026 mb, sehr gute Sicht, schwaches Nordlicht.

Diese Aufzeichnungen wurden gemacht, als wir das Schiff vor Neufundland gesichtet hatten. 0534 Normalzeit Berlin. Noch sechs Stunden bis Sonnenaufgang. Dies sind meine handschriftlichen Notizen – das Kriegstagebuch von *U 69.*

1 Schatten in Sicht, dahinter ein zweiter Kleiner, Gegnerkurs 40°, Fahrt 10,5 sm. Stark qualmender Frachtpassagierdampfer von ca. 6500 BRT. Stb. achteraus sichert ein 2-Schornsteinzerstörer. Vorgesetzt.

Nachdem wir nach Lorient zurückgekehrt waren, wurde eine maschinelle Abschrift des KTB – von mir, Ulrich Gräf, allabendlich abgezeichnet – Admiral Dönitz im Pariser Hauptquartier der Kriegsmarine vorgelegt.

Am Ende des Kriegstagebuches, das unsere gesamte, 83-tägige Unternehmung dokumentiert, schrieb Dönitz einen kurzen Kommentar:

> *Der Kommandant hat sich aber immer wieder zähe und einsatzbereit bemüht, zum Erfolg zu kommen.*

Natürlich hatte ich mir mehr versprochen. Sicher, der Kommentar sprach für sich selbst. Unterm Strich war ich durchaus zufrieden. Dönitz ist nun mal alles andere als ein überschwänglicher Mensch. Ich hatte jedenfalls bewiesen, dass ich zu Höherem berufen war.

Und nur darum, Admiral Dönitz, nur darum ging es mir.

1

Das Ritterkreuz war eigentlich immer das Ende der Fahnenstange. Darüber hinaus gab es absolut nichts, das unsere Fantasie hätte beflügeln können.

20 000 Bruttoregistertonnen. Sechs Schiffe versenkt. Nicht der Rede wert. Ich war nicht der Kriegsmarine beigetreten, um in die Geschichtsbücher einzugehen. Es war schon Ruhm genug, überhaupt zu den Auserwählten zu zählen.

Dessen waren wir uns bereits als Schuljungen bewusst, als wir erstmals unser Gymnasium betraten. Für jeden Jungen, der diese Schwelle überqueren durfte, gab es neun Kandidaten, die auf weniger renommierte Schulen abgeschoben wurden. Als wir endlich auf dem Dänholm unser Quartier bezogen, waren die Erwartungen entsprechend hoch.

Es gibt einen Schnappschuss unserer verschworenen Crew aus dem Jahre 1935: freie Oberkörper, völlig verschwitzt, Arm in Arm. Wir waren 19 Jahre alt – und obwohl uns Unteroffizier Jodeit den ganzen Tag mit seinem barbarischen Drill über den Platz gejagt hatte, konnte er uns das Lachen auf den Lippen nicht nehmen.

Es gibt keinen Offizier, der seinen Schleifer je vergisst – selbst wenn er dessen Dienstgrad längst hinter sich gelassen hat.

Ich hatte seinen Sarkasmus schon zur Genüge kennengelernt, als Jodeit – an unserem dritten Tag in der Kaserne – zufällig meinen Zeichenblock zu Gesicht bekam. Ich hätte mich ohrfeigen können, als er eine Ecke des Blocks unter meiner Decke entdeckte, ihn herauszog, sich auf die Bettkante setzte und ein Blatt nach dem anderen begutachtete.

„Ein Künstler, Matrose Gräf? Ein Meister der Bleistift-Skizze?

„Nicht mehr als ein Hobby, Herr Unteroffizier."

Er fand offensichtlich Gefallen daran, mich vor versammelter Mannschaft vorzuführen. „Sie sind zu bescheiden, Matrose Gräf." Er riss eine Seite heraus. Die Zeichnung – eine Flussbiegung an der Elbe – war eine meiner besten, aber noch unvollendet. „Wird sich sehr gut in meinem Zimmer machen. Ich war schon immer ein Freund von allen nur erdenklichen Gewässern. Stilistisch ein wenig zu wild für meinen Geschmack, aber ich werde die Ungeduld in Ihrer Strichführung wohlwollend übersehen – zumal sie sich ja anscheinend in all Ihren Arbeiten niederschlägt."

Ich ließ mich zu keiner Reaktion hinreißen, sondern lächelte nur. Er klappte das Skizzenbuch vorsichtig zu und schob es wieder unter die Decke.

„Ab sofort haben wir beide ein kleines Geheimnis, Matrose Gräf: Jedes Mal, wenn Sie einen Stift in die Hand nehmen, werden Sie an das Bild denken, das fortan über meinem Bett hängt. Es wird Ihnen helfen, ein besserer Künstler zu werden. Verstanden?" Er grinste.

„Jawohl, Herr Unteroffizier."

Bevor er unsere Baracke verließ – alle Mann mit versteinertem Gesicht strammgestanden, die rechte Hand zum Salut erhoben – wedelte er mit der Zeichnung über seinem Kopf. „Meine Herren, Sie haben einen Künstler in Ihren

Reihen. Einen kleinen Caspar David Friedrich! Vielleicht wird er ja auch Porträts malen, meine Herren. Vielleicht fordert er Sie dazu auf, für sein Skizzenbuch nackt zu posieren. Passen Sie auf, meine Herren, dass er Ihnen nichts abguckt."

Und damit drehte er sich um und verschwand. Ich blieb zurück mit meinen johlenden Kameraden, die gar nicht mehr aufhören wollten, mich nach Herzenslust aufzuziehen.

Irgendwann aber verstummte dann auch der letzte Lacher. Jeder von uns hatte seinen eigenen Grund, Jodeit ins Pfefferland zu wünschen – und viele von ihnen waren berechtigter als meiner. Ich selbst war mit einer stattlichen Größe gesegnet und obendrein in bester körperlicher Verfassung, doch für diejenigen, die von der Natur nicht so großzügig bedacht worden waren, hatte *Herr Unteroffizier* ein ganzes Arsenal wüster Beschimpfungen auf Lager.

Doch selbst wenn er einigen meiner Kameraden das Leben zur Hölle machte, schaffte er es nie, unser kollektives Rückgrat zu brechen. Gemeinsam entwickelten wir einen eisernen Willen – selbst wenn wir in den wenigen Minuten, die uns vor dem Schlafengehen blieben, nur noch unsere geschundenen Knochen spürten. Ein junger Kerl, der wegen seiner Skizzen durch den Kakao gezogen wird, kann sich nicht wirklich beim Schicksal beklagen.

Besagtes Skizzenbuch war allerdings auch mein Rettungsanker auf dem Dänholm – ungeachtet der Tatsache, dass ich nur selten zum Zeichnen kam. Doch es gab Momente, etwa, wenn wir durch Dünen robbten, das Maschinengewehr bleischwer in den Händen, in denen mir unweigerlich die Bilder von Otto Dix durch den Kopf gingen.

Sicher, die grotesken Kriegsbilder, die Dix malte, hatten andere, drastischere Sujets als einen Soldaten in der Grundausbildung. Und abgesehen davon war er zu diesem Zeitpunkt ohnehin aus der Öffentlichkeit verbannt worden: Das Reich hatte ihm das Etikett „Entartete Kunst" verpasst und ihn so jeder Publizität beraubt. Dabei hatte ich zwei Jahre zuvor noch seine Bilder im Neuen Rathaus in Dresden bewundert – und die von Dutzenden vergleichbarer Maler auch. Einer von ihnen war übrigens Wilhelm Lachnit, bei dem ich selbst das Zeichnen gelernt hatte.

Der Oberbürgermeister, als überzeugtes Parteimitglied bereits an seiner Uniform erkennbar, war durchs Rathaus paradiert und hatte seine Meinung zu den ausgestellten Gemälden zum Besten gegeben. Dass sich staatliche Instanzen zum Schiedsrichter über künstlerische Verdienste aufzuschwingen versuchten, sollte leider Gottes schon bald auf der Tagesordnung stehen.

Noch tiefere Spuren als Dix hatte bei mir allerdings Franz Marc hinterlassen. Es gab Zeiten, in denen ich nach der unbändigen Wildheit seiner Tiere, nach der Brillanz seiner Farben geradezu verrückt war. „Blau ist das männliche Prinzip", schrieb er einmal, „herb und geistig." Er musste das Blau des Meeres gemeint haben. Das redete ich mir jedenfalls immer ein.

Warum trieb ich mich eigentlich beim Militär herum, wenn mein Herz noch immer für die Kunstakademie schlug? Nun, es war eben nur ein Teil meines Herzens –

und nicht mehr unbedingt der wichtigste. Andere Faktoren hatten seinen Platz eingenommen: die körperliche Fitness, die Rivalität unter den Kameraden – und nicht zuletzt eben auch der Glaube an den heldenhaften Kampf der Kriegsmarine.

Ein Mann ist erst ein Mann, wenn er die unterschiedlichsten Qualitäten in sich vereint.

⚓

Sie hatte auf viele Namen gehört, vorwiegend aber auf Bride. Sinnigerweise war sie nie verheiratet gewesen und wird es – mit inzwischen 61 – vermutlich auch nie mehr sein. Was sie aber keineswegs bedauert. Nach dem, was Bride in ihrem Leben über Männer gelernt hat, schätzt sie sich glücklich, dass es nie zu einer engeren Bindung gekommen war.

Da gab's Gerald, mit dem sie's eine Weile versucht hatte. Und sie hatten eine wirklich gute Zeit miteinander verbracht. Gerald hatte fraglos Qualitäten gehabt – und es gab Nächte, in denen sie sich noch immer nach der schieren Nacktheit seines Körpers und seinem ansteckenden Lachen am Frühstückstisch sehnte. Aber am Ende des Tages *passte es einfach nicht zusammen,* wie man so schön sagt.

Inzwischen hat sie das seltene Glück, dem Mann ihrer Träume zehn Mal täglich über den Weg zu laufen: Kanadier, Amerikaner, Briten, Neufundländer – schnittige Kerle allesamt, oft uniformiert und garantiert auch mit körperlichen Vorzügen ausgestattet, die sie sich im Detail lieber nicht vorstellen will. Einige sind so jung und stehen sexuell so unter Strom, dass sie den faktischen Altersunterschied als unüberbrückbares Hindernis empfindet. Aber, wie sie schon vor geraumer Zeit erkannte: besser das als gar nichts. Es hält ihren Kopf frisch. Und daran gibt es nicht den Hauch eines Zweifels.

Miss Fitzpatrick nennt er sie.

Keine Frage: Der junge Mann ist auf einer verzweifelten Suche, doch sie könnte das Ziel seiner Suche beim besten Willen nicht mit Worten benennen. Die Uniform, die er trägt, ist in diesem Fall die Kluft eines Schiffskellners – was seinen Chancen bei der Damenwelt natürlich nicht gerade zuträglich ist. Es gibt durchaus junge und hübsche Damen an Bord der *Caribou,* doch an einen Steward werden sie ihr Herz nicht verlieren wollen.

Sie ruft ihn *Johnny,* auch wenn er *John* bevorzugt hätte.

John hat seinen eigenen Kopf. Bride machte zum ersten Mal diese Erfahrung, als sie ihn vor Jahren kennenlernte. Er war ein grüner Junge aus Neufundland, hatte sich aber partout in den Kopf gesetzt, sein Glück in New York zu versuchen. Als sich die anderen Passagiere in ihre nächtlichen Quartiere verzogen hatten, knöpfte sie sich den Möchtegern-Weltenbummler vor und redete Tacheles mit ihm. Da sie zehn Jahre Manhattan auf dem Buckel hatte, fühlte sie sich dazu durchaus berufen.

Der Stiefvater des jungen Mannes hatte Neufundland verlassen, um die Stahlgerippe der New Yorker Wolkenkratzer zusammenzuschweißen. Auch am Empire State Building habe er angeblich mitgewirkt. Insofern war der junge Mann gar nicht so unvorbereitet, wie sie anfangs befürchtet hatte. Was aber nichts daran änderte, dass er noch grün hinter den Ohren war und dringend auf das Leben in New York vorbereitet werden musste.

Dann, acht Monate später, kreuzte John Gilbert erneut ihren Weg. Er hatte mit New York abgeschlossen und befand sich auf der Heimfahrt nach St. Anthony. Sie war auch nicht überrascht, als sie im nächsten Jahr einen Brief von ihm bekam: Ob sie ihm vielleicht dabei helfen könne, einen Job auf der *Caribou* zu bekommen. John hatte einfach Hummeln im Hintern. Und hat sie heute noch.

Doch er wartet geduldig, bis sie ihm ihre Aufmerksamkeit schenkt. „Die Stricklands wollen eine größere Kabine."

„Es gibt aber keine freien Kabinen mehr."

Bride schaut ihm nach, als er sich umdreht und den Treppenschacht hinuntergeht. Manchmal möchte sie nicht ausschließen, dass er es eines Tages zum Chefsteward schafft. Das Potenzial ist vorhanden, aber zunächst sollte er besser noch kleine Brötchen backen und sich die nötige Reife aneignen. Er tut sich immer noch schwer damit, Befehle von Frauen befolgen zu müssen. Was natürlich auf die Mehrzahl der männlichen Kameraden zutrifft – und Bride nicht im Geringsten aus dem Gleichgewicht bringt. So was braucht seine Zeit. Früher oder später müssen sie aber alle dadurch. Ohne Ausnahme.

Die gleiche Erfahrung hatte sie bereits in Manhattan gemacht. Die jungen Schlaumeier, die sich über sie lustig gemacht hatten, waren felsenfest davon überzeugt, die kompetentere Alternative zu sein. Sie sollten eines Besseren belehrt werden. Entweder sie lernten, was Sache war – oder aber sie durften wieder die Bürgersteige fegen. Sie hatte ihre Position im Waldorf Astoria schließlich nicht ohne Grund bekommen. Sie wusste, was getan werden musste, sorgte dafür, dass es getan wurde – und war erst zufrieden, wenn sich der Gast mit einem Lächeln bedankte.

Warum ließ sie all das nach zehn Jahren zurück? Wenn sie morgens zur Arbeit ging, kam sie am Empire State Building vorbei – und stellte jeden Tag aufs Neue fest, dass sie ein derartiges Weltwunder in Neufundland nicht so schnell sehen würde. Sie blickte andächtig hoch, fixierte die Nadel auf der Spitze – und schaute sich dann das Gewimmel der Passanten auf dem Bürgersteig an. Was ist es bloß, fragte sie sich, das eine Person an einen spezifischen Ort fesselt?

Familie? In ihrem Fall Fehlanzeige. Die Kicks einer Großstadt? Sicher, davon gab's in New York jede Menge, aber nach einer gewissen Zeit wurde eigentlich jeder Reiz fad. Für sie, das wurde ihr im Laufe der Jahre immer klarer, war die Heimat der Magnet. Sie sehnte sich nach allem, das sie irgendwie mit der Heimat in Verbindung bringen konnte. Und aus genau diesem Grunde freute sie sich auf die *Caribou* und ihre Arbeit an Bord. Jedes Mal, wenn die Fähre in Nova Scotia ablegte, war sie auf dem Weg in die Heimat. Und gab es einen größeren Kick, als mit einem Haufen von Soldaten und Matrosen am Piano zu stehen, gemeinsam zu singen oder zu tanzen?

Ja, es gab einen: Piloten!

Auch ein Pfeife rauchender Kapitän sollte seinem Laster tunlichst auf offenem Deck nachgehen. Selbst im Winter. Obwohl, es ist noch nicht einmal richtig Winter. Es ist eine Oktobernacht, die Ben Taverner auf dem öden schwarzen Deck des Schiffs verbringt, dessen Geschicke ihm nun seit 14 Jahren anvertraut sind.

Der Mond taucht das Deck in fahles, seidig schimmerndes Licht. Taverner umfasst mit einer Hand die eiserne Reling und zieht mit der anderen an seiner betagten Rosenholz-Pfeife. Er tut das in zeitlichen Abständen, die er im Lauf der Jahre verinnerlicht hat: Einerseits sollten keine Funken die Pfeife verlassen, andererseits die Glut nicht verlöschen. Heute Nacht aber hat der Tabak den Dienst quittiert – und kein noch so hektisches Paffen bringt ihn wieder zum Glühen.

„Captain. Sir." Es ist eine jenseitige, geisterhafte Stimme, die seine Bemühungen unterbricht.

In den Worten schwingt eine Distanziertheit mit, die Taverner irritiert – auch wenn er dieses Gefühl nie mit dem dritten Offizier teilen würde, der zufällig auch sein leiblicher Sohn ist.

Taverner antwortet mit der schlichten Nennung seines Namens: „Harold."

Schritt für Schritt löst sich Harold aus der alles verschlingenden Dunkelheit. Sein Gesicht, von einer Mütze halb verdeckt, schiebt sich zuletzt ins fahle Mondlicht. In seinem Blick ist eine demonstrative, seinem Vater nur allzu gut bekannte Verschlossenheit, die das Gefühl der Fremdheit nur noch verstärkt. Für einen Moment sieht er älter aus, als er ist – älter auch als sein Bruder Stanley, der ebenfalls zur Mannschaft zählt. Harold ist 24.

Taverner geht nicht davon aus, dass sein Sohn an seinen Gedankengängen interessiert ist, will sie aber trotzdem ausgesprochen wissen.

„Die *Caribou* hat sich schon viel zu lange auf die Gunst des Schicksals verlassen."

„Die Deutschen haben auch die *Waterton* versenkt – und nicht eine Person kam ums Leben. Die *Vision* hat sie alle an Bord genommen."

Harold hatte recht. Was aber vor allem der Tatsache geschuldet war, dass sich der Vorfall am Tage ereignete. In völliger Dunkelheit wäre es mit Sicherheit nicht so glimpflich verlaufen.

Der Kapitän zeigt selten Gefühle, selbst in dieser Situation nicht. Nur seine engsten Freunde haben eine emotionale Reaktion von ihm erlebt. Die meisten Mitglieder der Mannschaft sehen in ihm einen unbiegsamen, unerschütterlichen Mann, der in allen Situationen absolute Ruhe bewahrt.

Harold indes wurde bereits mehrfach Zeuge, wie die Fassade zu bröckeln begann. Er hat obendrein gelernt, den Zeitpunkt der Implosion vorauszusagen – und, bis zu einem gewissen Grad, sogar zu schätzen.

Seit einigen Monaten hat es Ben Taverner standhaft abgelehnt, sich die Perspektive seines Sohnes anzueignen. Harold ist felsenfest davon überzeugt, dass die Kanadier mit der *Waterton* nur auf dem falschen Fuß erwischt wurden – und nun alles nur Erdenkliche tun, um einen weiteren Zwischenfall zu vermeiden.

Doch auf den Mann, der die Gewässer der Cabotstraße besser kennt als jeder andere, wollen sie natürlich nicht hören. Sicher, die *S.S. Caribou* ist ein ziviles Passagierschiff, aber über die Hälfte der 191 Passagiere sind Soldaten, die nach dem Heimaturlaub zurück an ihre Stützpunkte in Neufundland fahren. Und Taverner hat nicht den leisesten Zweifel, dass der deutsche Geheimdienst bestens darüber informiert ist.

Harold hingegen ist überzeugt, dass sich *die Pickelhauben* für kleine Pötte wie die *Caribou* überhaupt nicht interessieren.

Taverner schaut seinen Sohn an und sieht eine Ignoranz am Werk, die umso verbissener wird, je weiter sie sich von der Realität entfernt. Ihn mit Argumenten erreichen zu wollen, ist völlig sinnlos geworden.

Für einige Monate hatte Harold auf einem Frachtschiff gearbeitet, das auf den Great Lakes verkehrte und einige Kanadier beschäftigte. Er könnte sich Besseres vorstellen, als an Bord der *Caribou* sein Leben zu fristen. Taverner versteht ihn nicht. Wenn einem auf dem Silbertablett die Chance präsentiert wird, sich zum Kapitän hochzuarbeiten, würde doch jeder normale Mensch sofort zuschlagen.

Wenn Taverner eines Tages in den Ruhestand geht, wird Stanley die Chance mit Kusshand ergreifen. Er rechnet vermutlich sogar fest damit. Und doch ist es Harold, der den Verstand und das natürliche Verständnis für die See hat – mehr als genug jedenfalls, um jedes Schiff sicher über die sieben Meere zu steuern. Taverner hat ihm das oft genug versichert.

Er wäre der nächste Käpt'n Taverner.

Warum sollte ein Sohn nicht stolz darauf sein?

Das Schiff tuckert im Dunkel der Nacht unbeirrt voran, eingehüllt in schwarzen Ruß und Rauch. Nur das Mondlicht hat für seine Diskretion kein Verständnis.

⚓

Jede Faser meines Körpers wartete ungeduldig auf den Tag, an dem wir die feldgrauen Uniformen gegen das Blau der Marine eintauschen konnten. Man gab uns sogar einen Tag frei, um unsere neue Montur in der Öffentlichkeit auszuführen. Die Mädels in Stralsund jedenfalls waren begeistert. Sie kamen uns auf den vereisten Einfahrten ihrer Häuser entgegengeschlittert und strahlten übers ganze Gesicht. Zum ersten Mal merkten wir, dass Kleider Leute machen – Uniformen aber noch mehr.

Im Anschluss ging's hinaus auf die Ostsee, drei Monate lang auf der *Gorch Fock* – dem Segelschulschiff der Marine, das an guten Tagen auf eine Segelfläche von fast 2 000 Quadratmetern kam. Es ist ein absolut wundervolles Boot – auch wenn man sich natürlich keinen größeren Kontrast zu einem U-Boot vorstellen kann.

Aber … wir waren ja noch keine U-Boot-Fahrer, sondern erst Kadetten, die ihre nautischen Kenntnisse verzweifelt unter Beweis stellen wollten. Wir enterten die Rah und kletterten auf die Webleinen – lautstark angetrieben von Oberbootsmann Kühn. Wir waren Matrosen ganz unten auf der Karriereleiter – zu Tode getriezt von sadistischen Feldwebeln, die in uns nur den Schmutz unter ihren Stiefeln sahen. Wer für einen Tag abgestellt wurde, die Unteroffiziers-Quartiere zu säubern, hatte ebenso wenig zu lachen. „Sie sind sich wohl zu fein fürs Putzen, Gräf?“, wurde man gleich zu Anfang angeschnauzt. Ihre Räumlichkeiten stanken nach Schweiß, Bier und kaltem Zigarettenqualm. *Jan Maat* war wohl die Marke ihrer Wahl. Selbst meine Freunde und ich rauchten besseren Stoff.

Ein Unteroffizier, nur mit Unterhose bekleidet, fiel betrunken aus seiner Hängematte. Als er neben mir landete, ließ er seinen Gasen freien Lauf. „Und wir dachten immer, dass Kadetten den Duft von Scheiße besonders mögen“, pöbelte er unter lautstarkem Gelächter.

Ich sagte nichts und ließ sie lachen.

Wir waren uns sicher, dass wir sie überleben würden. In einigen Nächten trafen wir uns heimlich am Sicherheitsnetz unter dem Klüverbaum. Es war der Ort, an dem ich auch Teddy Suhren kennenlernte – den Tausendsassa und künftigen Liebling der Nation. Und nach dem, was ich damals sah, kann ich nur bestätigen, dass er nicht zufällig der strahlende Held wurde. Auch er zog über die Unteroffiziere mächtig her, doch das taten wir schließlich alle. Suhren aber war ein echter Teufelskerl, der vor nichts zurückschreckte. Die Partei kam jedenfalls zu dem folgerichtigen Schluss, dass man einen Teufelskerl, der obendrein clever war und vom Glück beschenkt, als Aushängeschild fürs Reich gut gebrauchen konnte.

Suhren hatte eine ganz eigene Vorstellung vom täglichen Überlebenskampf – und machte damit auf mich schweren

Eindruck. Wenn der Bug des Schiffes durch den phosphoreszierenden Schaum der Wellen schnitt, saßen wir dort in der Dunkelheit und lauschten still den Urgewalten der Natur – so wie es Seeleute seit Jahrhunderten getan hatten. Doch irgendwann durchbrach Suhren die Stille und knarzte die Worte Gorch Focks heraus, des dichtenden Seemanns aus Hamburg, dessen Name unser Schiff zierte.

Dicke Berta heet ik,
Tweeunveertig meet ik!
Wat ik kann, dat week it!
Söben Milen scheet ik …

Der Rest unserer Truppe stimmte mit ein. Natürlich kannten wir alle die frechen Verse über die Dicke Berta, unsere gewaltige Haubitze. Unsere dröhnenden Stimmen klangen dabei wie ein basslastiger Unterwasserchor, doch unser Gelächter am Ende war glasklar und kam von ganzem Herzen.

Fock wusste natürlich nicht, dass dieser wundervolle Windjammer einmal nach ihm benannt werden sollte. Er kam 1916 bei der Skagerrakschlacht ums Leben. Wir ließen es uns nicht nehmen, auf unserer Reise sein Grab zu besuchen.

Wenn im Folgenden Zweifel an meiner Mission durchschimmern sollten, so möchte ich dieses Missverständnis gleich im Keim ersticken: In der Kriegsmarine gibt's keinen Platz für Zweifler. Meine Untergebenen vertrauen mir ohne Wenn und Aber. Ihr Leben liegt in meiner Hand – oder genauer gesagt: in den Händen all jener Männer, die einen einmal erteilten Befehl auch adäquat umzusetzen versuchen. Es ist eine eiserne Kette von Händen, die ineinandergreifen – und dabei vollstes Vertrauen in die Entscheidungen jener haben, die am Anfang dieser Kette stehen.

Admiral Dönitz genießt das Vertrauen von ausnahmslos allen Kapitänen. Und da U-Boote in seiner besonderen Gunst stehen, wird er von ihren Besatzungen geradezu abgöttisch verehrt. „Der Löwe" ließ es sich natürlich nicht nehmen, *U 69* und seine bärtige, sonnengegerbte Truppe persönlich zu begrüßen, als wir am 25. Juni 1942 wieder in St. Nazaire einliefen. Der Trip in die Karibik war meine Jungfernfahrt als Kommandant gewesen. Wir hatten vier Schiffe mit insgesamt 12 000 BRT versenkt – kleine Fische, aber mit Sicherheit groß genug, um meine Qualifikation zu bestätigen. Für meine zweite Mission hatte der Admiral – genau wie ich auch – jedenfalls Größeres im Sinn.

Als er an Bord kam und meine Hand schüttelte, nahm er mir gleich jegliche Berührungsängste. Er war einfach dieser Typ von Mann. Es wurde kolportiert, dass er mehrfach mit seinem eigenen Geld einem Kommandanten unter die Arme gegriffen hätte. Wenn jemand knapp bei Kasse war oder sich vor seiner nächsten Fahrt noch etwas Spaß in Paris gönnen wollte, hatte er spontan sein Portemonnaie gezückt.

„Ein vielversprechender Start, Oberleutnant Gräf. Die Karibik scheint Ihnen zu liegen."

„Jawohl, Admiral", sagte ich, „auch wenn sie heiß wie die Hölle ist." Die Fahrten auf Deck waren überaus angenehm gewesen, doch die langen Tauchgänge waren Dampfbäder mit Diesel-Aufguss. Das kondensierte Wasser tropfte an allen Ecken und Kanten. Oft genug konnten die Leute kaum noch atmen.

Unsere fetteste Beute war die *Lise* gewesen – ein norwegischer Öltanker, der im Auftrag der Tommies unterwegs war. Wir nahmen sie in der Nähe von Curaçao unter Beschuss – zuerst mit einem Torpedo, dann mit vollen Rohren auf ihren Geschützturm. Als keine Gegenwehr mehr zu erwarten war, ordnete ich eine Feuerpause an. Ich wollte den Überlebenden Zeit geben, von Bord zu gehen, bevor wir das Schiff mit einem Gnadenschuss auf den Meeresboden beförderten.

Unser Feind ist das Schiff, nicht die Besatzung. Wir wollen Menschenleben retten, wo immer wir es können. Die Tommies hätten das Gleiche getan – selbst wenn uns Widderhörner aus der Stirn gewachsen wären. Auch das ist Teil des Krieges. In der Konfrontation zwischen erbitterten Feinden lösen sich selbst vermeintliche Fakten oft genug in Luft auf. Als die Mannschaft des Schoners *James E. Newsom* an dem Proviant knabberte, den wir in ihr Rettungsboot geworfen hatten, dürfte sie sich darüber kaum beschwert haben.

Damit wir uns nicht falsch verstehen: Die Sicherheit des U-Boots geht über alles. Es wäre Wahnsinn, das Leben der eigenen Besatzung zu riskieren, nur um Kriegsgegnern eine helfende Hand zu reichen. Aber wenn es die Möglichkeit gibt, einen Menschen vor dem Ertrinken zu bewahren, dann unternehmen wir alles, was in unserer Macht steht. Andere Kapitäne tun das Gleiche – oft sogar zur Überraschung der Überlebenden. Der Führer hätte natürlich vor Wut geschäumt. Doch tatenlos zuzusehen, wie Überlebende ertrinken, gehört weder zum Ehrenkodex noch zum Selbstverständnis der Marine.

⚓

Bride hält sich selbst für ein echtes Glückskind. Als sie wieder in Neufundland landet, befindet sich das von England kontrollierte Territorium gerade in einem erstaunlichen Aufschwung.

Zehn Jahre zuvor hatte sich Bride unter den umgekehrten Vorzeichen verabschiedet: Wer Arbeit suchte, musste wohl oder übel auswandern. Das Land war so klamm, dass man in England, beim einstigen Kolonialherren, um ein Darlehen nachfragen musste. Die Briten schrieben zwar ein paar Schecks, verabreichten den Kolonisten aber auch eine bittere Pille: Die politische Unabhängigkeit, auf die man so stolz war, wurde sang- und klanglos wieder rückgängig gemacht. Nicht nur Bride war empört. Hatte es je ein Land gegeben, das für seine Unabhängigkeit gekämpft hatte – um sie dann bei nächstbester Gelegenheit zu verscherbeln?

Neufundland wird nun also wieder von den Briten kontrolliert. Zugegeben: Die einzige Flagge, die hier je wehte, war der Union Jack. Eine Regierungskommission aus drei Briten und drei Einheimischen wurde gebildet, die das Land verwalten soll. Es gibt genug Zeitgenossen, die darin den Grund für den wirtschaftlichen Aufschwung sehen. Bride gehört nicht zu ihnen.

Aber zumindest, argumentieren die Anglophilen, gebe es jetzt nicht mehr die neureichen Unterhaus-Abgeordneten, die in St. John's in Saus und Braus lebten, während die armen Schweine in den Außenhäfen sprichwörtlich am Verhungern gewesen seien. In diesem Punkt muss ihnen Bride rechtgeben. In ihrer Jugend wurde sie mit so viel Hunger konfrontiert, dass sie daran nicht mal mehr erinnert werden möchte.

Aber – und das weiß sie aus erster Hand – waren es nicht etwa die Briten, die das Schlimmste verhinderten, sondern Uncle Sam. Oder anders gesagt: der Krieg. Die USA hatten sich das Stückchen Nordamerika ausgeguckt, das auf halbem Weg zu den Kriegsschauplätzen in Europa lag. Und als die Briten Interesse signalisierten, schenkten sie ihnen 50 Zerstörer, durften im Gegenzug aber Militärbasen in Neufundland und Labrador eröffnen. Die Amis brachten das Geld und Tausende von GIs obendrein.

Wie etwa den Jungen, der just in dieser Minute vor Bride steht. Strahlend weiße Zähne, Kaugummi, Vitalis-Haarcreme. Er ist auf dem Weg zurück zu seiner Einheit, wie die meisten hier an Bord.

Ma'am nennt er sie – und kommt natürlich *all the way from Texas.* Er hört auf den Namen Hank.

„Aber auf dem Umweg über Pennsylvania, Ma'am."

Und immer haben sie einen dicken Kumpel im Schlepptau. Entweder kannten sie ihn schon vor dem Ablegen – oder höchstens fünf Minuten später. Beide waren auf Heimaturlaub – und beide haben natürlich auch ihre Familien besucht.

„Und ein paar neue Melodien hab ich auch im Seesack“, berichtet Buzz mit sichtlichem Stolz.

Buzz kann stundenlang am Klavier sitzen und klimpern. „Er ist dann so glücklich wie ein vollgefressener Jagdhund am warmen Ofen“, wie es Hank augenzwinkernd ausdrückt. Bride schüttelt den Kopf und schmunzelt. Über die beiden könnte sie sich den ganzen Abend amüsieren.

Die beiden teilen sich auch eine Kabine – wobei sich Bride ziemlich sicher ist, dass Hank seinen Buddy hochkant rauswerfen würde, wenn ein amouröses Abenteuer des Weges käme.

Er bietet ihr einen Juicy Fruit-Streifen an und zeigt dabei seine blendend weißen Zähne. Bride schüttelt den Kopf und deutet mit einem leichten Kräuseln ihrer Lippen an, dass sie kein Fan von Kaugummi ist. Dessen ungeachtet schiebt sich Hank seinen Streifen unbekümmert in den Mund.

Setzt sich Buzz ans Klavier, glaubt man eine Hand zu sehen, die in einen maßgeschneiderten Handschuh gleitet. Er hält sich jedenfalls nicht lange mit Vorreden auf, sondern haut gleich in die Tasten.

Hank glaubt, die Melodie schon zu kennen und grinst übers ganze Gesicht. Wenn man ihm Glauben schenken darf, hat er diesen Song erst vor zwei Tagen selbst gesungen – als er auf dem Bahnsteig der Grand Central Station eine Angebetete umgarnen wollte.

Hank ist ein Ami, wie er im Buche steht. Er ist ein Charmebolzen sondergleichen und macht einem Mädel so lange Komplimente, bis es erschöpft die Waffen streckt.

Er lebt sein Leben, als sei das Morgen eine Million Meilen entfernt. Was aber nichts daran ändert, dass der Krieg bereits lange Schatten wirft. Und nachdem die USA nun aktiv mitmischen, könnte ihm das Grinsen schnell vergehen. Schon morgen könnte er einen Freifahrtschein nach Europa gewinnen und umgehend an die Front verfrachtet werden.

Buzz gibt eine Version von *„When the Lights Go On Again“* zum Besten, dem neuen US-Hit, der bereits das Ende des Krieges heraufbeschwört. Hank übernimmt die ersten Zeilen – und für einen Moment wirft Bride ihre professionelle Zurückhaltung über Bord. Schon bald versuchen sie sich an einem zweistimmigen Harmoniegesang und vermitteln den Eindruck, als existiere der Krieg nur in Form seiner Lieder. Bride lehnt sich auf das Klavier und kommt sich einen Moment wie eine stolze Mutter vor.

Doch sie beendet das vokale Intermezzo so abrupt, wie sie es begonnen hat. Ihre Aufgaben auf dem Schiff haben Vorrang. Und sie hat schon in einigen Nächten wirklich alle Hände voll zu tun.

William Lundrigan hat den Gesellschaftsraum betreten: olivgrüner Trenchcoat, darunter Anzug mit Krawatte. Er stellt einen ledernen Koffer ab, der seine besseren Tage schon hinter sich hat, aber noch immer die Vorzüge gediegener Handarbeit erahnen lässt. William Lundrigan ist Bauunternehmer und einer der führenden Geschäftsleute der Insel. Er scheint gute Geschäfte zu machen, seit das amerikanische Militär Neufundland entdeckt hat.

Bride war über seinen Namen schon auf der Passagierliste gestolpert. Diskret hatte sie sich bei ihm erkundigt, was es mit seinem Trip nach Montreal auf sich hatte. Ihr war aufgefallen, dass er eine Woche zuvor bereits zum Festland gefahren war – aus medizinischen Gründen, wie sie vermutete.

Er versichert ihr, dass alles im grünen Bereich sei – wobei er sich weitere Details allerdings für sich behält. Das Herz, nimmt sie mal an. Sie will aber nicht weiter in ihn dringen. Er sieht jedenfalls ziemlich mitgenommen aus. Da ihm die Reiserei offensichtlich zugesetzt habe, möchte er so schnell wie möglich in seine Kabine.

Sie schaut sich suchend nach einem Steward um, der ihm den Koffer heruntertragen soll. Er nickt und meint, dass das tatsächlich hilfreich sei. Er dürfe nicht schwer heben. Vielleicht doch eher Leistenbruch, denkt sie sich. Sie schaut auf den Flur hinaus und ruft nach John.

Doch bevor er auftaucht, hat eine Mrs. Shiers ihren Auftritt – das ist jedenfalls der Name, den Bride der Passagierliste entnimmt. Die Frau hat ein schreiendes Baby im Arm und möchte mit einem Entscheidungsberechtigten sprechen. Sie scheint nicht gerade glücklich, sich mit Bride begnügen zu müssen. Jedenfalls habe sie keine Kabine, keinen Ort, wo sie sich um ihr Baby kümmern könne – und nur mit einem Sitzplatz würden sie die Nacht beim besten Willen nicht überstehen.

Brides Sympathie hält sich in Grenzen. Natürlich hätte die Frau eine Kabine mieten können, wenn sie sich nur frühzeitig gemeldet hätte. Bride sagt ihr, dass sie diesbezüglich mit dem Zahlmeister sprechen müsse.

Habe sie ja alles gemacht, sagt die Frau. Doch das Militär erhalte den Vorzug bei allen Kabinen, die nicht langfristig vorgebucht seien. Und die Tatsache, dass ihr Mann bei der kanadischen Marine sei, habe an dieser Richtlinie nichts geändert. Leonard, ihr Baby, brauche einfach seinen Schlaf – und deshalb sei sie auch gewillt, eine Kabine mit einem Fremden zu teilen.

Bride schaut Hank an und überlegt, ob sich der GI vielleicht opfern würde. Sie ist fast dankbar, dass der Hoffnungsträger keine spontane Begeisterung signalisiert.

Lundrigan bringt sich ins Spiel und bietet der Frau seine Kabine an. Er hat selbst Kinder – nicht weniger als zwölf sogar. Und der Jüngste ist nicht viel älter als Mrs. Shiers Baby. Lundrigan bittet Bride, alles Weitere mit dem Zahlmeister zu regeln.

Was ihr aber gegen den Strich geht. Sie weist Mrs. Shiers unmissverständlich darauf hin, dass Lundrigan ein kranker Mann sei, der gerade eine Operation überstanden habe und dringend seine Nachtruhe brauche.

Blödsinn, sagt Lundrigan. Er holt seinen Schlüssel aus der Tasche und händigt ihn Mrs. Shiers aus.

Es liegt natürlich nicht in ihrem Aufgabenbereich, mit ihm darüber zu streiten – und doch ist es genau das, was sie am liebsten tun möchte.

Wo will er sich denn hinlegen? Nur das Sofa im Gesellschaftsraum komme dafür in Frage – aber das hätte man auch einem Penner angeboten, der ohne jeden Penny an Bord erschienen wäre. Bride fehlen einfach die Worte.

Es heißt, dass jeder Kapitän nur so gut ist, wie seine Mannschaft. Taverner würde entgegnen, dass er das Beste aus seiner Mannschaft herausholt, weil er das Beste von ihnen erwarte. Er dirigiere ein Schiff, auf das jeder stolz sein könne. Selbstvertrauen ist nicht gerade eine Qualität, an der es ihm mangelt.

Taverner spricht oft und gerne über die anderen Brüderpaare, die auf seinem Schiff arbeiten – abgesehen von seinen beiden eigenen Söhnen. Es ist ein Faktor, der ihm viel bedeutet. Da gibt's die Hanns, Harry und Clarence, die Gales, George und Jerome, die Coffins, Elijah und Bert. Sechs Paare sind's insgesamt – und ausnahmslos sind es geborene Seeleute, die sich durch Frauen oder Mütter nicht von ihrer Berufung abbringen lassen. Seine Männer kennen die Gefahren genauso gut wie er. Er rechnet es ihnen hoch an, dass sie alle Bedenken rigoros vom Tisch wischen.

Er wird aus seinen Gedankengängen gerissen. Ein Mann, Kragen hochgeschlagen und den Hut tief heruntergezogen, tritt aus der Dunkelheit.

Es ist Lundrigan. Taverner weiß zwar, dass er an Bord ist, hat aber eigentlich damit gerechnet, dass er sich längst in seine Kabine begeben hat. Er warnt ihn, sich bei dem kalten Wetter keine Erkältung einzufangen.

Lundrigan hat klein angefangen. In seinem ersten Job verdiente er 50 Cent – pro Tag. Mit 15 verließ er die Schule, um in der Familie auszuhelfen: Sein Vater war nach einem Bergbauunfall arbeitsunfähig geworden. Er selbst wurde Bergmann, reisender Vertreter, Besitzer eines kleinen Lebensmittelladens – und fasste dann im Holzhandel Fuß.

Inzwischen hat er ein Dutzend Eisen im Feuer und arbeitet rund um die Uhr. Er ist ein Mann, der einfach nicht loslassen kann.

Die beiden Männer haben aus ihrem gegenseitigen Respekt nie ein Geheimnis gemacht. Der Kapitän streckt seine Hand aus. Lundrigan drückt sie, wenn auch nicht so kraftvoll wie bei seinem letzten Besuch an Bord.

„Ich brauch nur etwas frische Luft“, sagt er. Lundrigan kennt Stanley von seinen früheren Trips. Harold begegnet er gerade zum ersten Mal. Er schüttelt seine Hand. „Muss für einen Käpt'n ein gutes Gefühl sein, seine Söhne mit an Bord zu haben.“ Der Händedruck hat darüber hinaus Assoziationen ausgelöst, die er schon immer artikuliert haben wollte. „Die Liebe zum Meer – so was steckt im Blut, oder?“

„Ja, im Blut.“ Taverner hat in diesem Punkt nicht den Hauch eines Zweifels. Trinity, wo er groß wurde, hatte seit dem 16. Jahrhundert einen Hafen, in dem selbst internationale Fischkutter anlegten – Portugiesen, Engländer, Franzosen. Als er ein Kind war, hatte der Ort geradezu Hochkonjunktur. Doch kaum hatte er die Grundschule verlassen, nahm Taverner das erstbeste Boot und kehrte Neufundland den Rücken. Als er 20 war, hatte er bereits sein „British Foreign Going Masters“-Zertifikat in der Tasche. „Ich wusste, dass ich mein Leben auf See verbringen würde. Daran gab's nie einen Zweifel.“

„Besessen“, schlägt Lundrigan vor. Nur ein besessener Mann wird im Leben etwas erreichen. Und ganz ohne Dickköpfigkeit geht's eben auch nicht.

Taverner hätte in jedem Hafen des britischen Empires

arbeiten können – wenn er's denn gewollt hätte. Doch einen echten Neufundländer wird die Insel immer in ihren Bann ziehen – egal, wie lange es ihn in die Ferne verschlagen hat. In Taverners Fall ist es aber mehr als eine Frage der Gewohnheit. Neufundland – davon ist er fest überzeugt – braucht starke und visionäre Führer, die das Land wieder auf den rechten Pfad bringen können.

Deshalb zieht er auch vor Lundrigan den Hut: Der Mann gibt seinen Landsleuten wieder Arbeit und zahlt ihnen einen vernünftigen Lohn. Männern, die den menschlichen Aderlass in Neufundland stoppen, kann man gar nicht genug danken.

„Und wie macht sich Harold, wenn ich fragen darf?"

„Ich bin gerade von den Great Lakes zurück", sagt Harold. „Wenn ich gewollt hätte, hätte ich dort auch bleiben können. Ich entschied mich aber, nach Hause zurückzukehren."

Lundrigan schaut ihn forschend an. „Auch wenn's momentan nicht gerade der sicherste Ort ist, den's auf Erden gibt?"

Der Kapitän ist ob derartiger Zweifel etwas ungehalten. Er kann sich nicht vorstellen, dass ein Passagier die Sicherheit seines Schiffes infrage stellen könnte.

Lundrigan räumt sogar ein, mit dem Gedanken gespielt zu haben, einen TCA-Flug nach Gander zu nehmen.

Was er aber dann doch nicht tat.

Harold springt seinem Vater bei: „Dies ist die Cabotstraße, Sir, nicht die Straße von Gibraltar."

Harold hat sich fest vorgenommen, die *Waterton* nicht

zu erwähnen – genauso wenig wie sein Vater. Er erwähnt auch nicht den U-Boot-Angriff auf die Eisenerz-Frachter vor Bell Island, bei dem 29 Menschen ums Leben kamen. Es macht keinen Sinn, Lundrigan noch nervöser zu machen, als er's eh schon ist.

Jeder Passagier weiß, wo sein Rettungsboot hängt. Und die kanadische Marine hat der *Caribou* obendrein ein Dutzend Carley-Schlauchboote zur Verfügung gestellt.

Lundrigan wollte sich auf seinem Deck-Spaziergang offensichtlich die Route zu dem für ihn vorgesehenen Rettungsboot einprägen. Taverner nickt. Es kann nie schaden, wenn man im Notfall weiß, wo's langgeht.

„Dann ist für unsere Sicherheit wohl alles getan. Ich wünsche Ihnen beiden noch einen schönen Abend, meine Herren." Sie wünschen ihm das Gleiche und verfolgen, wie er in der Nacht verschwindet.

⚓

In U-Boot-Kreisen machte folgende Anekdote schnell die Runde: Nach seiner letzten Feindfahrt war Teddy Suhren 1942 in Brest eingelaufen – mit 32 000 weiteren BRT auf seinem Konto. Beim Andocken war ihm gleich sein Freund Hein Uphoff aufgefallen. Zusammen mit dem Flottillenadmiral und anderen Parteihonoratioren stand Uphoff bereits am Kai, als Suhren ihn erspähte. „Hein", rief er, „sind die Nazis noch am Ruder?" „Ja", kam als Antwort und darauf Teddy Suhren: „Beide Maschinen zurück."

Nur Suhren konnte eine derart kesse Lippe riskieren.

Das Ritterkreuz mit Eichenlaub und Schwertern, das unter seinem Kinn baumelte, half natürlich dabei, kritische Stimmen zum Verstummen zu bringen. Der Flottillenkapitän wurde jedenfalls merklich blasser, verkniff sich aber jeden Kommentar.

Wobei niemand unsere Loyalität zum Reich infrage stellen sollte. Auf Dänholm waren wir 400 Kadetten, die stramm den rechten Arm erhoben und „Heil Hitler" herausbellten – als ob uns der Führer direkt in die Augen blicken würde. „Ich schwöre bei Gott diesen heiligen Eid, dass ich dem Führer des Reiches und Volkes, Adolf Hitler, dem Obersten Befehlshaber der Wehrmacht, unbedingten Gehorsam leisten und als tapferer Soldat bereit sein will, jederzeit für diesen Eid mein Leben einzusetzen."

Es waren Worte, die einem Mann nicht leichtfertig über die Lippen kommen.

Nachdem der Vertrag von Versailles unseren Stolz mit Füßen getreten hatte, gab uns der Führer unsere Würde zurück. Die Polen hatten nichts Besseres verdient. Sie hatten keinen Anspruch auf unsere Heimat. Ich kann mich noch gut an die Geschichten erinnern, die mein Vater erzählte – wie anmaßende Polen ihren Bauernhof beschlagnahmt und die Bewohner zum Teufel gejagt hätten. Auch die arroganten Franzosen waren für Vater ein rotes Tuch. Die ganze Schuld am Ersten Weltkrieg wollten sie den Deutschen aufhalsen – als wären wir mit den Millionen deutscher Gefallener nicht schon genug gestraft gewesen. Wenn es nach den Franzosen ginge, würden wir bis in alle Ewigkeit ihre Stiefel lecken.

Im November 1939 nahm ich an einem Lehrgang zum Torpedo-Offizier in Flensburg-Mürwik teil. Über die Kristallnacht oder gar ihre Hintergründe wusste ich damals nichts. Kurz darauf war ich auf Heimaturlaub in Dresden und ging zur Synagoge, die ein Opfer der Flammen und inzwischen dem Erdboden gleichgemacht worden war. Vater, der auf die Architektur seiner Heimatstadt überaus stolz war, rückte dann mit der Sprache heraus, dass wohl die SA dahinterstecken würde. Und nicht nur dahinter, empörte sich meine Mutter. Hunderten von Juden habe man ihren Arbeitsplatz genommen – mein Freund Josef sei einer der Ersten, die's getroffen habe. Josefs Mutter berichtete, dass man mit allen nur erdenklichen Maßnahmen versuchte, die Juden zu schikanieren und zum Verlassen der Stadt zu zwingen.

„Josef habe ich seit Jahren schon nicht mehr gesehen", stellte Vater fest. „Uns bleibt wohl nichts anderes übrig, als das Thema einfach abzuhaken. Wobei: Die Juden müssen sich auch selbst an die eigene Nase fassen. Sie haben das Unheil geradezu heraufbeschworen. Bei den Juden dreht sich doch alles nur ums Geld."

„Schäm dich, Walter, schäm dich."

Das Thema sollte die ansonsten harmonische Ehe meiner Eltern auf eine harte Probe stellen – und mich davon überzeugen, voreilig auf die Marineschule zurückzukehren. Politik stand nämlich dort nicht auf der Tagesordnung.

Niemand redete davon, dass sich Deutschland auf den Krieg vorbereitete. *Sollte* es aber zu einem Krieg kommen, müsse die Nation natürlich auf diese Aggression vorbereitet sein. Und was die Marine betraf, so hatte sie der Führer wahrlich in ihrem früheren Glanz wiederbelebt. Keine Frage: Das ganze Land hatte zu alter Stärke zurückgefunden. Wir hatten unseren Stolz wiederentdeckt – dieses überlebensnotwendige Gefühl, das man uns für alle Ewigkeit absprechen wollte. Wie konnte man nur auf den lächerlichen Gedanken kommen, dass ein Land ohne Stolz überhaupt existieren könnte? Wir waren schließlich nicht irgendein Blinddarmfortsatz von Afrika oder Asien.

Nachdem wir das Training auf der *Gorch Fock* abgeschlossen hatten, reisten wir neun Monate lang um die Welt. Erst im Wettstreit mit fremden Ideen und Perspektiven wurde uns klar, was es bedeutet, ein Deutscher zu sein. Und wir waren stolz auf diese deutsche Identität. Den unbedingten Drang, sich ständig verbessern zu wollen, fanden wir nirgendwo sonst auf dieser Welt. Denn was nützt uns schon das Streben nach Freiheit und neuen Horizonten, wenn es nicht von einem ebenso ausgeprägten Ehrgeiz angetrieben wird?

Die Hälfte unserer Crew landete auf dem Kreuzer *Emden,* während die andere – meine Wenigkeit eingeschlossen – in Kiel an Bord der *Karlsruhe* ging. Wir machten an exotischen Orten wie Batavia und Hongkong Station, wurden am Ende unserer Reise aber zu einem unplanmäßigen Aufenthalt in San Diego gezwungen.

Der Vertrag von Versailles hatte auch die Schiffsproduktion so dramatisch beschränkt, dass wir nicht mal mehr ein vernünftiges Schiff bauen konnten. Ein sechs Zentimeter breiter Riss quer durch den Rumpf! Es war schon mehr als peinlich, bei der American Naval Yard um Hilfe anklopfen zu müssen.

Es sollte sich nicht wiederholen. Der Führer hatte mit den Engländern eine Regelung ausgehandelt, die Versailles praktisch unterlief und die Begrenzung unserer Stückzahlen rückgängig machte. Was bedeutete: mehr Matrosen, mehr Schiffe, mehr U-Boote.

Und plötzlich waren es U-Boote, die meine Fantasie beflügelten. Innerhalb weniger Monate hatten wir eine ganze Flottille von U-Booten beisammen – zum ersten Mal seit dem letzten Krieg. Und Karl Dönitz zum Befehlshaber zu machen, war natürlich ein brillanter Schachzug.

Während ich auf der Marineschule Mürwik noch meine Ausbildung abschloss, waren all meine Gedanken auf den Tag fixiert, an dem ich erstmals ein U-Boot befehligen würde. Ob es nun Navigation, Waffenkunde oder Seerecht war, das man uns eintrichterte – oder selbst so weltmännische Betätigungen wie Fechten, Reiten und Tanzen: In meinen Gedanken sah ich mich immer hinter einem Periskop.

Es war die Karotte vor meinen Augen, der Köder, der mir das Durchhalten leichter machte. Doch für einen Oberfähnrich zur See gab es natürlich immer noch eine Menge zu lernen. Wie andere Aspiranten wurde ich auf diversen Schiffen eingesetzt, um mir praktisches Wissen in allen nur erdenklichen Disziplinen anzueignen. Auf dem Dampfschiff *Hecht* lernte ich navigatorische Feinheiten, während ich auf dem Kreuzer *Nürnberg* als Bordfunker eingesetzt wurde. Als unsere Soldaten in Polen einmarschierten, waren wir auf Patrouille in der Ostsee, während wir wenig später in der Nordsee unsere Zerstörer absicherten, die vor der englischen Küste Minen legten.

Wie tückisch ein U-Boot sein konnte, lernte ich dabei aus erster Hand – auch wenn in diesem Fall die *Royal Navy* der Absender war. Der Feind hatte einen Torpedo auf den Weg gebracht, der den Bug der *Nürnberg* so schwer traf, dass wir uns nur noch mit Mühe nach Kiel retten konnten. Niemand hatte das U-Boot kommen sehen. Es war unbemerkt auf Schussdistanz herangeschlichen und ebenso unauffällig wieder verschwunden. Ein unsichtbarer Jäger, ein raffinierter, listiger Magier. Meine Fantasie rückte der Wirklichkeit immer näher: Es war nur noch eine Frage der Zeit, bis ich einen dieser schwimmenden Teufel selbst kommandieren würde.

⚓

Harold geht in die Dunkelheit hinaus. Für einen Moment schaut ihm Taverner nach, bevor sich sein Kopf wieder anderen, dringlicheren Fragen zuwendet. Die Passagiere haben ihm nun mal ihr Leben anvertraut, seit sie in North Sydney ihren Fuß auf die Laufplanke gesetzt hatten. Es sollte eine Selbstverständlichkeit sein, sie sicher am anderen Ufer abzusetzen.

Es gibt Kapitäne, die den lieben Gott für alle Eventualitäten verantwortlich machen. Taverner zählt nicht zu ihnen. Er akzeptiert seine Zuständigkeit – auch wenn er der kanadischen Navy ob ihrer Untätigkeit am liebsten an die Gurgel möchte. Doch wenn er sich erst einmal wieder beruhigt hat, trifft er seine Entscheidungen und macht Nägel mit Köpfen. Am Ende des Tages ist die *Caribou* nun mal sein Schiff.

Nicht ohne Grund erinnert der Name an den Hirsch, der das Emblem des *Royal Newfoundland Regiments* ziert. Das Regiment, das im Ersten Weltkrieg schwerste Verluste hinnehmen musste, kennt in Neufundland jedes Kind.

Nachdem man schon einmal mit den Deutschen die Klingen gekreuzt hat, ist es nun also wieder so weit. Es ist nur noch eine Frage der Zeit. Wer auf einen anderen Ausgang hofft, ist in Taverners Augen ein weltfremder Spinner.

Am 3. September 1942 erwischte es die *Donald Stewart.* Der Frachter, beladen mit Treibstoff und Zement für die US-Airbase in Labrador, wurde von einem Torpedo getroffen und versenkt. Aus Sicht der Deutschen, sagte Taverner seinem Sohn, sei das eine völlig konsequente Entscheidung gewesen.

Harold kommt wieder lautlos hinein und stellt sich an die Seite des Vaters. Er bestätigt, dass die Rettungsboote einsatzbereit seien. Zwei von ihnen – Backbord und Steuerbord – seien bereits aus ihren Schwenkvorrichtungen geholt worden, genau wie der Kapitän es angeordnet hatte. Die Carley-Schlauchboote seien inspiziert worden und ebenfalls einsatzbereit.

Harold tut sein Bestes, um wie ein routinierter Seemann zu klingen. Er erwähnt auch, dass die *Grandmère,* ihr Begleitboot, der *Caribou* genau im gewünschten Abstand folge.

Was Taverner natürlich nicht verborgen geblieben ist.

Er weiß auch, dass beide Schiffe keine Funkverbindung haben – also stumme Partner sind, die sich nicht auf Zuruf helfen können.

Harold zerbricht sich darüber keinen Kopf. Der Sohn, glaubt sein Vater, habe sich den unerklärlichen Optimismus erst in seiner Zeit auf den Great Lakes angeeignet. Taverner hält sich durchaus auch für einen Optimisten – wenn es denn Anlass dazu gibt. Optimismus nur auf Hoffnung bauen zu wollen, ist nicht sein Ding.

Vorhang auf für John Gilbert. Mit zwei Koffern – und zwei Krankenschwestern im Schlepptau – erscheint er im Gesellschaftsraum. Die eine Schwester wirkt für seinen Geschmack zu verhärmt und streng, doch die andere ist ein adrettes, süßes Ding, das auf diesem Trip mit Sicherheit der *catch of the day* sein könnte. Was natürlich nicht heißen soll, dass sich John von niederen Instinkten leiten ließe – zumindest nicht, solange er im Dienst ist. Und solange Bride ihn im Auge behält.

John empfiehlt ihnen, sich einen Sitzplatz zu suchen, während er ihr Gepäck in die Kabine bringt. Er sucht einen Tisch für sie aus und schiebt zwei Stühle heran.

Bride indes hat ihn für andere Aufgaben eingeplant: Mrs. Shiers und ihr Baby sollten nun unverzüglich zu ihrer Koje in Mr. Lundrigans Kabine gebracht werden.

Er zuckt mit keiner Wimper und versichert den beiden Schwestern, dass er im Nullkommanichts zurück sein werde. Er greift sich die Tasche der Dame und macht sich mit ihr und dem Baby auf den Weg – nachdem sie sich noch mehrmals wortreich bei ihrem Wohltäter bedankt hat. Lundrigan hat damit schon längst abgeschlossen und fragt sich, wie und wo er die Nacht im Gesellschaftsraum verbringen soll.

Bride macht sich um seine Gesundheit noch immer Sorgen, doch Lundrigan versichert ihr, dass er schon ein gemütliches Plätzchen finden werde. Sie schaut zu Hank und Buzz hinüber, die selbstvergessen hinter dem Klavier hocken, und erinnert sie daran, dass der Gesellschaftsraum um Mitternacht schließe. Wenn es zu laut und alkoholisiert zuginge, habe sie auch keine Hemmungen, den Laden früher dichtzumachen.

Hank kommt hinüber und ist begeistert, Lundrigans Hand schütteln zu können. „Hank Scheller, Sir. U.S. Army Air Corps, auf dem Rückweg zu unserem Stützpunkt in Stephenville."

„William Lundrigan, Bauunternehmer." Seine Firma kann sich in Stephenville vor Aufträgen kaum retten. „Freue mich, Sie kennenzulernen."

Hanks Aufmerksamkeit wird auf eine harte Probe gestellt. Die hübschere der beiden Pflegerinnen hat ihre Raglanjacke abgelegt und setzt sich an den Tisch. Bride bleibt nicht verborgen, dass Hank hochgradig motiviert ist.

Er will sich gerade wieder zu Lundrigan umdrehen, kann sich aber von ihrem Anblick nicht losreißen und fragt sich laut, was denn wohl das Ziel ihrer Reise sein würde. Vielleicht habe er ja Glück und sie …

Er hat kein Glück. „Falsche Uniform", sagt Bride und kann sich ein Grinsen nicht verkneifen. Die beiden sind

Kanadierinnen, die auf dem Weg zum Marine-Krankenhaus in St. John's sind.

„Schade drum", sagt Hank. „Aber ich liebe Frauen in Uniform." Egal, welche Uniform es ist, denkt er.

Glaube ich gerne, denkt sich Bride. Und noch mehr liebt er sie, wenn sie die Uniform ausziehen.

Die Krankenschwestern stellen sich Bride vor. Eine heißt Charlotte, die andere Martha. Martha war in Manitoba und Charlotte in Saskatchewan – beide für ein paar Wochen auf Heimaturlaub.

Hank ist fasziniert, zieht einen weiteren Stuhl an den Tisch und nimmt rücklings Platz. Sa-skat-che-wan. Das Wort kommt ihm stotternd über die Lippen, obwohl es mit texanischem Akzent durchaus charmant klingt. Ob sie Sa-skat-che-wan denn nun furchtbar vermisse?

Doch vorläufig gibt sich Charlotte noch reserviert. Sie ist nicht der Typ von Frau, die jedem gleich ihr Herz ausschüttet. „Ja, es ist die Prairie – und die Prairie ist nun mal mein Zuhause." Aber sie und Martha hätten sich entschlossen, ihre privaten Interessen dem Dienst an der Nation unterzuordnen – und sie seien heilfroh, dass sie diesen Entschluss getroffen hätten.

„Obwohl wir natürlich Opfer bringen müssen", stellt Martha fest. Sie fragt allen Ernstes, ob Hank Amerikaner sei – und bemüht sich erst gar nicht, die Süffisanz in ihrer Stimme zu kaschieren.

Es wäre auch verlorene Liebesmüh gewesen: Hank bekommt den Spott überhaupt nicht mit, sondern strahlt übers ganze Gesicht.

In Charlottes Stimme hingegen schwingt eine geradezu rührende Nostalgie mit. Was sie besonders vermisse, sagt sie, sei die Weite des Himmels, des Himmels über der Prairie, der sich bis in die Unendlichkeit erstrecke.

Lundrigan tritt an den Tisch. „Dann müssen Sie auch den Ozean lieben. Wenn er flach ist und ruhig und die Sonne am Horizont untergeht. Es gibt nichts, das großartiger und wundervoller ist."

Hank muss für einen Moment das Spiel aus der Hand geben, wofür Martha ganz dankbar ist.

Charlotte sagt, sie würde sich in St. John's sehr wohlfühlen. Ein faszinierender Ort, den die Aufbruchsstimmung des Krieges noch aufregender macht. Andererseits wimmle es gerade nur so von Soldaten.

Hank versucht das Spiel wieder an sich zu reißen, indem er einen ganz neuen Aspekt in die Runde wirft. Mit patriotischem Stolz deklamiert er, dass Uncle Sam der Ökonomie der Insel eine dringend benötigte Spritze verpasst habe.

Lundrigan fährt ihm gleich in die Parade. Für die USA sei Neufundland nichts anderes als die erste Verteidigungslinie, sollte Hitler einen transatlantischen Angriff ins Auge fassen. Und in diesem Fall würde seine Heimat einen hohen Preis zahlen müssen.

„Machen Sie sich darüber mal keine Gedanken", beschwichtigt ihn Hank. „Präsident Roosevelt wird Tausende GIs nach Europa schicken. Wir werden Hitler in kürzester Zeit kaltmachen. Und bis dahin könnten wir doch alle etwas Spaß haben – oder nicht?"

Und wie auf Bestellung haut Buzz in die Tasten.

Hank bietet sich an, beiden Mädels eine Coke zu kaufen. Martha lehnt dankend ab, Charlotte lässt sich nicht zweimal bitten.

Charlotte mag die Prairie vermissen, aber dem Texaner geht es in dieser Beziehung nicht besser. Er schleicht sich von hinten ans Piano heran und schmettert genau zum richtigen Zeitpunkt los:

The stars at night are big and bright
Deep in the heart of Texas
The prairie sky is wide and high …

Auch wenn sie sich anfangs noch spröde gab, ist Charlotte inzwischen merklich aufgetaut. Mit wachsender Begeisterung steigt sie beim Refrain ein, klatscht dazu mit den Händen und lässt sich fortan nicht mehr aus dem Rhythmus bringen.

⚓

Meine erste Feinfahrt kam im Mai 1941, an Bord von *U 74*. Kommandant war Eitel-Friedrich Kentrat, ich war Nautiker und seine rechte Hand.

Wir beide wurden Zeuge, wie die *Bismarck* in den dunklen Fluten verschwand.

Wir waren getaucht, standen im Kontrollraum und hörten atemlos zu, wie der eiserne Rumpf unter dem Druck zu knacken und zu krachen begann. Für einen Augenblick hofften wir noch, es könne sich vielleicht um ein gegnerisches Schiff handeln, doch diese Hoffnung sollte sich schnell in Luft auflösen.

Wir hatten den Auftrag, englische Schiffe anzugreifen, wann immer sich eine Gelegenheit bot, aber als wir uns über Wasser ein Bild machen wollten, waren alle Kandidaten verschwunden. Stattdessen sahen wir ein riesiges Areal, in dem Wrackteile und Tote in gelben Westen trieben. Der Gegner hatte 100 Überlebende an Bord genommen, danach aber den Rückzug angetreten. 2 000 Seeleute waren von der *Bismarck* in den Tod gerissen worden. Wir suchten einen Tag und fanden drei Matrosen, die sich – kaum noch am Leben – an einem gekenterten Floß festklammerten. Dann kam die neue Order: Suche nach Überlebenden einstellen, Rückkehr zum Heimathafen antreten.

Auf der Heimfahrt waren die drei Matrosen so weit wieder bei Sinnen, dass sie uns ihre Geschichte erzählen konnten. Ursprünglich hatte sich noch ein vierter Mann – ein Kriegsreporter – an das Floß geklammert, dann aber den Kampf verloren. Sein gesamtes Filmmaterial war für immer verschwunden. Ich habe mich immer gefragt, ob seine Kamera wohl noch lief, als das Schlachtfest seinen Lauf nahm. Denn es war ein Schlachtfest – noch blutiger als unser Angriff auf die *Hood*, bei dem 1 300 englische Seeleute ums Leben gekommen waren.

Dies war ein Krieg, der sich über Zahlen definierte: Wir mussten mehr von ihren Schiffen versenken, als sie neue bauen konnten. Und die Tommies hatten aus ihrer Perspektive das gleiche Problem. Die Zahlen konnten durch List und Tücke, Geschick und Glück in die eine oder andere Richtung beeinflusst werden, doch das mathematische Grundmodell blieb das Gleiche.

Zum ersten Mal wurde mir diese Faustregel bewusst, als wir im Golf von Biskaya kreuzten – noch immer in überschaubarer Entfernung zu unserem Ankerplatz in Lorient. Wir hatten Probleme mit den Batterien und mussten die Tauchgänge auf ein Minimum beschränken. Es war also keine Überraschung, dass uns ein englisches U-Boot auf die Spur kam. Als Wachoffizier hatte ich die Verantwortung für diese heikle Schicht übernommen – am helllichten Tag, wenn wir uns ungeschützt auf dem Wasser bewegten. Wir waren zu viert – ein Sektor pro Person –, standen auf der Brücke und suchten den Horizont mit unseren schweren Zeiss-Feldstechern ab – hin und wieder zurück. Nach einer Weile schmerzten die Arme und tränten die Augen. In solchen Momenten ließ ich das Fernglas kurz vor meiner Brust baumeln, reckte die Arme, streckte das Rückgrat – und ging dann wieder in Position. Niemand von uns sprach. Wir wussten, dass es ans Eingemachte ging. Dies war der Ernstfall – und nicht einer der entspannten, sonnigen Trips durch die Karibik, auf denen die Jazzmusik bis nach oben zur Luke dröhnte.

Als ich einmal für einen Moment die Konzentration verlor, machte ich mir schwere Vorwürfe. Von Zeit zu Zeit erschien der Kommandant auf der Brücke, sagte aber ebenfalls nichts, weil er uns nicht ablenken wollte. Er legte mir noch nicht mal die Hand auf die Schulter, was er in weniger entscheidenden Situationen oft zu tun pflegte, um dann nahtlos eine Anekdote aus seiner U-Boot-Vergangenheit zum Besten zu geben. Genau wie mir war ihm die trügerische Nähe von Lorient eher ein Grund zur Besorgnis. Es gab schon zu viele Fälle, in denen Kommandanten zu der fatalen Fehleinschätzung gekommen waren, die Tommies abgeschüttelt zu haben.

Er war gerade vor ein paar Minuten gegangen, als mir etwas Verdächtiges ins Auge stach.

„Alarm!"

Sofort schossen meine drei Wachhabenden die Luke hinunter, ohne mit den Füßen die Treppe zu berühren. Der Erste, der unten landete, musste sofort zur Seite springen, um dem Zweiten Platz zu machen – und so weiter. Ich war der Letzte und sprang die Treppe nur ein Stück hinunter, um dann die Luke hinter mir zuzuziehen. In letzter Sekunde schoss mir noch ein Schwall Seewasser ins Gesicht.

Ich drehte das Messingrad, stellte sicher, dass die Luke verschlossen war und sprang dann ebenfalls die Treppe hinunter. Ich war klatschnass.

Das Boot setzte zu einem Tauchgang in einem unmöglichen Winkel an. Die Maschinen liefen auf Hochtouren, um so schnell wie möglich eine größtmögliche Tiefe zu erreichen.

Ich musste mich am Arm des Kommandanten festhalten, um mein Gleichgewicht nicht zu verlieren. Beide brauchten wir ein paar Sekunden, uns von dem Schock zu erholen und Luft zu schnappen.

„Die ersten beiden haben uns verfehlt." Für einen endlosen Augenblick hielten alle den Atem an. „Und jetzt die anderen vier."

Wir wollten es nicht glauben, dass uns die Tommies mit sechs Torpedos beglücken wollten.

„Der Bastard muss ganz schön verzweifelt sein."

Wir setzten unsere Fahrt fort, änderten aber den Kurs.

Der Kommandant ließ eine geraume Zeit verstreichen, bis wir uns wieder an die Oberfläche trauten. Ich sprintete die Treppe hinauf, dicht gefolgt von meinen drei Begleitern. Vom Tommy war nichts zu sehen. Entweder hatte er die Jagd frustriert abgebrochen oder aber keine Torpedos mehr an Bord. So oder so: Wir waren dankbar, uns mit heiler Haut und den letzten Reserven aus dem Maschinenraum gerade noch nach Lorient retten zu können. Ein Minensuchboot empfing uns und lotste uns – vorbei an den Verteidigungsanlagen von Port-Louis – in den eigentlichen Hafen.

Die Anspannung fiel erst von uns ab, als wir den Kai und die Bunker vor Augen hatten. Da unsere Ankunft bereits angekündigt worden war, hatte sich eine Gruppe enthusiastischer Krankenschwestern eingefunden, die uns mit Blumen zuwinkten, während eine Militärkapelle die ausgelassene Stimmung mit einem schwungvollen Festmarsch krönte.

Es war ein Empfang, der sicher nicht durch unsere Erfolge gerechtfertigt war. Immerhin hatten wir Überlebende der *Bismarck* an Bord – und es waren genau diese drei Männer, denen die Herzen zuflogen. Auch den Reportern mussten sie Rede und Antwort stehen, bis sie schließlich nach Paris verfrachtet wurden. Die Männer von *U 74* bekamen nichts als einen warmen Händedruck eines Bürokraten aus der zweiten Reihe. Schließlich hatten wir kein einziges Schiff versenkt.

⚓

John kommt vom Unterdeck hoch, wirft einen Blick in den Gesellschaftsraum und stellt fest, dass ihm die Felle davonschwimmen. Er hatte spontan ein Auge auf Charlotte geworfen, doch nun erzählt sie ihm begeistert, dass Hank ein Texaner sei und einen *sooo* süßen Dialekt habe. Der Steward zuckt mit den Schultern und kann nicht verhindern, dass sein probates Lächeln plötzlich etwas gequält wirkt.

Der G.I. kann es nicht erwarten, sich höchstpersönlich in Szene zu setzen. Mit einem Akzent, der noch stärker ist als gewöhnlich, lädt er John auf einen Drink ein. John, inzwischen völlig verunsichert, kann sich nicht entscheiden. Bride schaltet sich ein und erinnert den Steward daran, dass Alkohol im Dienst völlig inakzeptabel sei. Wobei sie damit natürlich übertrieben reagiert.

Er trinke keine Coke, sagt John zu Hank – und er legt eine Betonung auf die Worte, die der Situation völlig unangemessen ist. Er dreht sich zu Charlotte, dann zu Martha um und ist wieder der höfliche, aufmerksame Steward, der noch einmal sein Angebot erneuert, sie zu ihrer Kabine zu begleiten. Martha erhebt sich sofort, Charlotte nicht. Hank möchte sie mit einem Song bekanntmachen, einer neuen Cole Porter-Melodie. „Es gibt noch nicht viele Leute, die den Song kennen“, sagt er, „aber es ist die perfekte Nummer für ein Prairie-Girl wie Sie.“

Oh, give me land, lots of land, under starry skies above …

Bride mag nicht mitansehen, wie der junge Steward achtlos zur Seite gedrängt wird. Sie erinnert sich, dass John an Bord schon mal eine wundervolle Version der heimischen Folk-Hymne „*The Petty Harbour Bait Skiff*" zum Besten gegeben hat. Vielleicht, fragt sich Hank laut und nicht ohne Häme, habe Bing Crosby ja die Absicht, aus der Nummer einen Hit zu machen? Oder die Andrews Sisters? Charlotte liebt die Andrews Sisters, genau wie Bride.

John fühlt sich hin- und hergerissen, möchte aber nicht kampflos das Handtuch werfen. Und nun ist es Lundrigan, der ihm zur Hilfe eilt. Er erklärt den Anwesenden, dass alle Neufundländer die Musik im Blut hätten – und empfiehlt dem Steward, das auch vor den ausländischen Gästen unter Beweis zu stellen. Der junge Mann tritt nach vorne und wirft sich in Pose.

Good people all, both great and small, I hope you will attend
And listen to theses verses few that I have lately penned
And I'll relate the hardships great that fishermen must stand

Er singt nicht einmal übel und tut es mit einer bewundernswerten Intensität, kann im Kampf um die Gunst der Angebeteten aber keinen Vorteil für sich verbuchen.

„Ganz schön deprimierend", konstatiert Hank. Ob John nicht vielleicht etwas Flotteres im Repertoire habe – etwas, das auch auf einer Party gespielt werden könne? Charlotte möge nun mal Musik mit einer schmissigen Klavierbegleitung. Und wie auf Bestellung greift Buzz in die Tasten.

Bride wendet sich an John und versucht, das Schlimmste von ihm und seinem krümelnden Selbstbewusstsein abzuwenden. „Jetzt ist nicht die Zeit, hier herumzusitzen und Musik zu hören. Die Krankenschwester wartet darauf, in ihre Kabine zu kommen." Martha hält ihm die Tür auf, als er mit zwei Koffern den Gesellschaftsraum verlässt. Er ist deprimiert, kann aber von Glück reden, dass er nicht noch länger geblieben ist: Buzz gibt mächtig Gas – und Hank stellt sein Faible für Cole Porter erneut unter Beweis:

Oh, give me land, lots of land under starry skies above
Don't fence me in.
Let me ride through the wide open country that I love …

Als John die Treppe hinuntersteigt, hört er noch, dass Charlotte ihre Hemmungen nun endgültig abgelegt hat und aus voller Kehle mitsingt. Und Bride weiß sofort, dass es – wie von Cole Porter angedroht – weit und breit keinen „fence" mehr gibt.

⚓

Ich sah die junge Frau zufällig am Kai, dem organisierten Jubel, der für jedes heimkehrende U-Boot reserviert ist, schien sie wenig abzugewinnen. Nein, sie blickte gezielt zu mir herüber. Ich erwiderte ihren Blick, war mir aber im gleichen Moment meines äußeren Erscheinungsbildes wohl bewusst. Wenn man mit 50 Männern vier Wochen lang im U-Boot hockt, sieht man verwildert aus und entwickelt Gerüche, die durch ein bisschen frische Luft nicht gleich verschwinden.

Die Krankenschwestern, die sich am Kai in einer langen Reihe aufgestellt hatten, drückten jedem Seemann einen Blumenstrauß in die Hand. Mit ihren modischen Kostümen und den frisch gelegten Locken sah jede von ihnen ganz reizend aus. Als meine unbekannte Verehrerin an der Reihe war, lächelte ich sie an und verbeugte mich: „Fräulein." Sie lächelte zurück, widmete sich dann aber gleich dem nächsten Seemann.

Ich weiß aus Erfahrung, dass man in diesen Situationen besser Abstand halten sollte. Erst wenn ich mich gründlich gewaschen hatte, konnte ich wieder daran denken, ernsthaft mit der Außenwelt in Kontakt zu treten. Ein U-Boot-Fahrer hat ein Leben auf seinem Boot – und ein anderes auf dem Land. Wenn sich beide überschneiden oder gar vermischen, ist der Ärger nur eine Frage der Zeit.

Die Rückkehr an Land folgte strengen Ritualen. Zunächst gab es ein formelles Beisammensein in einem Raum, der ursprünglich wohl der Gemeindesaal der französischen *préfecture* war. Auf zusammengeschobenen Tischen, die mit weißen Leinentüchern gedeckt waren, hatte man die gesamte Post deponiert, die in der Zwischenzeit eingetroffen war.

Ich hatte diese Zeremonien schon mehrfach miterlebt, war von der emotionalen Wirkung aber immer wieder aufs Neue überwältigt. Bündel, kleine und große, alle säuberlich zusammengeschnürt, lagen auf den Tischen – in der Regel ein Päckchen pro Mann. Manche bestanden aus

Dutzenden von Briefen, manchmal lagen mehrere Päckchen übereinander. Es gab nur wenige Männer, die nur einen Brief bekamen. Zwei Kameraden gingen allerdings völlig leer aus. Man ließ uns danach mit der Lektüre allein. Ich zog es vor, mich mit meinem Bündel in eine Ecke zu verkriechen.

Meine Briefe kamen vorwiegend von meinen Eltern in Dresden, die mir immer – eine alte Angewohnheit – separat schrieben. Der Herr Doktor war hellauf begeistert von dem Weg, den ich eingeschlagen hatte. Er wollte unbedingt wissen, wie meine erste Feindfahrt verlaufen sei. Meine Mutter interessierte sich eigentlich nur für meine Gesundheit und mein Wohlbefinden. Mein Vater schilderte mir das Leid, das Dresden ertragen müsse – schwärmte in einem Atemzug aber auch von einem Pfitzner-Konzert in der Semperoper. Er liebt Musik über alles. Wobei Pfitzner sein Liebling ist, gefolgt von Strauss und – mit einigem Abstand – Wagner. Ein Verwandter von Karl Böhm, dem Dirigenten der Semperoper, ist einer seiner Klienten – was seiner Begeisterung für die neue Konzertsaison noch zusätzliche Nahrung gibt.

Ich schaute mir die anderen Briefumschläge an. Während die Handschrift meines Vaters stürmisch und expressionistisch ist, neigt meine Mutter zu kleinen Buchstaben mit kalligrafischer Anmutung. Wobei sich ihre Sorgen – ausgelöst natürlich durch den jungen Kadetten an der Front – in ihrer Handschrift niederzuschlagen scheinen. Anders gesagt: Das Leben meiner Mutter ist ein Scherbenhaufen. Ihre Schwester, eine furchtbar aufgedrehte und geschwätzige Person, ist die Letzte, die ihr in dieser Situation helfen könnte. Sie bewundert ihren Bruder, doch der lebt in München – zu weit weg, um ihre tägliche Last lindern zu können. Und die Zuneigung, die der ehrgeizige Anwalt für seine Gattin empfindet, ist leider begrenzt.

Da ich meine Mutter uneingeschränkt liebe, nahm ich mir vor, ihr umgehend zu antworten. Ich könnte nicht glücklicher sein als just in diesem Moment, würde ich ihr schreiben. Ich hatte im Sommer 1942 meine erste Fahrt als Kommandant hinter mir – und freute mich schon auf die nächste. Das Boot sollte in einigen Wochen wieder einsatzbereit sein.

Auch wenn es dann fünf werden sollten: Ich konnte mich nicht beklagen. Ich hatte alle Hände voll mit meinem eigenen Leben zu tun – in dessen Mittelpunkt schon bald Elise treten sollte.

Doch vor dem Rendezvous, das am Beginn unserer Beziehung stand, gab es noch andere Geschehnisse, die meine Aufmerksamkeit verlangten – etwa das Bankett, mit dem die Flottillenführung offiziell unsere sichere Heimkehr feierte. Die Kriegsmarine lässt es sich eine Menge kosten, um den Männern ihre Dankbarkeit zu zeigen, die sie hinaus auf den Atlantik schickt. Wenn wir einmal in unserem Boot hocken, kommen wir mit einer Portion abgestandenem Sauerkraut klar, dazu abgestandene Eier, die in 100 verschiedenen Varianten zubereitet werden. Doch sind wir erst einmal an Land, ist die Auswahl schier unbegrenzt: Wurst, Schinken, Gänse, Enten, frische Früchte und Gemüse, Kaviar und Champagner. Und all das war nur der

Auftakt zu einer Nacht mit den Damen, die in Lorient auf uns warteten.

Der gemeine Soldat befriedigte seine Bedürfnisse an einem Ort, den man schmunzelnd *Die Straße der Bewegung* getauft hatte. Ich war in Begleitung eines Herren, den die Flottillenführung eigens dafür abgestellt hatte, Offiziere in Etablissements zu lotsen, die ihrem Dienstgrad eher angemessen waren. Es war Juni – und die Dämmerung hatte bereits eingesetzt. Die üppigen blauen Hortensien, die die Ränder des Gehwegs säumten, verliehen dem zwielichtigen Ausflug ein geradezu gutbürgerliches Ambiente. Es war diese Farbe – und nicht so sehr das, was sich dann im Inneren des Hauses abspielen sollte – die sich für immer in meinem Hirn einbrannte.

„Oberleutnant Gräf, Sie werden nicht enttäuscht werden. Madame hat ihre Mädels prächtig ausgebildet. Diese Puppen verstehen die hohe Kunst des Fickens."

Mein nächtlicher Führer hatte für einen Moment wohl vergessen, dass uns mehr als nur unser Dienstgrad trennte. Vor dem Eingang ließ ich ihn deshalb unmissverständlich wissen, dass sich unsere Wege hier trennen würden. Er sei davon ausgegangen, den Abend mit mir zu verbringen, entgegnete er, doch ich ließ mich von meiner Entscheidung nicht abbringen. Als ich ihm zum Abschied meine Hand auf die Schulter legte, zog er sich – erst enttäuscht, dann zunehmend aufgebracht – zurück.

Nichtsdestotrotz informierte ich ihn später darüber, dass Madame ihren Ruf völlig zurecht verdiente – und ihre Mädchen sogar alle Erwartungen deutlich übertrafen.

„Oberleutnant", sagte sie und ergriff meine Hand, nachdem man ihr anhand der Uniform meinen Dienstgrad erklärt hatte, „ich habe Sie bereits erwartet." Sie war eher der dralle und deutlich übergewichtige Typ – ein Eindruck, der durch ihr glänzendes Satin-Kostüm, farblich passend zu einem Purpur-Schal mit chinesischen Brokat-Stickereien, nur noch verstärkt wurde. Ihre kunstvolle Turmfrisur war so perfekt austariert, dass sie damit selbst im teuersten Pariser Bordell eine gute Figur gemacht hätte. Sie strich mit ihrer Hand über die meine – was bei mir prompt die Frage auslöste, ob sie die zahllosen Ringe je wieder von ihren fleischigen Fingern abstreifen kann. Mit anderen Worten: Ich schloss sie umgehend ins Herz.

„Madame, Sie sind zu freundlich." Ich machte eine leichte Verbeugung. „U-Boot-Fahrer sind immer dankbar für eine liebevolle, beruhigende Hand – allein schon, um den schwankenden Boden auszugleichen, der noch immer in unseren Beinen steckt."

Sie schenkte mir ein maliziöses Lächeln. „Junger Mann, Sie sind hier an einen Ort gekommen, wo die vertikale Standfestigkeit Ihre kleinste Sorge sein sollte. Kommen Sie, lassen Sie uns etwas Champagner trinken und die Mädchen im Salon begrüßen. Sie freuen sich immer über ein frisches Gesicht – und Ihres ist das jungfräulichste, das sie seit Wochen gesehen haben." Sie löste ihre Hand aus der meinen und tätschelte mir die Backe.

Der Salon wurde vom Vorraum durch einen schweren weinfarbigen, in der Mitte geteilten Samtvorhang getrennt. Madame schob eine Hälfte zur Seite und ließ mich eintreten, um dann den Vorhang in meinem Rücken wieder sanft zurückgleiten zu lassen.

Für einen Moment stand ich da, ohne dass jemand meine Anwesenheit bemerkt hätte. Es war ein Anblick, an den man sich erst einmal gewöhnen musste. Überall auf den Sofas sah ich Paare in allen nur erdenklichen Umschlingungen, die gemeinsam einen Film betrachteten, der tatsächlich die „Kunst des Fickens" zum Inhalt hatte. Es war so etwas wie ein Lehrfilm, amateurhaft produziert und obendrein unscharf, da durch einen gazeartigen Schleier gedreht. Mit dem transparenten Feigenblatt wollte man offensichtlich den Rest menschlicher Würde wahren. Tatsächlich ließ das Filmchen der Fantasie noch etwas Raum, doch allzu viel war es nicht.

„Lass den geilen Stecher doch mal von der Leine", johlte ein betrunkener Offizier, den ich wahrscheinlich erkannt hätte, wenn ihm das Mädel, das sich mit ihm beschäftigte, nicht gleich eine Hand über den Mund gedrückt hätte. Keine Frage: Es gab Regeln in diesem Etablissement, die einzuhalten waren. Und eine vulgäre Sprache war hier definitiv nicht willkommen.

Der Abend entwickelte sich, wie man sich das gemeinhin vorstellt. Es dauerte nicht lange, bis auch ich mit einem Mädchen auf einem Sofa saß. Josette, gerade mal 18 Jahre jung, *ging ihrer Arbeit nach* – wenn man das so nennen will. Nach einer halben Stunde führte sie mich in eine separate, wenn auch wenig anheimelnde Kammer. In jedem Fall sollte das Versprechen, das mir die blauen Hortensien gegeben hatten, hier überreich eingelöst werden.

Beim Hinausgehen tätschelte mir Madame noch einmal die Wange.

„Junger Mann“, sagte sie, „auf dass Sie für immer dieses Gesicht behalten werden.“

⚓

Der letzte Tag des Heimaturlaubs, davon ist Hank überzeugt, sollte möglichst der Tätigkeit vorbehalten sein, deren Glanz am längsten die Fantasie beflügelt. Der Texaner sieht sich zwar noch nicht als begnadeter *Ladies' Man*, lässt aber keine Chance ungenutzt. Seit ihn das Schicksal nach Neufundland verschlagen hat, kann er sich über vielversprechende Kontakte auch nicht beklagen.

Er weiß, dass die Southern Baptist-Gemeinde in Abilene seine Affären nicht gerade begrüßen würde, aber was will man machen: Der Militärdienst schafft es eigentlich immer, einen jungen Spund heiß laufen zu lassen. Er schaut sich Charlotte an und sieht jedenfalls eine reelle Chance. Er würde sogar jede Wette eingehen, dass es kein hübscheres Mädel gibt, das je eine kanadische Uniform getragen hat.

Ein Soldat der Air Force weiß nicht einmal, wo er im nächsten Monat stationiert sein wird. Heute ist es Neufundland, doch theoretisch könnte er schon im November Bomben auf Hitlers Bunker abwerfen. Er nimmt die Befehle entgegen, schlüpft in seine Montur und pfeift eine flotte Melodie, die ihn an die gute Zeit erinnert, die er gerade erlebt hat.

Hank strahlt übers ganze Gesicht, während er Buzz beim Klavierspielen zuschaut. Ihm entgeht nicht, dass Charlotte nach Musik geradezu verrückt ist. Für einen Moment lässt er seinen Fantasien freien Lauf und stellt sich vor, wie es wohl wäre, wenn er das Objekt ihrer Leidenschaft wäre.

Let me ride through the wide open country that I love …

Charlotte schaltet schnell und übernimmt die nächste Zeile: *Don't fence me in …*

Für John gibt es Yankees – und das Abziehbild eines Yankees. Er lernte beide als Kind in St. Anthony kennen, als er in der karitativen Grenfell Mission arbeitete, dann aber auch in New York, wo er im Auftrag der Mission die Reparatur von medizinischem Equipment lernen sollte. Der Typ, mit dem er sich in New York anfreundete, war sogar einer der besten Kumpel, die er je hatte.

Hank ist der erste Texaner, der ihm über den Weg läuft – und hoffentlich auch der letzte.

John erzählt Alex, einem anderen Steward, von seiner abgrundtiefen Abneigung, doch der nennt ihn nur einen schlechten Verlierer. John fühlt sich missverstanden. Ein sensibles Mädchen wie Charlotte, sagt er, sollte doch einen hohlen Schaumschläger umgehend als solchen durchschaut haben.

Alex kann sich mit dem Schaumschläger durchaus identifizieren, er erinnert ihn ein wenig an seine eigene Jugend. Alex ist rund 20 Jahre älter als sein Kollege, hat sich mit ihm aber gut angefreundet, seit John auf der *Caribou* arbeitet.

Sie schauen im Gesellschaftsraum vorbei, wo Buzz noch immer in die Tasten haut. Alex ist beeindruckt. Es ist schon lange her, dass er einen Pianisten mit derartigem Schmiss erlebt hat.

John muss zugeben, dass der Mann am Klavier nicht übel ist. Er nickt im Takt mit, hat seine Augen allerdings auf Hank und Charlotte gerichtet, die sich auf das Klavier lehnen.

You leave the Pennsylvania Station 'bout a quarter to four
Read a magazine and then you're in Baltimore

Einige Paare haben sich von der guten Laune anstecken lassen und wirbeln im wilden Swing über den Tanzboden. Hank unterbricht seine vokale Präsentation, greift Charlottes Hand und führt sie auf die Tanzfläche, wo er schon bald mit einigen schnittigen Schritten die Aufmerksamkeit auf sich zieht.

Kaum sind sie wieder zurück am Klavier, stimmt Charlotte mit ihm den nächsten Refrain ein:

Chattannooga choo choo!
Won't you choo-choo, choo-choo, choo-choo me home!

John schnaubt kurz auf, um seinem Missfallen Ausdruck zu verleihen. Er schaut Hank von Mann zu Mann ins Auge, ballt die Faust in der Tasche und stellt sich vor, wie er diesen Texas-Tölpel so hart trifft, dass er rückwärts über den Tanzboden segelt.

Natürlich würde er so etwas nie machen. Er hat nicht die Absicht, sich von Bride eine Abmahnung einzufangen.

Just in diesem Moment erscheint die Respektsperson höchstpersönlich, um nach dem Rechten zu schauen. Charlotte legt ihre Hand beiläufig auf Hanks Arm. Ein letztes, kaum hörbares Stöhnen verlässt seine Brust, doch dann reißt sich John zusammen, dreht sich zu Bride um und lächelt.

⚓

Nur ein paar Augenblicke mit Elise reichten, um alle Gedanken an Madame und ihre Mädchen für immer aus meinem Kopf zu verbannen. Wir begegneten uns am nächsten Tag im Krankenhaus, wohin ich Otto begleitet hatte. Der junge Mann aus unserem Maschinenraum hatte sich bei einem Patrouillengang unglücklich das Knie lädiert, doch da bei der Untersuchung keine bleibenden Schäden festgestellt werden konnten, wurde Otto wenig später mit ein paar Krücken wieder entlassen.

Während Otto untersucht wurde, hatte ich versucht der Schwester näherzukommen. Schon bei unserer Ankunft hatte ich sie auf dem Korridor gesehen und angesprochen. „Entschuldigen Sie."

Sie schien nicht in übermäßiger Eile zu sein, zögerte aber einen Moment, bevor sie anhielt. „Ja?"

„Dürfte ich vielleicht Ihren Namen erfahren?"

Sie musste die Frage als seltsam, wenn nicht gar anmaßend empfinden, da sie mit ihrer Funktion als Krankenschwester nicht das Geringste zu tun hatte. Andererseits war mein Dienstgrad ein Faktor, den sie nicht ignorieren konnte.

„Vielleicht wissen Sie nicht, wer ich bin?“, fragte ich, um ihr etwas mehr Zeit zu geben.

„Doch, Oberleutnant Gräf.“

„Und wie ist Ihr Name?“

„Elise.“

„Wir sollten uns vielleicht einmal zum Abendessen verabreden?“

U-Boot-Fahrer lernen vom ersten Tag an, dass Zeit eine begrenzte Quantität ist, die man nicht mit unnötigem Geplänkel vergeuden sollte.

Sie war nicht überrascht. War sie ein wenig zögerlich? Vielleicht. Aber nachdem sie mir erst einmal ihren vollen Namen genannt hatte, schien auch diese Klippe umschifft. Ein passendes Restaurant konnte ich beim besten Willen nicht vorschlagen, sie wusste weitaus besser, was Lorient diesbezüglich zu bieten hatte.

Sie wählte ein Restaurant in der *Passage de la Comédie.* Hier gab es überwiegend örtliche Köche, die sich bereits mit der Anwesenheit der Deutschen – und ihres Geldes – arrangiert hatten. Die wortreiche Begrüßung und die üppige Platte mit Meeresfrüchten – wie immer exzellent, wenn von Franzosen zubereitet – waren aber nicht die Höhepunkte des Abends. Die Konturen ihres Gesichtes im Kerzenlicht, ihre herzliche Intelligenz, die Reflektionen in ihren blaugrünen Augen, die Art und Weise, wie sich unsere Blicke begegneten – anfangs noch eher unbeabsichtigt, zum Ende des Abends aber mit einer vielversprechenden Intensität – waren mehr, als ich mir in meinen kühnsten Träumen erhofft hatte.

Ich war bereit für die Liebe. Mit 26 hatte ich auf meiner Habenseite nur eine Affäre, die sich schnell in Luft auflöste, als ich zur Marineschule zurückkehrte. Die langen Monate auf Ausbildungsschiffen hatten natürlich ebenfalls zu keiner Beziehung geführt, die der Uniform angemessen gewesen wäre. Die exotischen Hafenstädte boten zwar kurzfristige Eskapaden, lieferten aber letztlich nicht mehr als Seemannsgarn, das an einsamen Abenden an Bord gesponnen wurde. Elise gab mir die Hoffnung, dass ich einer weitaus köstlicheren Romanze auf der Spur war – einer Beziehung, die unsere Herzen vielleicht an Orte führen könnte, die mir bislang völlig unbekannt geblieben waren. Ich wollte mit aller Macht diesen Traum Wirklichkeit werden lassen, war aber auch alt genug, um meine Träume lieber für mich zu behalten.

Elise war drei Jahre jünger – was aber keine Rolle spielte – und kam aus München. Ich erinnerte mich, dass ich als Kind einmal in der bayrischen Metropole gewesen war und mit meinem Onkel den Christkindlmarkt besucht hatte. Sie versicherte mir, dass die weihnachtliche Tradition auch durch den Krieg nicht gelitten hatte. Es war seltsam, dass wir uns in Kindheitserinnerungen verloren, aber vielleicht sind es ja gerade diese unschuldigen Erinnerungen, die dem Verständnis zwischen zwei Menschen eine ganz neue Qualität geben.

Wir sprachen natürlich auch über andere Dinge, klammerten meinen Dienst auf dem U-Boot allerdings völlig aus. Es war, als sei es verbotenes Terrain, dessen pure Erwähnung unseren wundervollen Abend in Mitleidenschaft ziehen würde. An jenem Abend, am Ecktisch im *Le Grand Café de l'Univers*, verloren wir uns in unserem ganz privaten Traum – und wollten uns von der Welt nicht stören lassen.

Zählt noch etwas anderes, wenn man Hals über Kopf verliebt ist? Absolut nichts im ersten Moment – und auch herzlich wenig in den Wochen, bevor ich mich wieder an Bord von *U 69* begeben musste. Wir verbrachten so viel Zeit zusammen, wie es irgendwie ging, wussten aber nie im Voraus, wann sich dazu die Gelegenheit bot. Elise hatte den Anordnungen der Oberschwester zu folgen – und die Oberschwester konnte sich erst ein Bild der erforderlichen medizinischen Maßnahmen machen, wenn ein U-Boot im Hafen eingelaufen war.

In der Innenstadt gab es ein paar Lokalitäten, an denen wir uns bevorzugt trafen. Wir hatten ausnahmslos eine wundervolle Zeit, aber immer dann, wenn man sie am wenigsten erwartete, entstanden diese magischen Momente, die man nie vergisst.

Einmal tauchte sie unangekündigt im *Hôtel Beauséjour* auf, wo einige der U-Boot-Kommandanten untergebracht waren. Es waren allerdings nur wenige Kameraden anwesend, da die meisten ihren Heimaturlaub genommen hatten. Nur die Männer, deren Anwesenheit dringend erforderlich war, hielten sich noch in Lorient auf.

Elise war unter dem Vorwand gekommen, mir eine wichtige Nachricht der Ärzte zu überbringen. Obersteuermann Metz rief mich ins Foyer hinunter – und konnte sich das Grienen nicht verkneifen, als ich auf dem Weg in die

Brasserie an ihm vorbeikam. Dass sie derart unverfroren auftreten konnte, hatte Elise selbst einen Schrecken eingejagt. Ich war natürlich entzückt und schlug ihr einen kleinen Spaziergang vor. Ohne ein Ziel zu haben, liefen wir einfach drauflos.

Sie mochte noch immer nicht glauben, was sie gerade getan hatte, und schaute noch einmal verunsichert zum Hotel zurück. Als ich ihrem Blick folgte, sah ich Metz, der mir – eine Zigarette in der Hand – jovial zuwinkte.

Ihre Nervosität legte sich erst, als wir um die Ecke in die nächste Straße gebogen waren. Sie verlangsamte ihre Schritte, atmete einmal tief durch und konnte sich wieder normal mit mir unterhalten. Ich bot ihr meinen Arm – und wir flanierten so entspannt weiter, dass man uns vermutlich für ein glücklich verheiratetes Ehepaar gehalten hat, das gerade auf seiner abendlichen Promenade ist.

Im Innersten aber war sie aufgewühlt. Ich griff ihre freie Hand, legte sie auf meinen untergehakten Arm und redete frisch und frei drauflos. Es war nichts von Wichtigkeit, aber ich spürte, dass sie mein Reden beruhigte. Theoretisch hätten wir auch durch irgendeine deutsche Kleinstadt spazieren können – zwei frisch Verliebte, die sich gerade auf die aufregende Reise in die gemeinsame Zukunft machen.

Und es wäre der Wahrheit durchaus nahegekommen. An jenem Abend spazierten wir den Cours de la Bôve hinunter, an der Statue von Victor Massé vorbei, Lorients prominentem Sohn, und setzten uns auf eine der Parkbänke, mit Blick auf den Rathausvorplatz. Ich schlug ihr vor, für einen Tag zur Larmor-Plage zu fahren – nur ein paar

Kilometer von Lorient entfernt und angeblich einer der schönsten Sandstrände in der ganzen Bretagne.

Sie protestierte natürlich: Wir würden uns doch kaum kennen, sie hätte für ihren freien Tag schon Pläne gemacht, und überhaupt: Was würde passieren, wenn die Oberschwester Wind bekommen würde von ihrer Eskapade? Ich konnte ihre Einwände allesamt mühelos entkräften – was umso leichter war, als sie keinerlei Gegenargumente in die Waagschale warf. Zu diesem Zeitpunkt lehnte sie auch bereits ihren Kopf gegen meine Schulter – und ich wäre jede Wette eingegangen, dass sie tatsächlich schon mit der Frage beschäftigt war, welches Kleid sie an jenem Tag tragen sollte.

Das Kleidungsstück, das mir am nachdrücklichsten in Erinnerung blieb, war ihr grün gepunkteter Badeanzug – mitsamt der Frau, die wunderbar darin aussah. Ich mochte mein Glück einfach nicht fassen: Hier war eine Frau, die ich gerade erst vor einigen Tagen getroffen hatte – und nun lag sie im Badeanzug neben mir im Sand. Keine Frage: Elise und ich waren füreinander geschaffen.

Ich lief zum Meer und rief ihr über die Schulter zu, mir zu folgen. Ich konnte mich an dem Anblick gar nicht sattsehen, wie sie – bis zur Hüfte im Wasser – langsam auf mich zukam, selbstsicher und bescheiden zugleich. Ich zog sie spielerisch an mich heran und fühlte ihre Haut auf der meinen. Ich konnte meinen Instinkten kaum Einhalt gebieten, wusste aber zu gut, dass sie nicht dieser Typ von Frau war.

Es war paradox, dass meine Sinne vom Meer derart überwältigt wurden – dem gleichen Meer, vor dem jeder Seemann auf der Hut ist. Der tödliche Feind lauerte direkt hinter der Luke, der gekrümmte Horizont schwankte im gleichen Winkel wie das Fadenkreuz des Periskops. Es war eine tödliche Spielwiese – aber die gleiche Spielwiese, die mich nun mit einer ganz anderen Leidenschaft überwältigte. Fast hatte ich den Eindruck, als wollten mir die entgegengesetzten Pole beweisen, dass sie sehr wohl zu einer großen Passion verschmelzen können.

Es war schon spät am Abend, als wir nach Lorient zurückkehrten. Bevor sie das letzte Stück zum Schwesternwohnheim allein ging, gab ich ihr einen Kuss. Es war ein Kuss, der gar nicht lange genug hätte dauern können. Meine Fantasie spielte verrückt. Ich wollte mich in ihr verlieren, musste mich aber mit einem bloßen Kuss begnügen. Meine Sinne schienen sich überschlagen zu wollen. Sie wich zurück, gab mir aber das unausgesprochene Versprechen, dass der Tag bald kommen würde.

„Gute Nacht“, sagte sie und legte ihre Finger auf meine Lippen, als wolle sie meine Leidenschaft versiegeln. Als sie sich umdrehte und ging, war mein Lächeln das Einzige, was ich ihr mit auf den Weg geben konnte.

„Gute Nacht.“

⚓

Auf dem Schiff wird es ruhig. Die Kinder sind in den Betten. Nur noch selten dringt das Quengeln eines übermüdeten Schreihalses durch die Kabinentür. Elf Kinder sind diesmal an Bord – und glücklicherweise ist zumindest der Seegang kein Problem heute Nacht.

Drei Matrosen der *Royal Navy* drängeln durch den Korridor und suchen noch nach etwas Unterhaltung. Bride wünscht ihnen einen schönen Abend und erinnert sie daran, dass noch immer Babys zu Bett gebracht würden. Der Gesellschaftsraum selbst würde um Mitternacht schließen. Solange es sich im Rahmen hielte, könnten sie sich bis dahin aber dort gerne vergnügen.

Soweit es Bride beurteilen kann, sind es zumindest keine Rabauken. Es gibt Nächte, in denen sie weniger Stewardess denn Rausschmeißerin ist. Sollten doch einmal die Fäuste fliegen, sorgt sie dafür, dass es bei dem einen Male bleibt.

Jede halbe Stunde dreht sie ihre Runde und stellt sicher, dass es keinen Anlass für Beschwerden gibt. Das Restaurant hat inzwischen auch seine Tore geschlossen, was in der Regel weitere Passagiere in die Betten treibt. Alle externen Lichtquellen wurden bereits beim Ablegen in North Sydney gelöscht, die Fenster und Bullaugen sind mit undurchsichtigen Vorhängen so präpariert, dass absolut kein Licht nach draußen dringt.

Allen Vorsichtsmaßnahmen zum Trotz scheint der Krieg noch immer weit weg zu sein – bis sie die Geschichten der Passagiere hört. Die drei Matrosen, die ihr im Gang begegnet sind, kennen diese Geschichten bestimmt zur Genüge. Sie haben Dinge gesehen, die sie in ihrem Leben nicht erneut sehen wollen, haben Freunde verloren und vielleicht auch selbst dem Tod ins Auge gesehen. Doch sie kann ihre Neugier zügeln und wird sie nicht darauf ansprechen. Sie wollen sich nur noch ein paar Drinks gönnen und über alles andere als über den Krieg sprechen.

Wenn Bride nachts hinauf zur Brücke will, muss sie sich mehr auf ihren Tastsinn verlassen denn auf ihre Augen: Wenn nicht gerade der Mond scheint, sieht man nicht einmal die Hand vorm Gesicht.

Von Kapitän Ben Taverner hatte Bride erstmals 1927 gehört. Es war das Jahr, in dem Lindbergh Schlagzeilen machte, weil er nonstop von New York nach Paris geflogen war. Die ganze Welt hatte sich an den Möglichkeiten der Fliegerei berauscht – und der *New York Daily Mirror* ließ keine Gelegenheit aus, um mit diesem Thema die Auflage in die Höhe zu treiben. William Randolph Hearst, der Verleger, bot 25 000 Dollar demjenigen, der nun von New York nach Rom fliegen könnte. Und prompt stürzte im September ein Fokker-Eindecker 350 Meilen östlich von Neufundland in den Atlantik, an Bord der Chefredakteur der Zeitung und zwei Piloten.

Die Maschine blieb spurlos verschwunden – bis Hearst Käpt'n Taverner und die *Kyle* mit der Suche beauftragte. Und wider alle Erwartungen wurde Taverner fündig, allerdings 100 Meilen nordöstlich der Stelle, die bislang als Absturzort galt. Der Mann hatte einfach ein unfehlbares Gespür für den Wind und die Strömungen in diesen Gewässern.

Im nächsten Jahr wurde er als Kapitän der *Caribou* angeheuert – und gehörte seitdem zum festen Inventar. Er kennt sein Schiff so gut wie die wettergegerbten Rücken seiner mächtigen Hände – oder, wie es Bride gerne sagt, besser als seine eigene Familie. Dazu zählen seine Frau Millie und immerhin sieben Kinder – fünf Jungs, zwei Mädchen. Es gab noch einen weiteren Jungen, den allerersten, der aber als Säugling starb. Das jedenfalls hat Bride hintenherum gehört. Nie im Leben würde der Kapitän mit ihr über so etwas reden.

Auch wenn Bride nie Kinder hatte, muss sie manchmal an die Frau des Käpt'n denken. Drei ihrer Männer auf demselben Schiff. Sie muss krank sein vor Sorge, dachte Bride – während der Käpt'n sogar alle fünf Jungs an Bord geholt hätte, wenn es nur irgendwie machbar gewesen wäre.

Und auch Mrs. Lundrigan taucht manchmal in ihren Gedanken auf. Zwölf Kinder! Und das, obwohl sie nicht mal katholisch ist. Die Kinder müssen eine wahre Madonna als Mutter haben. Und Lundrigan eine Heilige als Frau. Niemand sonst würde es sich antun, mit diesem Verrückten verheiratet zu sein.

Brides Eltern hatten nur ein einziges Kind – und schon in frühen Jahren war sie selbst zu der Erkenntnis gekommen, es ebenfalls bei einem Kind zu belassen – unabhängig davon, wen sie einmal heiraten würde. Ein Kind, um ihr im Alter Gesellschaft zu leisten. Nicht dass sie irgendetwas gegen Kinder gehabt hätte. Aber andererseits hatte es auch niemanden gegeben, der ihr überhaupt einen Antrag gemacht hätte. Gerald hatte wohl mit dem Gedanken gespielt, sich aber nie dazu durchringen können.

Der Kapitän ist 1,84 Meter groß – und selbst in der Dunkelheit kann man ihn mit niemandem verwechseln.

Er erkennt ihre Stimme. Und versichert ihr, dass es ihm an nichts fehle. Einer der Küchenleute sei vor kurzem hochgekommen und habe ihn ausreichend versorgt.

Es ist eine stille Nacht, stellen sie beide fest. Doch sie spürt sofort, wenn irgendetwas mit ihm nicht stimmt – selbst wenn er nur ein Schatten in der Dunkelheit ist.

Es ist still und klar. *Zu* klar.

Bride ist eine der wenigen Personen, denen Taverner zumindest sporadisch Einblicke in sein Seelenleben gewährt. Was keineswegs von Anfang an der Fall war. Doch nach all den gemeinsamen Jahren auf der Fähre haben es sich die beiden angewöhnt, auch ein paar private Worte zu wechseln – vor allem zu dieser nächtlichen Stunde, wenn auf der Fähre das Leben zur Ruhe kommt.

Heute aber herrscht Schweigen. Sie beide fühlen die Last auf ihren Schultern – und keiner möchte den ersten Schritt tun, um den Befürchtungen des Anderen Auftrieb zu geben.

Es ist Taverner, der dann doch noch das Schweigen bricht. Ob es wirklich das Risiko wert sei, fragt er sich laut. Bride ist für einen Moment unschlüssig, wie sie darauf reagieren soll. Der Kapitän, den sie bislang kannte, würde die Sicherheit der Überfahrt nie und nimmer infrage stellen. Er fährt diese Strecke drei Mal die Woche, *jede* Woche.

Bride stellt die Frage in den Raum, wie viele Soldaten die *Caribou* wohl seit Kriegsbeginn transportiert habe. Tausende. Viele von ihnen seien nach Übersee verschifft worden. Und viele von ihnen würden nicht mehr zurückkommen. Genau wie im letzten großen Krieg. Sie sicher über die Cabotstraße zu transportieren, sei das Mindeste, was man für diese Männer tun könne.

Sie schweigen wieder, doch diesmal ist die Stille intensiver denn je zuvor.

Millie könne schlecht schlafen, wenn er auf dem Schiff sei, sagt Taverner. In den letzten Wochen sei es besonders schlimm geworden.

Bride hat sich noch immer nicht von dem Thema verabschiedet, das ihr in diesem Moment besonders am Herzen liegt. Sie nennt einige Namen, die ihre Mutter in ihren jüngsten Briefen erwähnt habe. Es sind Männer aus ihrer Heimat Bay Roberts, die in den Krieg zogen, ja sich teilweise sogar älter machten, um überhaupt in den Krieg ziehen zu dürfen. Einige von ihnen wird man nie wiedersehen.

Es sei Aufgabe der *Caribou*-Mannschaft, ihren Beitrag zur Bewältigung dieser Herausforderung zu leisten.

Nur darum gehe es, nur darum seien sie hier.

Selbst die Passagiere spielten dabei ihre Rollen.

Von der Brücke aus ist herzlich wenig zu erkennen – es sei denn, man hat schärfere Augen als Bride. Im blassen Mondschein sieht sie nicht mehr als eine gewellte Meerlandschaft, die sich aus verschiedenen Grautönen zusammenfügt. Wenn es etwas Positives in diesem Meer der Monotonie gibt, ist es die Unbeirrbarkeit, mit der sich die Fähre durch Wasser und Dunkelheit kämpft. Sie haben auf dem Weg nach Neufundland bereits ein gutes Stück zurückgelegt und sollten dort noch vor dem Morgengrauen eintreffen.

Bride hätte nichts dagegen, wenn der Kapitän noch etwas gesprächiger wäre heute Nacht, doch Taverner beendet das Gespräch, wie er es immer tut: Er wünscht ihr noch eine gute Nacht, verbunden mit der Hoffnung, dass Gott sie beschützen möge.

Sie wünscht ihm eine gute Nacht und empfiehlt ihm, sich wirklich auszuschlafen, sobald er die Gelegenheit habe.

Und damit verlässt sie die Brücke, schließt den Kapitän aber noch für einige Momente in ihre Gedanken ein.

Doch sie wird anderweitig gebraucht. Diesmal sind es drei andere Matrosen – Neufundländer, dem Dialekt nach zu schließen. Es gibt natürlich nur einen Ort, den sie ansteuern möchten. Rum, sagen sie ihr, für Rum täten sie alles. Bride glaubt ihnen aufs Wort und weist ihnen den Weg.

Ein Mann trifft eine Entscheidung und hält sich dann auch an seinen Entschluss.

Das jedenfalls hatte ihm Sam erzählt, als John flügge wurde und in die große weite Welt hinauswollte. Sam hatte ihn zur Seite genommen, ihm direkt in die Augen geschaut und feste seine Hand gedrückt – ganz so, als hinge sein Leben davon ab.

Johns Vater, Johnny Gilbert – der Mann, dessen Namen er trug – war ein Scharfschütze gewesen, der sich im *Newfoundland Regiment* einen Namen gemacht hatte, weil er Dutzende von Türken in der Schlacht von Gallipoli ins Jenseits befördert hatte. John war erst ein paar Jahre alt gewesen, als sein Vater starb, aber Sam wollte nie mit der

Sprache herausrücken, wie es passierte, dass sein Vater – Sams bester Freund – ums Leben kam.

Sam Kennedy war aus dem Krieg heimgekehrt, hatte sich offensichtlich die Freundin seines besten Freundes unter den Nagel gerissen – und sie letztlich auch geheiratet. Es war, wie John kombinierte, ein Fall, in dem sich Hartnäckigkeit und Entschlusskraft auszahlen.

Lange bevor er St. Anthony tatsächlich verließ, hatte John schon den dringenden Wunsch verspürt, seiner provinziellen Welt zu entkommen. Und so nahm er denn den Job auf der *Caribou* an – nur um festzustellen, dass er hier eher noch rastloser wurde.

Buzz beendet seine letzte Zugabe. Er hat viel Spaß gehabt heute Abend, kennt aber auch seine Grenzen. Er muss dringend schlafen, während sein Buddy Hank noch etwas Zeit braucht, um den weiteren Verlauf des Abends zu organisieren.

Er hat sich auf die Pianobank gesetzt, klimpert amateurhaft vor sich hin und summt die Melodie, die Buzz zuletzt gespielt hat. Charlotte, nach ihrem Tänzchen noch immer aufgedreht, sitzt neben ihm – ausnehmend hübsch in ihrer marineblauen Uniform mit den zweireihigen Messingknöpfen sowie weißen Kragen und Manschetten. Als Hank ihr etwas ins Ohr flüstert, scheint es ihr etwas peinlich zu sein.

John taucht auf und postiert sich auf der einen Seite des Klaviers. Er hat die Hände in den Taschen und wartet, bis er Charlottes Aufmerksamkeit hat. Er habe eine Nachricht von Martha, sagt er. Charlotte will ihn unterbrechen, doch John lässt sich von seiner Mission nicht abbringen: Martha, ihre Freundin, habe sich in der Kabine eingerichtet. Sie hoffe, dass Charlotte sie nicht mehr allzu lange warten ließe.

Hanks Augen ziehen sich zu Schlitzen zusammen. Charlotte legt ihre Hand auf die seine und zieht sie dann sachte herunter auf die Tastatur. John rührt sich nicht, tut sich aber schwer, seine geballte Abneigung noch unter Kontrolle zu halten.

Lundrigan, der die Szene verfolgt hat, ruft ihn an seinen Tisch hinüber, an dem sich auch Alex niedergelassen hat. Es ist ein erster Schritt, den schwelenden Streit zu entschärfen.

Alex nimmt ihn sich zur Brust. „Warum zum Teufel bist du eigentlich nicht in der Armee?“ Am Ersten Weltkrieg konnte Alex nicht teilnehmen, weil er zu jung war, diesmal muss er passen, weil er zu alt ist.

Lundrigan mischt sich ein und meint, dass beide Männer auf ihre Weise dem Land dienen.

Als Alex groß wurde, war ihm ein Leben als Fischer vorgezeichnet. Selbst als er erwachsen war, hörte seine Welt bereits an den Grand Banks auf. Er segelte in seinem offenen Boot hinaus und fischte, Jahr für Jahr. Doch nun sitzt er hier auf der *Caribou* und macht die lange Reise bis nach Nova Scotia – und das sogar dreimal die Woche! Er haut mit der Faust auf den Tisch und erinnert John daran, dass es hier auf der Fähre Seeleute gibt, die bis nach Gibraltar kamen, nach Indien gar oder in den Suez-Kanal. Niemand wisse, was es mit dem Krieg wirklich auf sich habe, wenn er nie aus Neufundland herauskäme.

John braucht keine Belehrungen. Er hat seine Lektion schon vor Jahren gelernt: Ein Junge muss aus dem Haus raus – allein schon, um zu verstehen, wo seine Wurzeln liegen.

„Die *Royal Navy*! Melde dich zum Dienst. Sonst wirst du's noch bereuen."

Lundrigan ist nicht überzeugt und äußert seine Zweifel.

„Aber Sir", sagt Alex. „Wenn Sie in Johns Alter wären, würden Sie doch längst im Rekrutierungsbüro Schlange stehen. Sie würden doch alles unterschreiben – genauso wie der Junge, der nach Ihnen kommt."

„Aber nicht, wenn ich einen Job habe, der für die Mobilisierung unverzichtbar ist."

Alex will das Thema nicht weiter vertiefen, kann sich aber ein letztes Argument nicht verkneifen: „Die Frauen werden verrückt, wenn sie Jungs in Uniform sehen."

John hat sich entschieden. Er ist sogar dankbar, dass Alex den Knüppel rausholte, um die Entscheidung herbeizuzwingen. Viel zu lange hat er diesem Eiertanz schon zugeschaut. Er will nicht mehr der unentschlossene Weichling sein, der sich von allen möglichen Idioten herumschubsen lässt. Die Zeit ist gekommen, endlich Nägel mit Köpfen zu machen.

Bride betritt den Gesellschaftsraum und mustert die Akteure. Es ist kurz vor Mitternacht. Sie greift sich einen Stuhl zwischen Lundrigan und Alex und lässt sich mit dem letzten verbliebenen Quäntchen Eleganz auf den Sitz fallen. Sie ist jedenfalls heilfroh, nicht mehr auf ihren Füßen stehen zu müssen. Da es auf dem Schiff inzwischen still geworden ist, kann sie langsam selbst mit dem Entspannen beginnen.

Als sie sich hinsetzt, klappt Hank gerade den Deckel des Klaviers zu. Er steht auf, eine unentschlossene Charlotte gleich an seiner Seite.

Ihre Kabine oder seine – das ist hier die alles entscheidende Frage, die sich auch die vier Zaungäste am Tisch stellen. Die Antwort wird letztlich davon abhängen, ob Hank seinen Kumpel Buzz davon überzeugen kann, seine Schlafkoje gegen den weniger komfortablen Gesellschaftsraum zu tauschen.

Es ist eine Posse, die ohne hochgradige Scheinheiligkeit nicht zu bewältigen ist. Hank wünscht allen gutgelaunt eine gute Nacht und verabschiedet sich. Charlotte tut das Gleiche, folgt ihm aber in einem dezenten Abstand, der noch keine Rückschlüsse auf eine gemeinsame Absprache liefert.

Bride schickt den beiden einen nicht minder gutgelaunten Gruß hinterher: „Und schlafen Sie gut!"

John schnaubt, schaut aber demonstrativ nicht zu der Tür, aus der die beiden gerade hinausgehen.

Bride dreht sich zu ihm um: „Sie ist eh nicht dein Typ."

John kann sich nicht erinnern, so was wie *einen Typ* zu haben.

Die Unterhaltung schreit danach, neue Impulse zu bekommen. „Die *Royal Navy* also?", fragt Lundrigan. „Oder lieber die *Canadian Navy*?"

„Keine von beiden." John hat sich bisher bedeckt gehalten, doch nun muss es aus ihm raus. Nein, wenn die Fähre im Hafen von Port aux Basques angelegt hat, werde er den ersten Zug nach St. John's nehmen. „Und dann werde ich mich direkt von der *Royal Air Force* rekrutieren lassen." Er schaut in die Runde, um die ungläubigen Reaktionen zu genießen.

Sie halten seine Ambitionen für unrealistisch und glauben nicht, dass er eine ernsthafte Chance hat. Aber es geht inzwischen auch mehr um dieses fixe Bild, das sich in sein Hirn eingebrannt hat und nicht mehr verschwinden will: *Flight Lieutenant John Gilbert.* Er hat sich diesen Spleen in den Kopf gesetzt, seit er vor einigen Wochen mit der *Newfoundland Squadron* der *RAF* gesprochen hatte, die auf der *Caribou* zu Gast war.

Auf dem Wappen der *Newfoundland Squadron 125* ist ein *Caribou.* Und immer, wenn John an dem entsprechenden Hirsch-Emblem auf der *Caribou* vorbeikommt – entweder mit dem Koffer eines Gastes oder dem Tablett mit einem Drink – stellt er sich vor, er sei Mitglied dieser legendären Fliegerstaffel. Nicht unbedingt gleich der Pilot. Aber vielleicht Flugnavigator oder Bombenschütze. Diese Vision hat in den letzten Wochen jedenfalls völlig von ihm Besitz ergriffen.

Bride hatte nicht die leiseste Ahnung.

Lundrigan hat zwar seine Zweifel, ist aber nicht willens, dem Enthusiasmus des jungen Mannes einen Dämpfer zu verpassen. „Ein Mann kann alles erreichen, was er sich vorgenommen hat", ist sein Lebensmotto – auch wenn er in diesem Fall leichte Bedenken nicht abschütteln kann.

Was Bride angeht, so mimt sie die Fassungslose, da sie auf der Rückfahrt doch nun niemanden habe, der Johns Position einnehmen könne. Zudem habe sie sich so gut vorstellen können, wie er sich langsam hochgearbeitet hätte und eines Tages Chefsteward würde – wobei Alex natürlich zunächst den Zuschlag erhalten hätte.

Das sei gehüpft wie gesprungen, meint Alex dazu. „Wenn's den Jungen zwickt, sollte man ihn auch ziehen lassen." Außerdem weiß jedermann an Bord ohnehin, dass Bride sich so schnell nicht pensionieren lasse. Mit dieser Tatsache hat er bereits vor Jahren zu leben gelernt.

Inzwischen ist es nach Mitternacht. Der Gesellschaftsraum ist geschlossen, doch es wäre nicht ungewöhnlich, wenn sich die Angestellten vorm Schlafengehen noch eine Rum-Cola genehmigen würden.

Als man auch Lundrigan einen Drink anbietet, schüttelt er nur milde sein Haupt. Alex hat vergessen, dass der Mann Abstinenzler ist und obendrein Mitglied der Heilsarmee.

⚓

Wägt man alle Factoren ab, ist es bereits Elise, die mir emotional am meisten bedeutet. Nicht Dönitz, nicht der alte Herr mit seinen Erzählungen, nicht meine Mutter. Elise beherrscht mein Herz, unsere Feindfahrt meinen Kopf.

Und es ist weiß Gott eine schicksalsschwere Fahrt. Amerika hat uns nicht gerade mit offenen Armen empfangen. Wir hatten die Chesapeake Bay direkt vor Augen – Cape Charles steuerbord, Cape Henry backbord –, waren aber gezwungen, mit ausgefahrenem Periskop unter der Wasseroberfläche zu bleiben. Die Lichter ihrer gewaltigen Navy-Base in Norfolk waren schon ungemein eindrucksvoll. Obendrein jagten uns Detonationen kurz einen Schrecken ein, bis sich herausstellte, dass es sich um Bomben-Übungen handeln musste. Mächtige Suchscheinwerfer tasteten die gesamte Bay ab.

Wir hatten alles gesehen, was wir sehen wollten, und tauchten ab.

Eine von Umbecks Aufgaben, unserem Zweiten Wachoffizier, bestand darin, mich umgehend zu informieren, wenn Sachse, unser Horcher, irgendetwas Auffälliges aufgeschnappt hätte. Was natürlich leichter gesagt als getan war, weil die Unterwassermikros alle möglichen Geräusche einfingen.

Doch nachdem wir von ihren Scheinwerfern nicht entdeckt worden waren, hatte uns anscheinend auch ihr Sonar nicht aufspüren können. Wir verkrochen uns in dem südlichen Teil des Sektors, wo die Sonar-Signale immer schwächer wurden. Wir nahmen uns drei Stunden Zeit, um ungestört unsere *Eier* in der Chesapeake Bay zu verstecken.

„Wie ein Lamm, das zur Schlachtbank geführt wird", sagte Hagemann, als wir alle Minen deponiert hatten. Wir mussten uns nur noch unbemerkt aus dem Staub machen.

Das Lamm zur Schlachtbank führen. Hagemann kennt sich mit Bibelzitaten gut aus, auch wenn sein Lebensstil die dort beschriebenen Kriterien nicht gerade erfüllt. Er hat's mit dem Lamm, während ich das andere Zitat bevorzuge: *still wie ein Schaf, das verstummet vor seinem Scherer.*

Wir wissen beim besten Willen nicht, welchen Schaden die Minen anrichten werden, sind aber ausnehmend optimistisch.

Weiter geht es in den Süden zum Cape Hatteras, wo die Amerikaner gerade ihre Zeppeline feiern, die US-Schiffen in Küstennähe Geleitschutz geben sollen. Tatsächlich sind so viele von den Dingern unterwegs, dass wir ständig abtauchen müssen, um nicht entdeckt zu werden. Da uns das Hauptquartier die freie Wahl ließ, entschloss ich mich, lieber wieder im Norden mein Glück zu versuchen.

Am 30. September 1942 bogen wir in die Cabot-Straße ein. Auf der Brücke, von heftiger Gischt durchnässt, warf ich zum ersten Mal ein Auge auf Neufundland.

Ein U-Boot-Kommandant sollte beim Anblick von Land nie aus dem Häuschen geraten, doch nichts hatte mich auf den Anblick dieses massiven Gesteins vorbereitet, das die unwirtlichen Gewässer des Nordatlantiks achselzuckend an sich abtropfen lässt. Man hat fast den Eindruck, als habe sein Schöpfer diese Brustwehr aus Granit ganz bewusst so gestaltet, dass sich die Naturgewalten vergeblich an ihr abmühen. Die Insel scheint sich geradezu lustig machen zu wollen über den unablässigen Wind und die donnernden Wellen. Sonnenlicht verleiht jeder Insel eine einladende Aura, doch mit seinen gigantischen Klippen, denen die Brandung nichts anhaben kann, ist Neufundland absolut majestätisch. Wenn wir nicht im Krieg wären, wenn ich nicht ein feindliches U-Boot kommandieren würde, wäre mein spontaner Impuls, gleich hier an Land zu gehen. Ich wollte diese wilde, einmalige Eruption der Natur unbedingt aus nächster Nähe bestaunen. Tagelang würde ich allein durch die Wildnis streifen und alles auf meinem Zeichenblock festhalten.

Nie in meinem Leben war ich mit einer derartig elementaren Naturgewalt konfrontiert worden, doch ich würde das Angebot auf der Stelle annehmen. Ich würde meine Zeichenstifte wiederentdecken, mich auf die Spuren von Franz Marc begeben und die Wildheit der Natur auf Papier festhalten.

Doch für den Moment musste ich mich damit begnügen, an dem Naturschauspiel vorbeizufahren und mich dem Krieg unterzuordnen. Ich habe nun einmal Befehle auszuführen und Feindfahrten ordnungsgemäß zu Ende bringen. Was zurzeit meine Sinne schärft, ist dieses unbändige Ringen zwischen Leben und Tod – und schon aus egoistischen Gründen tue ich gut daran, mich voll und ganz auf diesen Kampf zu konzentrieren.

Der Sankt-Lorenz-Strom war dagegen eher eine Enttäuschung. Tagsüber registrierte Metox, unser Radarwarngerät, absolut jedes Signal und hielt uns die kanadischen Aufklärungsflieger vom Leib. Die Hälfte der Zeit waren wir über Wasser und fühlten uns völlig sicher. Wenn dann die Nacht kam, wurde es sogar noch besser. Oft genug glaubten wir uns an das Training in der Ostsee erinnert. Wir navigierten kreuz und quer, spähten wie ein Falke in die Nacht und waren uns ziemlich sicher, dass uns schon irgendetwas ins Visier geraten würde.

⚓

Oft genug steht Taverner nachts allein auf dem Deck Der Qualm seiner Pfeife löst sich in der Dunkelheit auf – genau wie der Rauch aus den Schornsteinen des Schiffs. Das unerbittliche Grau der See empfindet er als geradezu tröstlich. Die meisten Männer sind fürs Leben an Land gemacht, doch Taverner bewegt sich im Einklang mit dem Meer, versteht seine Tücken, weiß aber auch, wann er dessen Zügellosigkeit Paroli bieten muss. Er war nie der Typ, der Angst vor dem Wasser hatte, ist aber auch stets auf der Hut. Es heißt, das Meer habe einen seltsamen Effekt auf das seelische Gleichgewicht eines Mannes.

Taverner würde diese Theorie nicht unterschreiben. Seine Existenz geht Hand in Hand mit der Existenz des Wassers, seine Lebenserfahrung ist geprägt durch die Stationen, die ihn von der Kindheit bis in die Gegenwart führten und aus ihm einen zähen, vom Leben abgehärteten Mann machten.

Bruce, Lintrose, Meigle, Glencoe, Sagona, Kyle, Prospero, Caribou. Diesen Schiffen hat er als Kapitän gedient. Jedes war anders. Es gab keine zwei, die ähnlich gewesen wären. Auf einigen Küstenschiffen arbeitete er nur für den Sommer und Herbst, auf der *Caribou* aber seit vielen Jahren. Eine Fähre, die nun zwischen die Fronten des Kriegs geraten ist.

Er hat sich immer für einen glücklichen Mann gehalten. Wasser, Felsen, Untiefen, Wind und Eis – alles Dinge, mit denen er umgehen kann. Dinge, die ihm Vertrautheit und Zufriedenheit geben. Er fühlte nie die Notwendigkeit, so etwas wie Feinde zu haben.

Nach neu ereignislosen Tagen wagten wir uns weiter in den Sankt-Lorenz-Strom vor. Noch nie war ein deutsches U-Boot so weit in diese Gewässer eingedrungen. Man hätte eigentlich erwarten können, dass die Kanadier alles nur Erdenkliche unternommen hätten, um unerwünschte Eindringlinge auf Abstand zu halten.

In der Nacht zum 9. Oktober 1942, Marinequadrat BA 3827, sichteten wir in der Capotstraße 20 Meilen südwestlich von Channel Head einen Konvoi mit sechs Frachtern, drei von ihnen schienen Frachter zu sein, die vermutlich Eisenerz transportierten. Sie fuhren in Zweiergruppen – an den Seiten jeder Kolonne sicherte ein Zerstörer die Schiffe. Unsere Entfernung war alles andere als optimal, da der Flankenschutz der zweiten Kolonne eigentlich schon zu nah war. Wir manövrierten so lange, bis wir die bestmögliche Distanz bei 2 000 Metern erreicht hatten.

Der Blutdruck stieg. Die Jahre des verbissenen Drills im Hinterkopf, kristallisierte sich die Einsicht heraus, dass es in dieser Situation eigentlich nur eine Entscheidung geben konnte: Die Pötte werden versenkt. Da von meinem Hirn keine Einwände mehr kamen, übernahmen meine Instinkte das Kommando.

Um 0553 waren wir zum Angriff bereit. „Torpedorohre Eins und Vier fluten. Bereithalten zum Abschuss."

Über das Sprachrohr im Bugraum wurde der Befehl bestätigt.

Hagemann hatte angeordnet, die U-Boot-Ziel-Optik, kurz UZO, zur besseren Schiffspeilung auf der Brücke zu installieren. Ihre Nachtsichtferngläser waren durch ein Kabel in der Luke mit dem Torpedovorhalterechner unten im Turm verbunden. Der Rechner seinerseits kommunizierte mit dem Kreiselkompass und den Torpedos – wobei die Steuerungskorrekturen automatisch vorgenommen wurden.

Hagemanns Job war es, das Zielobjekt im Fadenkreuz der UZO zu halten – was angesichts der Entfernung gar nicht so einfach war.

Der Erste Wachoffizier, vollkonzentriert über das UZO gebeugt, hatte mein vollstes Vertrauen. Er hob seinen rechten Arm. „Torpedomündungsklappen öffnen!" Er legte seine Hand auf den Abfeuerungshebel.

„Rohr Eins einsatzbereit, Rohr Vier einsatzbereit, Rohr Fünf einsatzbereit", kam es aus dem Sprachrohr zurück.

Man spürte, wie die gesamte Besatzung den Atem anhielt.

Ich gab den entscheidenden Befehl: „Rohr Eins: Feuer". Kurze Pause. „Rohr Vier: Feuer!"

„Hart Steuerbord!" Unmittelbar danach gab ich den Befehl „Rohr Fünf: Feuer!" Und dann machten wir uns aus dem Staub.

Nach vier Minuten hörten wir eine Detonation, eine Minute danach eine gewaltige Explosion. Treffer. Der Frachter – mit schätzungsweise 4 000 BRT – ging in Flammen auf. Nach zwei Minuten brach das Schiff auseinander und sank in die Tiefe.

Ich vermutete, dass die Begleitschiffe umgehend den nächtlichen Himmel mit Leuchtkugeln illuminierten, doch *U 69* ist bereits in die Unsichtbarkeit abgetaucht. Es blieb nicht einmal Zeit, die Versenkung zu feiern.

Das wurde kurz darauf nachgeholt.

„Prost!“, schallte es rund um den Metalltisch – ein Toast auf einen Erfolg, der hoffentlich am Anfang einer langen Kette stehen wird. Doch wenn die Kanadier weiterhin so tölpelhaft vorgingen, machte ich mir um unsere Erfolgsquote eigentlich keine Sorgen.

„Anfeuern“. Die dicken Gläser knallten wieder aneinander, Bierschaum ergoss sich über unsere Hände. Alle lachten brüllend über Umbecks Wortwahl. Er wurde nicht gerade für seinen feinsinnigen Humor geschätzt. Der Zweite Wachoffizier ließ nur selten seine Gefühle heraus und blieb gerne im Schatten von Hagemann, der zwar den Grobian mimte, in entscheidenden Momenten aber einen klaren und analytischen Kopf bewies. Umbeck, der uns vom Hauptquartier ohne vorausgehende Konsultationen zugeteilt wurde, war auf seiner allerersten Unternehmung. Dieser Tage nimmt man halt, was man bekommen kann. Die Ausbildung wurde auf einen Bruchteil früherer Jahre zusammengestutzt – und trotzdem ist die Zahl der Kandidaten nicht gestiegen.

Wobei ich unseren neuen Kameraden durchaus zu schätzen wusste. Umbeck machte einen guten Job, stand sich manchmal aber selbst im Wege. Hagemann hatte keine Geduld mit ihm und beklagte noch immer die Tatsache, dass Umbecks Vorgänger – sein einzig echter Vertrauter – auf ein anderes Boot versetzt wurde. Mit seinem schroffen Verhalten war natürlich keinem der beiden gedient. Ich hatte auch ein offenes Wort mit Hagemann, konnte bislang aber noch keine Veränderungen feststellen. Wahrscheinlich war die Luft zwischen ihnen sogar dicker, wenn ich nicht mit ihnen zusammen war.

Umbecks *Anfeuerungen* und der Ansatz eines Lächelns ließen unsere Laune jedenfalls steigen – was auch hilfreich war, da unsere Offiziersmesse hoffnungslos überfüllt war. Ständig musste jemand aufstehen, die Luft anhalten und den Bauch einziehen, wenn sich jemand am Tisch durchquetschen wollte. Wenn der übergewichtige Koch auflief, schienen der Raum und der verfügbare Sauerstoff auf die Hälfte zu schrumpfen. Wenn er wieder ging und uns zum Abschied sogar einen Furz schenkte, war das Ende der Welt sehr nahe.

Hagemann mampfte verbissen seine Kartoffeln mit Wurst. „Schweinescheiße", grummelte er nur.

„Unser Koch ist nun mal ein echter Bayer", sagte Schieder, unser Leitender Ingenieur, von allen nur *LI* genannt. „Kann es da überhaupt Hoffnung geben?"

Hagemann machte ein abfälliges Geräusch – was alle mit lautem Gelächter quittierten. Nachdem er mit seinem ersten Versuch für so viel Heiterkeit gesorgt hatte, versuchte es Umbeck aufs Neue. „Für Bayern, die scheißen: *Anfeuerungen!*"

Hagemann schob seinen Teller von sich und verließ den Tisch – ganz der bockige Pennäler. Alles war natürlich nur künstliche Aufregung. Nach fünf Minuten war er wieder zurück und tat so, als sei nichts geschehen. Mehr noch: Er verlangte nach einer Erklärung, warum es am Tisch plötzlich so ruhig geworden war.

„Nun ja", sagte Hagemann, „ihr seid wohl alle sprachlos. Höchste Zeit, dass ihr euch wieder um euren eigenen Krempel kümmert."

Man kann es dem Ersten Wachoffizier eigentlich nie rechtmachen – und doch hat er überall seine Finger im Spiel. Er ist der zweite Mann in der Kommandostruktur. Und es gäbe wohl nur wenige, die einen besseren Job machen würden als er. Selbst der LI würde meiner Einschätzung zustimmen und Hagemanns Qualifikation nie in Zweifel ziehen. Die beiden haben schon vor langer Zeit einen Weg gefunden, reibungslos zusammenzuarbeiten – ihrer gegenseitigen Abneigung zum Trotz. Der LI lässt sich durch Hagemanns laute Sprüche nicht mehr aus der Ruhe bringen, sondern macht letztlich das, was er für richtig hält.

Hagemann muss die Hochnäsigkeit schon in seiner Erbmasse gehabt haben. Es ist geradezu ein Wunder, dass er nicht gleich eine Karriere als Kommandant ins Auge fasste. Und doch würde er mich nie hintergehen. Egal, womit uns Gott oder die Tommies überraschen: Er ist letztlich der Mann, der das Boot steuert. Und heimlich freut er sich sogar über kritische Situationen, weil er dann beweisen kann, dass er auf alles eine Antwort hat. In diesen Situationen ist das Wohl der Besatzung mehr in seinen Händen als in meinen. Und doch hat er keine Probleme, mir am Ende des Tages Rede und Antwort zu stehen. Vielleicht muss er sich im Innersten seines Herzens sogar überwinden, doch er ist klug genug, diese Gefühle unter Verschluss zu halten.

Ein versenktes Schiff hatten wir also auf unserer Habenseite. Was noch kein Grund für übertriebene Feierlichkeiten war. Lorient war weit weg von hier – und wir hatten hoffentlich noch weitere Gelegenheiten, uns auszeichnen zu können. Es war ein ordentlicher Start, nicht mehr und nicht weniger.

Eine mehrmonatige Unternehmung verlangt eine 100-prozentige Leistung von jedem Mann. Ein U-Boot-Kommandant muss jederzeit mit ein oder zwei lockeren Schrauben rechnen, die dringend justiert werden müssen. Eine Mannschaft kann nur optimal funktionieren, wenn die Harmonie untereinander gewährleistet ist. Wir sind eine verschworene Gemeinschaft, die nicht durch Zoff unterminiert werden darf. Wenn wir beim Essen zusammensitzen, lasse ich banale Zankereien noch durchgehen, doch bei schwerwiegenden Vorwürfen steige ich sofort auf die Bremse. Und es gibt niemanden innerhalb der Mannschaft, der mir in diesem Punkt widersprechen würde.

Es gibt auch niemanden innerhalb der Mannschaft, der nicht das Letzte aus sich herausholen würde. Später, am Ende unserer Unternehmung, werde ich kein Geheimnis daraus machen, wie sehr ich die Leistung eines Jeden zu schätzen weiß. *U 69* ist eine Zigarrenröhre, in die 47 Leute gequetscht werden. Jeder atmet die gleiche Luft, jeder isst den gleichen Fraß, der mit jedem Tag abgestandener und monotoner wird, jeder verrichtet seine Notdurft an einem Ort, wo zehn Sekunden zuvor ein anderer Mann gesessen hat.

Ich führe ein privates Tagebuch, in dem jedem einzelnen Mann eine ganze Seite gewidmet ist. Ich nenne es *Das Geschichtsbuch.*

Manchmal, wenn mir ein besonderer Gesichtsausdruck

ins Auge fiel, machte ich auch nur eine schnelle Porträtskizze. Unter ihrem Namen notierte ich ihren Geburtsort, vielleicht ein paar Stichworte über ihre Familie, ihre Ausbildung, dann aber auch Vorfälle – auf dem Boot oder an Land – die es irgendwie verdienten, ins Buch aufgenommen zu werden. Einige Geschehnisse mochten banal sein, zeichneten in ihrer Gesamtheit aber doch ein aufschlussreiches Bild eines Mannes – ob er nun ein gewöhnlicher Matrose war oder ein Offizier, mit dem ich im Kontrollraum stand. Hagemann hat es sogar schon zu zwei Seiten geschafft, während sich Umbeck mit einem halben Blatt zufriedengeben muss. Was Schieder, unseren LI angeht, ist mir der Mann noch immer so mysteriös, dass ich nicht über ein, zwei Sätze hinausgekommen bin. Er macht absolut nichts, was aus dem Rahmen des Normalen fallen würde – und das schlägt sich natürlich auch in meinem Buch nieder.

„Kenne deine Männer." Wenn es etwas gibt, das ich von Wolfgang Lüth gelernt habe, ist es dies. Für die Nazis war er das leuchtende Beispiel eines U-Boot-Kapitäns – und die Summe seiner versenkten BRT sprach eine deutliche Sprache. Ich lernte ihn in Kiel kennen. *Machen Sie jeden Mann größer, als er es in Wirklichkeit ist. Lassen Sie einen nach dem anderen auf den Kommandoturm kommen und so viel frische Luft schnappen wie irgendwie möglich. Es geht nicht um den einzelnen Mann und den Job, den er zu erledigen hat. Sie sind auf einer Mission – und Sie sind es gemeinsam.*

Es waren Worte der Weisheit. Wobei ich weiß Gott nicht alles unterschreiben würde, was aus seinem Mund kam.

Für meinen Geschmack war Lüth zu rigoros. Er ließ seinen Männern überhaupt kein Privatleben mehr: Sie durften nur Musik hören, die von ihm autorisiert worden war. Aufreizende Fotos von Frauen waren verboten. Keine Zigaretten vor dem Frühstück. Ich hörte, dass sogar alle Bücher, die an Bord gebracht wurden, erst durch seine Hand gehen mussten. Aber für das Reich ist er nun mal ein Held. Bislang 27 versenkte Schiffe sind schlagende Argumente.

Ich bin mir sicher, dass Lüth auch keine unziemlichen Gespräche am Offizierstisch geduldet hätte. Ich habe diesbezüglich ebenfalls meine Grenzen – die der Mannschaft wohl bewusst sind – aber gegen eine kleine Stichelei habe ich nichts einzuwenden. Ich akzeptiere einen Mann mit all seinen Marotten – und versuche mich auf sein Charakterprofil einzustellen. Ich habe kein Interesse an Kandidaten, die ich nach Gusto manipulieren könnte. Was nichts daran ändert, dass ich es bin, der am Ende das letzte Wort hat.

Mit der Versenkung des ersten Schiffs kam die Gewissheit, ein Thema abgehakt zu haben. Die Befürchtung, ohne jeden Treffer zum Heimathafen zurückkehren zu müssen – was im Bereich des Möglichen ist – war jedenfalls nicht mehr akut. Wobei die Tage der fantastischen Abschussquoten ohnehin der Vergangenheit angehörten. Lüth konnte noch vier Schiffe mit insgesamt 35 000 BRT zur Strecke bringen – in einer einzigen Nacht! Seine Orden und Auszeichnungen müssen wie Blei um seinen Hals hängen.

Metox, unser Radarwarnsystem, funktionierte einwandfrei, doch die feindliche Flugüberwachung und die Aufklärungstechnik der Begleitkonvois waren eine stete Gefahr.

Um nicht ständig auf Tauchstation gehen zu müssen, verließen wir den Sankt-Lorenz-Strom und orientierten uns wieder aufs offene Meer. Entlang der Küste gab es nur vereinzelte Suchscheinwerfer, die uns aber kein Kopfzerbrechen bereiteten. Und was das gegnerische Radar betraf, so war eine Änderung des Kurses eigentlich immer hilfreich. Tagsüber verließen wir uns auf unser Periskop, um dann nachts wieder aufzutauchen.

In den Morgenstunden des 13. Oktober 1942 erhielten wir einen Funkspruch vom Hauptquartier: Drei Getreidefrachter – *Formosa, Camelia* und *Eros* – bewegten sich auf uns zu, Montreal sei ihr voraussichtlicher Zielhafen. Man gab uns die Order, zwischen dem North Cape von Cape Breton und St. Paul Island zu pendeln. Es war das Marinequadrat BB54.

Unsere Nerven standen gleich unter Strom. Die Torpedos steckten abschussbereit in ihren Rohren, Hagemann und seine Männer waren bis in die Haarspitzen motiviert. Hagemann sah grimmig und wild entschlossen aus und wartete nur darauf, einen Blitzableiter für seine überschüssige Energie zu finden. Wobei der Kontrollraum dafür natürlich der denkbar unpassendste Ort war.

„Schauen Sie sich das mal an." Ich räumte meinen Platz am Periskop und ließ ihm den Vortritt.

„Was gibt's denn?" Ich hätte es ihm natürlich erklären können, wollte es ihn aber mit eigenen Augen sehen lassen.

Er brauchte einen Moment. „Schweden", sagte er schließlich. „Diese Idioten."

Idioten war wohl das falsche Wort. Wir hatten die strikte

Order, den neutralen Schweden kein Haar zu krümmen. Und ihre Flagge war klar und unmissverständlich zu erkennen.

Hagemann trat zur Seite und atmete einmal tief durch. Ich gab Umbeck ein Zeichen, ebenfalls einen Blick durchs Periskop zu werfen. Er brauchte nur ein paar Sekunden und drehte sich dann zu mir um. „Da sind Ihnen wohl die Hände gebunden, Oberleutnant zur See. Nichts zu machen."

Hagemann starrte den Zweiten Wachoffizier an und schien sich an Umbecks gestelztem Ton zu stören.

„Wäre eine hübsche Zugabe gewesen", sagte ich und verkniff es mir, die potenziellen BRT in meinem Kopf zusammenzurechnen.

„Das Hauptquartier wäre mit Sicherheit nicht amüsiert gewesen", meinte Umbeck und lächelte süffisant. Aber er hatte ja völlig recht: Die Sache war es nicht wert, uns deswegen eine *dicke Zigarre* einzufangen.

„Idioten", knurrte Hagemann einmal mehr.

„Man kann ihnen keinen Strick daraus drehen", antwortete Umbeck, der inzwischen eigentlich wissen sollte, dass man seinem direkten Vorgesetzten besser nicht widerspricht.

„Gottverdammte Drecksäue und Idioten!"

Umbeck verkniff sich diesmal eine Antwort. Hagemann stapfte hinaus, ohne uns noch eines weiteren Blickes zu würdigen.

Es waren zwei Einträge für mein *Geschichtsbuch* – auch wenn beide Beiträge nicht sonderlich substanziell waren. Ich fragte mich, wie Lüth wohl auf ihre Kommentare reagiert hätte.

Es blieb uns nichts anderes übrig, als weiter auf die Pirsch zu gehen und nach Beute Ausschau zu halten, die nicht unter Naturschutz stand. Ich war selbst etwas gereizt und dachte mir, dass vielleicht etwas Musik dabei helfen könnte, die bereits geladenen Torpedos wieder in ihren angestammten Halterungen zu verstauen. Solange das nicht erledigt wurde, war an Schlaf ohnehin nicht zu denken: Im Bug, wo die Torpedos lagern, hat auch die Hälfte der Mannschaft ihre Kojen.

Ich instruierte unseren Funker, das Grammophon vorzubereiten und händigte ihm dann die Schallplatte aus, die ich aus meinem privaten Schlafquartier geholt hatte.

„Sie gehen ja ganz neue Wege, Herr Kapitän", sagte er. „Die Mannschaft wird es zu schätzen wissen." Hebestreit schien es zu genießen, dass nur wir beide in den Geheimplan eingeweiht waren, die enttäuschte Mannschaft mit einer musikalischen Überraschung wieder aufzubauen.

Hebestreit hatte sich nicht die Mühe gemacht, das Label zu lesen – und ging wohl davon aus, dass es sich vielleicht um Liszt handeln würde oder eine gut bekömmliche Operette. Auf Trompeten und Posaunen war er jedenfalls nicht gefasst. Nachdem die ersten Takte erklungen waren, kam er aus seinem Kabäuschen gekrochen: „Herr Kapitän?"

Ich zog den Vorhang zurück, hinter dem ich auf meinem Bett lag. „Ist irgendwas nicht in Ordnung, Oberfunkmaat?"

„Ist Ihnen vielleicht ein Fehler unterlaufen, Herr Kapitän?"

„Was für ein Fehler?"

„Die Musik, Kapitän. Es ist Jazz, Kapitän."

„Richtig, Jazz."

In diesem Moment erschien auch Umbeck. Er war so aufgekratzt, wie ich ihn noch nie erlebt hatte.

„Oberleutnant Gräf."

„Ja, Zweiter Wachoffizier?"

„Ist das … ist das wirklich die korrekte Musik?"

„It Don't Mean A Thing, If It Ain't Got That Swing." Meine Aussprache war vielleicht etwas holprig, doch der Rhythmus der Worte kam noch immer gut rüber.

Sie traten beide einen Schritt zurück, wussten aber anscheinend noch immer nicht, was sie von der Sache halten sollten. „Mögen Sie denn keinen Jazz?", fragte ich.

„In der Marineakademie … „, setzte Umbeck an, „in der Marineakademie hieß es immer …"

Hebestreit verkroch sich wieder in sein Kabuff und zog sich die Kopfhörer über, während Umbeck mir in den Bugraum folgte. Ich streckte meine Arme aus, um die runde Verbindungsklappe zu öffnen.

Einer der Torpedos wurde gerade wieder an seinen angestammten Lagerplatz geschoben. Die Männer gingen behutsam zu Werke und ließen sich Zeit – was so gar nicht zu der aufgedrehten Atmosphäre der Swingmusik passen wollte. Einer der Männer – der mir den Rücken zuwandte – war voll und ganz in seinem Element und imitierte gestenreich den Sänger.

Kaum hatte ich meinen Kopf durch die Öffnung gesteckt, war es mucksmäuschenstill geworden. Nur die Männer, die den Torpedo an seinen Platz lotsten, waren nicht zur Salzsäule erstarrt. „Machen Sie ruhig weiter, meine Herren." Ich lächelte und zog meinen Kopf zurück. „Hinein mit Ihnen, Umbeck! Sie sollten sich auch etwas Spaß gönnen, solange Sie's können."

„Jawohl, Kapitän", sagte er, schaute aber etwas belämmert aus der Wäsche. Ich wartete, bis er in den Bugraum gerobbt war und schloss hinter ihm die Luke.

Wenn ich einmal ein Lehrbuch über den Umgang mit U-Boot-Besatzungen schreiben sollte, wäre eine Regel jedenfalls diese: Man sollte die Männer ab und zu einmal durchrütteln, man sollte ihnen etwas völlig Ungewohntes vorsetzen, das ihr kaltes Blut wieder zum Kochen bringt.

⚓

Lundrigan hat es sich auf dem Lederdivan bequem gemacht, der im Gesellschaftsraum vor einer Wand steht. Bride hatte ihm ein Kissen und ein paar Decken gebracht. Es ist keine optimale Lösung, aber die beste, die unter den gegebenen Umständen möglich ist. Unabhängig davon ist Lundrigan nicht der Typ, der über den Mangel an Komfort jammern würde.

Bride und John bleiben am Tisch zurück. John hadert noch immer mit seinem Schicksal.

In London, erzählt sie ihm, würde es von hübschen, jungen und unternehmenslustigen Mädels geradezu wimmeln – und alle hätten sie nur Eines im Kopf: Spaß am Leben zu haben.

Er lächelt müde und antwortet leise, da er Lundrigan

nicht stören will. Wenn er erst einmal in England sei, verspricht er, werde er Bride einen Brief schicken. Mit einem Foto von ihm. In Uniform.

Sie kann einfach nicht anders, als ihn ins Herz zu schließen. Und erschrickt bei der Vorstellung, dass auch er ein Opfer des Krieges werden könnte. Sie fragt sich, wie die Eltern wohl auf seine Pläne reagieren werden.

Er habe nur noch die Mutter, erfährt sie erstmals von ihm. Seinen Vater, der im Ersten Weltkrieg fiel, habe er nie kennengelernt. Er sagt es völlig emotionslos. Schließlich habe er sein ganzes Leben Zeit gehabt, sich mit dieser Tatsache abzufinden.

Die beiden wollen gerade ihre Unterhaltung beenden, als Hank und Buzz wie begossene Pudel hereinschleichen. Bride erinnern sie eher an zwei Schafe, die vom Weg abgekommen sind.

Hank fragt, ob sie vielleicht die Nacht im Gesellschaftsraum verbringen können. Von seinem drahtigen Draufgängertum ist absolut nichts mehr zu spüren.

Auch von seinem Klavierkumpan ist er überhaupt nicht mehr begeistert. Ohne sein Wissen hatte Buzz eine Mutter mit Kindern in ihre Kabine gelassen. Die Frau, die sonst die ganze Nacht nur einen Sitzplatz gehabt hätte, sei mit den Nerven am Ende gewesen. Buzz zuckt mit den Schultern. Hank ist stinkig.

Und was ist mit Charlotte? Die dürfte bereits süß träumen. Martha war heilfroh, als ihre Freundin endlich kam – und schlug die Tür gleich wieder zu, bevor Hank überhaupt den Mund aufmachen konnte.

John kann nicht umhin, seiner Schadenfreude freien Lauf zu lassen. Er bietet beiden einen kostenlosen Drink an – „einen Drink, um alle Sorgen zu ertränken". Selbst wenn die Sorgen so groß wie Texas seien.

Bride hat das ungute Gefühl, dass die Sache schnell aus dem Ruder laufen könnte.

Buzz hat sich ans Klavier gesetzt und fängt an, *„I'll Be Seeing You"* zu spielen.

Nach kurzer Bedenkzeit sieht sich Bride genötigt, das Heft in die Hand zu nehmen. Sie schickt John in seine Kabine und zeigt den beiden anderen Männern, wo sie Decken und Kissen finden. Jeder brauche jetzt seine Ruhe, verkündet sie. Bereits in ein paar Stunden würde die Fähre ihr Ziel erreichen.

Für die *Caribou* hat die Geisterstunde geschlagen. Erst wenn sie sich auf die Landung vorbereitet, werden ihre Lebensgeister wieder erwachen. Bis dahin wird nur das Keuchen ihrer Maschinen die Zeit vorantreiben. Das Schiff hat sich auf den Kern seiner Natur reduziert, alle menschlichen Rücksichtsnahmen ausgeblendet und vertraut nun allein auf sein Herz aus Stahl und Technik, um die Reise abzuschließen.

⚓

Mein letzter KTB-Eintrag für den 13.10.1942:

Lorenz-Golf, 2357, Aufgetaucht, 295° bezw. 155° hin- und hergedampft, Marschfahrt.

Besonders in der Dunkelheit entfaltet ein U-Boot seine wahren Qualitäten. Zu verfolgen, wie es geräuschlos seinen Weg durch das Wasser schneidet und sich an sein Opfer heranpirscht, kann einem Kommandanten schon ein spontanes Lächeln aufs Gesicht zaubern. Nichts gibt mir mehr Genugtuung als das unbeschreibliche Gefühl, nachts oder frühmorgens auf der Brücke zu stehen und mir den Wind oder Schnee ins Gesicht peitschen zu lassen.

14.10.1942, Cabot-Straße
0000, BB 5459
0400, BB 5464
0534, BB 5456
W 1-2, See 1, c 1, 1026 mb, sehr gute Sicht, schwaches Nordlicht.

Wenn die Mannschaft für die Kommandobrücke in der Mitte der Nacht abgelöst wird, wundert sich niemand, auch mich auf der Brücke anzutreffen. Während die neue Mannschaft sich mit der Lage vertraut macht, nehme ich meine Position inmitten der Männer ein. Mit dem Zeiss vor den Augen sucht jeder Mann die 90 Grad seines Sektors ab. In unregelmäßigen Abständen setzen sie ihre schweren Ferngläser ab, geben Augen und Armen eine kurze Entspannung, bevor sie weiter den Horizont abscannen.

Ich bin nicht hier, um ihre Kompetenz zu testen oder meine Autorität unter Beweis zu stellen. Es geht mir darum, die Verbundenheit innerhalb der Mannschaft zu fördern. Ihre Augen sind die Augen des U-Boots, ihre Präzision und

Begeisterungsfähigkeit sichern das Überleben der ganzen Mannschaft. Hagemann, Ehrlich, Langhof, Wimmer – allen ist diese Tatsache bewusst. Der Erste Wachoffizier hat ihnen diese Routine natürlich längst eingebläut – und doch scheint die Anwesenheit des Kommandanten der nächtlichen Patrouille besondere Weihen zu geben.

Wimmer ist der Jüngste und dick vermummt. Er weiß noch nicht, was echte Kälte bedeutet – eine Kälte, die Salzwassergischt auf der Ölhaut zu einem eisigen Panzer erstarren lässt. Man mag ihm seine Unerfahrenheit nicht zum Vorwurf machen. Falls der liebe Gott nicht andere Pläne mit ihm hat, wird er diese Erfahrung schon bald nachholen können. Im Moment trägt er noch einen dicken Pullover unter dem Ledermantel, dazu Wollschal, Wollmütze sowie Lederhandschuhe, um das Metallgehäuse des Fernglases überhaupt in die Hand nehmen zu können. Unbeugsam und voll konzentriert nimmt er seine Position ein.

„Bootsmaat Wimmer."

„Oberleutnant Gräf."

„Eines würde mich interessieren, Wimmer. Wie kommt Bremen eigentlich mit dem Krieg klar?" Sollte er überrascht sein, dass ich mir seine Heimatstadt gemerkt habe, lässt er sich jedenfalls nichts anmerken. In der Bewegung seiner Hände, die das Fernglas über den Horizont gleiten lassen, sehe ich nur den Ansatz eines Zitterns.

„Die Bomben, Herr Kapitän ... Mein Vater, Herr Kapitän ... Meine Mutter lebt jetzt bei meinem Onkel."

„Tut mir leid, dass Ihnen das nicht erspart bleibt, Wimmer."

„Im Atlas-Werk wurden wohl einige Gebäude zerstört, aber der Betrieb ist anscheinend bereits wieder am Laufen."

„Was macht Ihre Mutter?"

„Sie würde mich wohl lieber an Land sehen."

„Das tun sie alle."

„Jawohl, Herr Kapitän."

Es gibt keine besonderen Vorkommnisse zu vermelden, während ich mich auf der Brücke aufhalte. Die meisten Wachen sind zäh und eintönig – und sind es umso mehr, je länger sie dauern. Heute Nacht liefert der Mond zumindest die gekrümmte Kontur des Horizonts. Es sind jedenfalls nicht nur Schwarztöne, die mit ihrer Monotonie das Auge naturgemäß schneller ermüden. Um den vier Männern eine Zigarettenpause zu ermöglichen, übernehme ich reihum ihren Posten.

⚓

Bride folgt dem Gang, der zu ihrer Kabine führt, und singt still vor sich hin: *I'll be seeing you, in all the old familiar places.* John dreht seinen Kopf, um noch den letzten Fragmenten ihrer Stimme zu lauschen, die gerade im Gewirr der Gänge verklingt. Er hört sie gerne singen – vor allem, wenn sie sich keines Publikums bewusst ist. Als er die Tür seiner eigenen Kabine öffnet, scheint ihre Stimme noch immer in den Gängen nachzuhallen.

Ein paar Minuten später ist er wieder oben an Deck und starrt in die schwarze Nacht.

Er fragt sich, ob seine Augen wohl genauso scharf sind

wie die seines Vaters. Wenn er den Geschichten glauben darf, gab es in seinem Regiment keinen besseren Scharfschützen als ihn. Sein Vater hatte ein Auge für die Türken – und hätte gerne auch die Deutschen aufs Korn genommen, wenn er nicht vorzeitig ins Jenseits abberufen worden wäre.

John war eigentlich nur in der Kabine, um das Zielfernrohr zu holen, das ihm Sam geschenkt hat. Als sie gemeinsam in den Schützengräben von Gallipoli lagen, war Sam der Artilleriebeobachter, während sein Vater auf den Abzug drückte. John legt das Fernrohr auf eine entsprechende Halterung, richtet es auf den Horizont und bewegt es langsam zur Seite. Er erkennt mehr Details als in früheren Nächten und vermutet, dass der Mondschein dafür verantwortlich ist.

Er versucht sich vorzustellen, was ihm theoretisch ins Visier geraten könnte, rechnet aber eigentlich nicht mit einem Erfolg. Nichts wird die *Caribou* davon abhalten, ihre Fahrt über die Cabotstraße abzuschließen. Was nichts daran ändert, dass jedes Fernrohr ein Ziel braucht. Man muss den Feind spüren lassen, dass man ihn im Blick hat und jederzeit auf den Abzug drücken kann.

Noch nie hat er sich seinem Vater so nahe gefühlt. Er spürt seinen Atem im Nacken, hört die Worte, die ihm den rechten Weg weisen wollen, fühlt das väterliche Herz, das im Einklang mit seinem eigenen zu schlagen scheint. John hat sich oft vorzustellen versucht, wie sein Vater den Krieg erlebt hatte. Tag für Tag lag er im Schützengraben, das Fadenkreuz vorm Auge, stets darauf fixiert, einen weiteren Feind ins Jenseits zu befördern.

Welch glückliche Fügung wäre es, wenn plötzlich ein U-Boot aufkreuzen würde. Im Angesicht eines abschussbereiten Torpedos würde er natürlich sofort Alarm schlagen und der Fähre zur Flucht verhelfen, während der Geleitschutz umgehend die Jagd auf das U-Boot aufnehmen könnte.

Doch wieder einmal werden seine Träume nicht Wirklichkeit. Da draußen ist nichts weiter als undurchdringliche Dunkelheit. Er zögert einen Moment, schiebt sein Fernrohr dann aber doch in den Beutel aus Maulwurfsfell und steigt wieder hinunter in seine Kabine.

Die Worte des Songs scheinen noch immer in der Luft zu liegen. Wie die letzten Anschläge auf dem Klavier verlieren sie sich in einem kaum wahrnehmbaren Echo, um dann hinter Bride noch schnell in ihre Kabine zu schlüpfen.

Bride lässt sich aufs Bett fallen und streift umgehend die Schuhe von den Füßen. Sie reckt und streckt ihre Beine, lässt sich auf den Rücken fallen und fühlt sich umgehend wie befreit. Es ist, als habe sie endlich das Korsett aufgeschnürt, in das man sie gewaltsam gepresst hatte. Mit gespielter Übertreibung seufzt sie laut auf.

Sie weiß, dass es das Alter ist. Jede Nacht, wenn sie ihre Gelenke massiert und die noch erreichbaren Partien der Füße, stellt sie sich die bange Frage, wie lange sie ihren Job noch ausüben kann. Bislang sind es Befürchtungen, die sich schnell wieder verflüchtigen. Wenn der Morgen anbricht, wird sie wieder das drahtige Mädchen aus Bay Roberts sein, das sich vor Jahren auf die große Reise machte.

Sie schafft es gerade noch, sich ein bequemes Nachthemd überzustreifen, bevor sie sich endgültig auf die Matratze fallen lässt. Dem Rettungsring, der in Reichweite an der Wand hängt, hat sie noch nie eine besondere Beachtung geschenkt. Mehr vertraut sie da der Kraft ihrer Gebete. Wie in jeder Nacht schickt sie auch diesmal dem Vater Unser noch eine persönliche Bitte hinterher: „Herr, halte deine schützende Hand über uns."

I'll find you in the morning sun ... and when the night is new ...

Keine besonderen Vorkommnisse, vermeldet Harold. Taverner empfiehlt ihm, sich noch zwei Stunden aufs Ohr zu hauen. Wer weiß, wann er dazu noch einmal Gelegenheit habe.

Sein Sohn empfiehlt ihm Selbiges, zieht sich dann aber doch in die Dunkelheit zurück. Taverner nickt und wünscht ihm noch eine gute Nacht.

Der Kapitän ist nun allein an Deck. Auf der Brücke hat Jim Prosper, der Zweite Offizier, das Kommando übernommen, Jack Dominie steht am Steuer, zwei weitere Männer schieben Wache. Die Fähre befindet sich bereits in der letzten Phase ihrer Fahrt.

Für einen Moment wandern seine Gedanken zu seiner Frau. Es ist nur noch eine Frage der Zeit, bis Millie – geborene Frühaufsteherin, die sie ist – aus ihrem Bett steigt. Sie ist im Haus immer als Erste auf den Beinen und wartet dann ungeduldig auf ihn und die Söhne. Sie wird sich ihren Morgenmantel – Flanell mit Schottenmuster – überstreifen, den Gürtel um die Hüften schnüren, sich an den

Tisch setzen und im Dunkel eine Tasse ihres Lieblingstees trinken. Ein wenig später wird sie sich erheben und vom Fenster aus verfolgen, wie die Dunkelheit der Dämmerung Platz macht.

Taverner dreht der Nacht den Rücken zu, geht zu seiner Kabine und denkt bereits an den Morgen. Da die Dämmerung nicht mehr fern ist, lässt er die Kleider gleich an und legt sich schräg übers Bett. Wenn der Leuchtturm von Channel Head in Sichtweite ist, braucht er nur aufzustehen und nach draußen zu treten.

⚓

Der Vorhang meiner Koje ist nicht in der Lage, mich von dem emotionalen Wechselbad zu isolieren, das eine U-Boot-Besatzung tagtäglich durchlebt. Auf einen Treffer folgt unweigerlich Angst oder gar Panik. Die Katastrophe ist immer nur einen Wimpernschlag vom Ruhm entfernt.

Wenn ich atme, vermischt sich mein Atem mit dem meiner Mannschaft. Abgesehen von den vier Wachhabenden auf der Brücke, den zwei Männern im Maschinenraum und einem weiteren im Kontrollraum ist die Mannschaft am Schlafen – auch wenn sich viele Männer unruhig hin und her wälzen. Und doch sind sie wild entschlossen und fixiert auf ein Leben, auf das sie sich ganz bewusst eingelassen haben. Im Nebel zwischen Schlaf und Hoffnung versinke ich in einer wohligen Wolke.

Ich merke es am Rhythmus meines Herzens, am nachlassenden Schlagen in meiner Brust, dass ich eine fast schon stoische Gelassenheit verspüre: Das Leben wird weitergehen.

Doch dann, mitten im friedvollsten Schlummer, der plötzliche Tumult aus dem Kontrollraum.

„Kommandant auf die Brücke! Schwarzer Rauch!"

Ich bin im Nu auf den Beinen, greife mein Fernglas, schieße durch den Kontrollraum und stolpere zur Brücke hinauf.

„Wo?" Ich wende mich instinktiv zu dem Sektor, wo mein Stellvertreter konzentriert in sein Fernglas starrt.

„40 Grad", präzisiert Hagemann.

Selbst mit bloßem Auge erkennt man die pechschwarzen Schwaden. Ein Blick durchs Fernglas bestätigt den Urheber. Ich sehe den schattenhaften Umriss eines Dampfschiffes, das den schwarzen Rauch zum fahlgrauen Mondlicht aufsteigen lässt. Ich versuche die Umrisse genauer zu erkennen. Ein Frachter oder ein Passagierschiff? In jedem Fall sehe ich dahinter einen zweiten Schatten. Mit Sicherheit ein Geleitschutz.

„Was halten Sie davon, Herr Kapitän?"

Was ich von einem Dampfschiff halte, das ohne Positionslichter unterwegs ist? Es gibt nur eine Schlussfolgerung. Es muss eine Fähre sein, die auf dem Weg nach Neufundland ist.

Und was folgt daraus?

Dass sie selbstredend ein Ziel für uns ist. Mit Soldaten an Bord. Daran wird das Hauptquartier keinerlei Zweifel haben.

Die andere Schlussfolgerung ist natürlich: Es werden

auch Zivilisten an Bord sein. Das ist nun mal der Preis, den das Geschäft des Krieges fordert. Die Toten von Köln können ein Lied davon singen. Und die Toten von Hamburg. Wimmer kann für die Toten von Bremen sprechen. Ich atme einmal tief durch.

„Fertigmachen zum Abschuss."

„Jawohl, Herr Kapitän."

„Rohr Fünf."

Der Erste Offizier ist überrascht, dass ich nur den Heck-Torpedo abschießen will – und auf die vier Rohre im Bug komplett verzichte.

„Ich baue eben auf Ihre Treffsicherheit, Hagemann."

Der Ansatz eines grimmigen Lächelns huscht über sein Gesicht.

„Auf Gefechtsstation!" Meine Worte schlagen im Boot wie ein Blitz ein. Wie auf Knopfdruck springen die Männer aus ihren Kojen und fahren schlaftrunken in ihre Klamotten. Vor der Latrine bildet sich umgehend eine Schlange, „Macht schnell, ihr Penner", fluchen sie ungeduldig. „Habt ihr noch nicht gemerkt, dass wir im Krieg sind?"

„Rohr Fünf! Rohr Fünf!" Hagemanns Stimme von der Brücke dröhnt durchs ganze Boot und wird lautstark wiederholt: „Rohr Fünf! Rohr Fünf! Klar zum Einzelschuss!"

Es ist der Ruf zu den Waffen. Im Heck des Bootes machen sich die Techniker daran, den hier gelagerten Torpedo für den Abschuss vorzubereiten. Die Schusslinie ist so konzipiert, dass sie ihn genau durch die Mitte des doppelten Seitenruders führen wird. Hier im Heck befinden sich auch die Elektromotoren, die erst dann zum Einsatz kommen, wenn das U-Boot abtaucht. Im Moment beschäftigen sich die Techniker noch mit den Dieselmotoren, die in der anschließenden Kammer untergebracht sind.

Auch wenn Geduld nicht Teil ihres Trainings war, sehen sich die Männer nun mit der Tatsache konfrontiert, dass *U 69* erst in die optimale Position manövriert werden muss. Nach einer Vielzahl von minimalen Schiffsbewegungen ist es endlich so weit. „Rohr Fünf, einsatzbereit!", schallt es aus den Innereien des Bootes.

Auf der Brücke ist der Erste Offizier damit beschäftigt, seine U-Boot-Zieloptik zu optimieren. Er presst seine Augen gegen das Nachtglas, justiert und justiert – bis das gewünschte Objekt mittig im Fadenkreuz der UZO erscheint.

„Entfernung?"

„1 800 Meter."

Wir müssen noch ein ganzes Stück näher ran, mindestens bis auf die Hälfte der gegenwärtigen Entfernung. Aber ich beiße mir auf die Lippen und will Hagemann nichts vorschreiben. Er ist voll in seinem Element.

Ich kann mich selbst nicht vom Fernglas losreißen. Ich hatte eigentlich damit gerechnet, dass der Geleitschutz die Fähre ständig umkreisen würde, doch tatsächlich hält sich das Schiff vornehm im Hintergrund. Mit jeder Minute wächst meine Zuversicht, dass keins der beiden Schiffe bemerkt hat, in welch gefährlicher Nähe wir uns bereits aufhalten. Sie gehen offensichtlich davon aus, eine weitere komplikationslose Überfahrt in Kürze abschließen zu können. Man kann das nahende Land fast schon riechen.

„Kurs und Geschwindigkeit?“, ruft Hagemann ins Kommandozentrum hinunter.

„Feindliche Geschwindigkeit 10,5 Knoten, 40 Grad“, ruft Janssen zurück.

Wollen sie einem feindlichen Schiff den Todesstoß verpassen, müssen Navigator und Wachhabender Offizier wie Zwillinge kommunizieren. Janssen ist ein Jahr älter als ich und vier älter als Hagemann. In punkto Grips und Geduld kann ihm niemand an Bord das Wasser reichen – eine Tatsache, die Hagemann wohl zu schätzen weiß.

Ich dränge Hagemann nicht, sondern gebe ihm die Zeit, die er braucht. Um 0800 Berliner Normalzeit sind wir kurz davor, unsere optimale Position zu erreichen.

„Entfernung?“

„Sechs-Fünf-Null.“

„Zielobjekt Bug rechts, Position Neun-Null, Geschwindigkeit Eins-Zwei Knoten.“

„Mündungsklappe öffnen!“

Die Antwort lässt nur wenige Sekunden auf sich warten: „Mündungsklappe geflutet.“

„Rohr Fünf fertig!“, schreit Hagemann. Er wartet auf meinen finalen Befehl.

Meine Finger umklammern das Fernglas wie stählerne Krallen. Mein Herz pumpt auf Hochtouren. Es liegt nur an mir, die tödliche Gewalt eines Geschosses zu entfesseln, das an Bord des gegnerischen Bootes unvorstellbares Chaos anrichten wird.

Es ist keine Frage von Gut oder Böse. Es ist meine Aufgabe, diese Entscheidung zu treffen. Als U-Boot-Kommandant bin ich gedrillt worden, mit jeder Faser meines Körpers auf diese Situation vorbereitet zu sein.

Und trotzdem: Meine Nerven liegen blank und schreien nach dem erlösenden Befehl.

„Rohr Fünf – Feuererlaubnis!"

Hagemann – konzentriert über seine Nachtgläser gebeugt, die rechte Hand am Abzug – obliegt es nun, den Befehl endgültig umzusetzen.

„Rohr Fünf los!" Das Echo seiner Stimme dröhnt durchs ganze Boot.

Die Antwort lässt nicht lange auf sich warten: „Rohr Fünf los!"

Ein mächtiger Knall.

Der Torpedo löst sich aus dem Rohr, durchschneidet das schwarze Wasser und nimmt das Boot mit den rauchenden Schloten ins Visier.

⚓

Die Fähre befindet sich 20 Meilen vor Channel Head. Im Dunkel seiner Kabine hat sich Taverner gerade aufgerichtet.

Die *Caribou* schiebt sich ungerührt durch die Wellen. Der stoische Rhythmus ihrer Maschinen, die Perfektion ihrer Performance – der sicheren Heimkehr scheint nichts mehr im Wege zu stehen.

Doch durch die Stille meldet sich ein Signal aus der Tiefe – kaum hörbar zunächst, nicht mehr als ein schwacher Pulsschlag, der aber zunehmend stärker wird und Taverner dazu veranlasst, seine Kabine zu verlassen. Allein steht er an der Reling, schaut über die Wasseroberfläche und fragt sich, wer oder was ihn wohl in diesem Moment beobachtet.

Als das Geschoss einschlägt, ist er nicht einmal überrascht.

Es ist ein bleischwerer Stoß, der ihm ins Mark seiner Knochen fährt.

⚓

„Oberleutnant!"

Es ist Hagemanns Marotte, auf diese Weise einen Erfolg zu vermelden. Mit bloßen Augen sehe ich, wie der Torpedo mittschiffs einschlägt, eine gewaltige Explosion auslöst, die von einer aufsteigenden Flamme aus Rauch und Feuer abgelöst wird.

„Oberleutnant!"

Es folgt eine zweite Explosion, die den Rumpf diesmal noch weiter aufreißt. Die zerfetzten Kessel fliegen in Stücke und setzen heißen Dampf frei. Seewasser ergießt sich in die aufgerissenen Eingeweide.

Das Schiff neigt sich gen Backbord und kippt in eine Schieflage, die den sicheren Untergang bedeuten wird.

Eine Sekunde lang sehe ich zufrieden zu Hagemann hinüber, dem alten Fahrensmann. Doch umgehend drücken wir wieder die Ferngläser vor die Augen und widmen unsere Aufmerksamkeit dem Begleitschiff.

„Entfernung?"

„Neun-Fünf-Null."

„Position?“

„Zehn Grad vorwärts.“

Das Begleitschiff ändert offensichtlich den Kurs, um der angeschlagenen Fähre zu Hilfe zu eilen. Zum ersten Mal registriere ich Passagiere an Bord.

Als es schließlich auch uns entdeckt, nimmt es umgehend volle Fahrt auf – offensichtlich in der Absicht, uns zu rammen.

„Alarm!“

Wir alle stürzen zur Luke, greifen nach den Geländern und springen einer nach dem anderen herunter: Wimmer, Ehrlich, Langhof, Hagemann. Ich kraxle als Letzter durch die Luke, steige ein paar Stufen die Leiter hinab, ziehe die Einstiegsklappe herunter und drehe das Handrad so weit zu, dass die Luke einrastet.

Die Abgas- und Lüftungsschächte werden geschlossen, die Dieselmaschinen gestoppt, die Elektromotoren angeworfen.

„Ventile geschlossen“, brüllt der Leitende Ingenieur.

„Fluten“, schreie ich sofort zurück.

Die Luft in den Ballasttanks entweicht geräuschvoll aus dem Boot und wird umgehend durch Salzwasser ersetzt.

„Tiefenruder, hart nach unten.“

„Achterruder, zehn Grad.“

Mit dem Bug voran gleitet *U 69* in die Tiefe. Alle verfügbaren Seeleute werden nach vorne geordert, um mit ihrem Körpergewicht den Vorgang zu beschleunigen.

Vom Summen der Elektromotoren einmal abgesehen, sind plötzlich sämtliche Geräusche wie verschluckt. Alle

Augen richten sich auf den Tiefenmesser. Die Nadel sinkt kontinuierlich nach unten: 20 Meter, 50, immer weiter. Alle halten sich an irgendetwas fest, um das Gleichgewicht zu wahren. Dann beginnt der Leitende Ingenieur damit, das Boot wieder in die Horizontale zu bringen.

„Boot ist durchgependelt", hören wir ihn rufen.

Das Boot hat wieder sein Gleichgewicht gefunden.

⚓

Bride findet sich auf dem Fußboden ihrer Kabine wieder und ist für einen Moment nichts weiter als ein orientierungsloses Häufchen Elend. Der Schmerz in ihrem Knie ist unerträglich. Sie rafft sich hoch, kann aber ihre Schuhe nicht finden, die durch die Schräglage Richtung Wand gerutscht sind. Beim Versuch, sie festzuhalten, stürzt sie erneut – was ihre Schmerzen nur noch unerträglicher macht.

Plötzlich ist alles schwarz.

Bride tastet mit ihren Händen den Fußboden ab und wird endlich fündig. Sie zieht sich stöhnend am Bett hoch, setzt sich auf die Kante und schafft es tatsächlich, ihre Füße ins Schuhwerk zu pressen.

Mit Mühe schleppt sie sich zur Kabinentür – und denkt erst in diesem Moment an ihren Rettungsring. Zu spät. Sie wird ihn nun bestimmt nicht mehr finden.

Draußen ist die Hölle los.

Das Schiffshorn dröhnt ein zweites Mal in die Nacht hinein.

Die erste Explosion war schon eindeutig, doch die zweite signalisiert Lt. James Cuthbert, dass nun Menschenleben in akuter Gefahr sind.

Vom Deck des Begleitschiffs sieht er, wie die *Caribou* – mittschiffs schwer getroffen – bereits in einer fatalen Schräglage ist. Die Schreie an Bord sind aufgrund der Entfernung nur vage vernehmbar, werden aber in seinem Kopf um das Tausendfache verstärkt.

Die Jagd auf das U-Boot hat begonnen. Ein halbes Dutzend Nachtgläser suchen den Sektor ab, aus dem der Torpedo gekommen sein muss. Und tatsächlich können sie ein U-Boot orten, das sich noch immer an der Oberfläche befindet – ganz so, als wolle es sich im Glanz seiner Taten noch sonnen.

Cuthbert gibt Order für eine Kursänderung, muss aber hilflos mitansehen, wie die *Grandmère* nur im Zeitlupentempo Fahrt auf das feindliche U-Boot aufnehmen kann. Seine Hilflosigkeit wird noch dadurch verstärkt, dass er durchs Fernrohr die dramatischen Szenen miterleben muss, die sich zeitgleich an Bord der *Caribou* abspielen. Doch ihm bleibt keine Wahl. Die Vorgaben der Navy sind eindeutig: Der Feind muss verfolgt werden – koste es, was es wolle.

Er gibt den Befehl, den Abschuss der Wasserbomben vorzubereiten. Vom Achterdeck kommt umgehend die Bestätigung: Die Bombenwerfer sind bereits in Position, die Sprengladungen abschussbereit.

Cuthbert sieht aber auch, dass der U-Boot-Kommandant keine Zeit verloren hat. Der Bug seines Schiffes ist bereits unter Wasser, das Heck Sekunden später ebenfalls abgetaucht – wie ein schlüpfriger Aal, der spurlos vom Wasser verschluckt wurde.

Verzweifelte Schreie kommen aus allen Ecken des Schiffes.

John stürzt an Bord, um anderen Passagieren zu helfen, entdeckt aber zunächst Bride, die kaum aufrecht stehen kann und sich mit beiden Händen an der Reling festklammert. Hektisch reißt er sich den Rettungsring vom Körper, streift ihn Bride über und zurrt ihn so gut es geht wieder fest. Ihr Kopf zuckt unkontrolliert hin und her. Sie ignoriert John und schreit Passagiere an, sofort zu den Rettungsbooten zu laufen.

Der Treppenschacht ist das reinste Tollhaus. Das Wasser stürzt schubweise auf die Passagiere, die sich aus den tiefergelegenen Kabinen nach oben retten wollen.

Bride befiehlt John, sich nicht weiter um sie zu kümmern. *Die Kinder, hilf den Kindern!*

Die beiden Rettungsboote auf der Steuerbordseite wurden von der Explosion in ihre Einzelteile zerlegt. Nur das Rettungsboot achtern ist überhaupt noch funktionsfähig.

Die Strickland-Familie hat es geschafft, sich zum Deck hochzuarbeiten. Die Mutter umklammert das Baby, der Vater behütet die beiden Mädchen. John dirigiert sie zum Heck, zu dem sich aber alle an der Reling entlanghangeln müssen. Das Schiff sackt immer weiter zur Backbordseite ab. Der Bug steht bereits kurz davor, im schwarzen Wasser zu verschwinden.

Als sie das Rettungsboot erreichen, tanzt es bereits auf den Wellen. Vier andere Passagiere hocken auf den Planken und klammern sich verzweifelt am Dollbord fest. Mit der Hilfe ihres Gatten lässt sich Gertie Strickland zum Boot hinunter und nimmt zuerst das Baby, dann auch die jüngere Tochter Nora in Empfang. Ängstlich aneinandergepresst, verfolgen sie, wie William die ältere Tochter über die Reling schwingt und sie mit ausgestreckten Armen über dem Boot hält, bis seine Frau das wild strampelnde Kind auffängt. Er verliert keine Zeit und springt augenblicklich hinterher, muss aber miterleben, dass just in diesem Moment eine hohe Welle das Rettungsboot gegen den Schiffsrumpf schlägt und zum Kentern bringt.

Die Eltern suchen schreiend nach ihren Kindern. Das ältere Mädchen ist spurlos verschwunden. Die See hat sie verschluckt und sucht sich nun ihre nächsten Opfer. Die rechte Hand des Vaters bekommt zunächst das Nachthemd des Babys zu fassen und hält nun den Kopf des Kindes über Wasser – ein nasses, kaltes Bündel, das schon mehr tot scheint als lebendig. John hält sich mit einer Hand an der Reling fest und beugt sich so weit nach vorne, dass er das Kind hochreißen kann. Jemand hinter ihm nimmt ihm das Baby ab – was John die Möglichkeit gibt, den Vater und dann seine Frau so weit zur Reling hochzuziehen, dass sie sich selbst wieder aufs Deck hieven können.

Die Reling hat sich inzwischen allerdings so weit geneigt, dass sie fast waagerecht über dem Wasser liegt. Es ist nur noch eine Frage der Zeit, bis die *Caribou* auf dem Meeresboden ihre letzte Ruhe finden wird. Die vom Schicksal gebeutelten Eheleute, das bemitleidenswerte Baby in ihrer Mitte, pressen sich wortlos aneinander – zwei schlaffe Rettungsringe, die den Prüfungen des Schicksals nicht mehr gewachsen sind.

John versucht der Situation Herr zu werden und zermartert sein Hirn, ob der drohende Tod noch irgendwie abgewendet werden kann. Das Wasser hat bereits ihre Knie erreicht und steigt weiter. Der schwarz-graue Albtraum nimmt auf Pietät keine Rücksicht. Wenn die Überlebenden noch lange genug ausharren, wird ihnen die See freies Geleit anbieten. Oder aber sie niederträchtig ertränken. Der Strudel des sinkenden Schiffes wird alles mit sich in die Tiefe reißen.

John schreit ihnen zu, dass sie alles nur Erdenkliche unternehmen müssen, um dem Sog des Schiffes zu entkommen. Es sei ihre einzige Chance.

Doch bevor die Hoffnung noch Wurzeln schlagen kann, bricht der Ozean über der Reling zusammen und reißt die armen Seelen auseinander. Jede muss nun selbst für sich sorgen und sehen, dass noch einmal Luft in die Lungen kommt. John sieht, wie das Strickland-Baby an ihm vorbei in die Dunkelheit gerissen wird. Er hat nicht den Hauch einer Chance, es ein weiteres Mal zu retten.

John kann schwimmen – zumindest gut genug, um seinen Kopf über Wasser zu halten. Er weiß, was mit menschlichem Fleisch passiert, wenn es einmal gefroren ist. Seit er als Teenager mit Dr. Grenfell Eisberge erkundete, hat er den Anblick nicht vergessen. Es ist die unnachgiebige Stimme des Doktors, die ihn nun dazu antreibt, einen Zug nach dem anderen zu machen, um dem Strudel des Schiffes zu entkommen.

Als er sich umdreht, ist die *Caribou* verschwunden. Der Propeller – sinnigerweise der Teil des Schiffes, dem das Element Luft völlig fremd ist – ragt als letzter aus dem Wasser heraus. Einen Moment später besinnt er sich dann aber doch eines Besseren und folgt dem Schiff in die Tiefe.

Bride klammert sich an die Reling, als würde das Eisen ihre eigene Widerstandskraft stärken. Doch das Meer ist noch stärker – diese unermessliche Flut, die schon die unteren Decks überschwemmt hat, die jegliche Luft aus den Räumen gepresst hat, die nun das Eisengeländer und ihre Fußgelenke umspült und inzwischen sogar schon die Knie.

Sie stößt ein Gebet aus. *Sweet, sweet Jesus.*

Sie meint es aus ganzem Herzen. Es ist der einzige Hoffnungsschimmer, den sie noch hat.

Die Kinder! Rettet die armen Kinder!

Während ihre Seele am Geländer angekettet ist, schwappt die Qual der noch Lebenden über sie.

In the sweet by and by, we shall meet on that beautiful shore …

Ihre Stimme ist tonlos – so wie die Schreie all derer, die im Rumpf des Schiffes verstummt sind. Zurück bleiben nur die, die den Kampf gegen die Fluten noch nicht aufgegeben haben – auch wenn sie angesichts der Naturgewalt längst auf verlorenem Posten stehen.

In the sweet by and by. In the sweet by and by …

Eine Woge reißt sie mit.

Ein unbeugsames Leben hat auch einen unbeugsamen Tod verdient. So jedenfalls stellt sich ein echter Mann sein

Ende vor. Doch der Sensenmann hält sich nicht an hohle Faustregeln, sondern beraubt Taverner eines gerechten Todes.

Er hatte einigen Passagieren noch zu helfen versucht, hat nun aber alle Hoffnung fahren lassen. Er klammert sich an die Reling – wohl wissend, dass seine letzten Sekunden geschlagen haben. Stanley und Harold schaffen es noch, ihren Vater ein letztes Mal zu sehen. Er greift ihre Hände, weist sie dann aber an, ihn zu verlassen. Die Sorge um seine Familie lastet auf seinen Schultern, doch die Pflichterfüllung hat Vorrang.

Harold zögert und kehrt noch einmal zu seinem Vater zurück. Seine Stimme klingt so fest, als wolle er das Chaos ignorieren.

Der Vater, sagt er, habe alles getan, was er tun konnte.

Sein Sohn. Seine Mutter wird ihn brauchen.

Sie stehen schweigend nebeneinander, die Hände fest an der Reling. Das Heck ragt immer steiler empor, während der Bug schon vom Wasser bedeckt wird. Unter ihnen sehen sie, wie sich das Meer bereits kräuselt. Harold bedenkt es mit seinen rüdesten Flüchen.

Taverner legt eine Hand auf die seine und hält sie für eine Sekunde fest. Als er den Griff wieder löst, ist Harold verschwunden. Der Kapitän ruft sich das Bild seiner Frau ins Gedächtnis. Bleib stark. Das Schicksal der Familie liegt in deinen Händen.

Die *Caribou* richtet sich gerade auf, um sich erhobenen Hauptes ihrem Schicksal zu stellen.

Kein Land in Sicht, so weit das Auge reicht. Auch von

den Deutschen ist nichts zu sehen – selbst wenn sie sich mit Sicherheit irgendwo da draußen versteckt halten.

Die *Caribou*, inzwischen völlig aus dem Gleichgewicht, verschwindet endgültig in den Wogen. Die letzten Fragmente eines deprimierenden Wehklagens liegen in der Luft, ein immer schwächer werdender Refrain begleitet das Schiff auf seiner Fahrt in den Schlund.

Taverner stellt sich breitbeinig vor die Reling und umklammert das Rohr. Das Wasser wirbelt um ihn herum, steigt höher und höher, doch Taverner steht starr und unbewegt und lässt sich von dem quirlenden Spektakel nicht beeindrucken. Er folgt seinem lebenslang praktizierten Glauben, stets dahin zu gehen, wohin ihn sein Schiff führen will.

Cuthbert fährt zurück, als würde er vom Rückstoß eines Gewehrkolbens getroffen. Vor seinen Augen hat sich die *Caribou* in Luft aufgelöst. Nur noch ein ominöser Wasserwirbel kündet von ihrer einstigen Existenz. Ein Rettungsboot ist im Mondlicht zu erkennen, möglicherweise noch ein zweites, dazu einige Schlauchboote. Die Zahl der Überlebenden ist erschreckend gering, doch die noch immer anhaltende Dunkelheit verhindert eine realistische Einschätzung.

Ihre Schreie indes sind unüberhörbar. Die lautesten durchdringen die Dunkelheit, greifen nach seinem Herzen und schicken einen elektrischen Schlag durch seinen Körper. Doch Cuthbert widersetzt sich dem Ansturm der Gefühle, umfasst wild entschlossen sein Fernglas und richtet es wieder auf die Stelle, wo das U-Boot spurlos verschwand. Der Chor des Grauens ist nun in seinem Rücken und nur noch als morbides Gemurmel vernehmbar.

Er hat auch nicht die Zeit, sich mit diesem Nebenkriegsschauplatz zu beschäftigen – zumindest nicht jetzt. Die Spuren des getauchten U-Boots sind schließlich noch immer erkennbar. Der Strudel ist sogar seine einzige Orientierungshilfe, was die Platzierung der sechs Wasserbomben angeht. Er entscheidet sich für die Form eines Dreiecks, dessen Spitze den Strudel markiert.

Jetzt! Und jetzt!

Repositionierung, dann die nächsten beiden. Repositionierung, zwei weitere.

An Bord der *Grandmère* wartet man, bis die Explosionen in 50 Meter Tiefe dem U-Boot einen Stoß versetzen. Mit etwas Glück, hofft Cuthbert, ist eine Bombe dabei, die dem U-Boot den tödlichen Schlag verpasst.

Doch auf das Glück ist selten Verlass. Das ASDIC-Sonar, ohnehin wenig hilfreich bei dieser Entfernung, kann mit keiner Erfolgsmeldung aufwarten. Das ununterbrochene Ping fördert partout nichts zu Tage – zumal die Bomben das anfällige System ohnehin aus dem Gleichgewicht gebracht haben.

„Hagemann, wie weit sind wir bereits aus der Gefahrenzone? Nach meinen Berechnungen sollten wir schon tief Luft holen können. Aber sicher sein kann man nie. Im Krieg kann man auch Glück haben, unter Wasser wie auch darüber. Nicht auszuschließen, dass selbst die Kanadier einmal das große Los ziehen.“

„Ich würde mir da keine Gedanken machen. Hören Sie nur! Diese Geräusche stammen nicht von den Wasserbomben. Hören Sie's? Die sinkende Fähre wird vom wachsenden Wasserdruck langsam zermalmt. Der Rumpf zerbricht, die Schotten werden auseinandergerissen."

Ich würde die Flucht versuchen, wenn sie mir denn erfolgversprechend erschiene. Doch der Kommandant eines U-Boots muss manchmal auch ein Schlitzohr sein. Ich werde das Boot *in Richtung* der Geräuschquelle steuern – und nicht weg davon.

U 69 geht in Nähe des gesunkenen Schiffes in Deckung. Die Kanadier werden nicht auf die Idee kommen, hier ihre Wasserbomben abzuwerfen, weil sie dadurch die Rettungsboote gefährden würden. Über uns befinden sich die Menschen, die sich rechtzeitig ins Wasser retteten und nun um ihr Leben kämpfen. Sie wissen nicht, was unter ihnen passiert. Sie sind nicht mehr weit weg von der Küste. In den Morgenstunden werden hier die Rettungstrupps eintreffen. Aber bis dahin sind sie der beste Schild, den man sich wünschen kann.

Es hat schon seinen Grund, dass sie das U-Boot mit dem Tier vergleichen, das so verschlagen ist wie kein anderes – dem Wolf. Glauben sie wirklich, dass wir nicht in der Lage sind, unserem Ruf gerecht zu werden?

⚓

Es war sein blanker Instinkt, der ihm den Weg durchs Chaos wies. Die Zeit, einen durchdachten Plan auszuhecken, hatte er ohnehin nicht. Als der Torpedo einschlug, war Alex an Deck – vorne auf der Steuerbord-Seite. Er rauchte seine letzte Zigarette in dieser Nacht und hielt die Glut hinter der Hand versteckt. Der Steward wollte sich gerade auf den Weg in seine Kabine machen, als der Torpedo einschlug – nicht einmal 20 Meter von seinem Standort entfernt. Der Aufprall warf ihn zu Boden. Als er sich aufrappelte, explodierten die Dampfkessel im Maschinenraum. Die Explosion schickte nicht nur einen gewaltigen Ruck durchs Schiff, sondern riss auch die Maschinenraum-Mannschaft in den sofortigen Tod.

Weit und breit konnte er keine Spuren der beiden Rettungsboote ausmachen, die eigentlich auf der Steuerbordseite hängen sollten. Er lief zur Backbordseite hinüber und forderte alle ihm entgegenkommenden Passagiere lautstark auf, ihm zu folgen. Am dritten Rettungsboot angekommen, musste er feststellen, dass sich bereits Dutzende Passagiere in das Boot gequetscht hatten. Da sie sich nun weigerten, noch einmal auszusteigen, konnte das Boot nicht zu Wasser gelassen werden. Dem Schiffspersonal blieb nichts anderes übrig, als ebenfalls ins Boot zu steigen und die Seile von den Davits zu kappen. Das Rettungsboot schlug krachend auf der Meeresoberfläche auf und füllte sich umgehend mit Wasser.

Alex wusste sofort, was passiert war. Er sprang selbst in die Meute hinunter und suchte sofort nach dem Lenzpumpen-Loch im Kielraum sowie dem Verschluss, der gleich daneben angebracht war. Doch jedes Mal, wenn er die Öffnung abdichten wollte, blies ihm der Wasserdruck den

Verschluss ins Gesicht. Das Rettungsboot kam ins Wanken, kenterte und katapultierte alle Passagiere über Bord. Überall Schreien und Kreischen – das Grauen war komplett. Die körperlich Stärksten schafften es, sich auf die Oberseite des gekenterten Boots zu hieven, wurden früher oder später aber wieder ins Wasser gespült.

Alex hat keine Ahnung, wieviel Zeit inzwischen vergangen ist. Er schwimmt im Wasser wie andere auch, hat aber keine Idee, wie er ihnen helfen könnte. Da er keinen Rettungsring trägt, ist er voll und ganz damit beschäftigt, sich selbst zu helfen. Er kann nicht mal schwimmen, hat aber zumindest eine ausreichend große Planke, an der er sich festhalten kann. Er fragt sich, ob das Holz wohl von einem der beiden Rettungsboote stammt, die von dem Torpedo zerstört wurden.

Doch eines weiß er, ohne nachdenken zu müssen: Er will überleben – und folgt seinem Instinkt mit aller Verbissenheit. Er schlägt wild um sich, obwohl ihn seine durchnässten Kleider nach unten ziehen, klammert sich an sein Brett und schafft es irgendwie, seinen Kopf über Wasser zu halten. Er strampelt auch mit seinen Beinen, um sich möglichst weit vom Sog des sinkenden Schiffes zu entfernen. Wobei seine Planke zu klein ist, um mehr als eine Person zu tragen. Er sieht, wie andere Passagiere mit den Naturgewalten kämpfen – jeder Mann, jede Frau, jedes Kind für sich selbst.

Nach schier endlosen Minuten im eiskalten Wasser bemerkt er ein Rettungsboot. Mit einer letzten Kraftanstrengung kämpft er sich so nah heran, dass er den einzigen Insassen erkennt: Lundrigan. Wie verrückt schöpft der Mann Wasser aus dem Boot, doch Alex weiß bereits, was wirklich vonnöten ist: *Wir müssen den verdammten Stöpsel finden!* Der Verschluss im Kielraum funktioniert nicht ordnungsgemäß. Lundrigan schaut ihn entgeistert an, hat aber Angst, mit dem Schöpfen aufzuhören.

Lundrigan nickt Alex und anderen Überlebenden wohlwollend zu. Seinen Herzbeschwerden zum Trotz hat er sich tapfer geschlagen. Er ist sogar noch halbwegs trocken – im Gegensatz zu den anderen Überlebenden, die sich nun mühsam zum Boot herankämpfen.

Alex an Bord zu holen und gleichzeitig Wasser zu schöpfen, lies sich kaum bewältigen. Doch nachdem sie den Stöpsel tatsächlich gefunden hatten, wurde alles einfacher. Sie retteten noch mehrere Passagiere, die überlebt hatten und sich in der Nähe des Boots befanden.

Eine untröstliche Mrs. Shiers sitzt neben Lundrigan. Er hat ihr seinen Mantel über die Schultern gelegt, um die schlimmste Kälte von ihr fernzuhalten. Seit ihr die Fluten den Sohn aus den Armen gerissen haben, wird sie von Weinkrämpfen geschüttelt.

Charlotte, die Krankenschwester, hockt in der Mitte des Bootes und mag noch immer nicht glauben, dass sie ihre beste Freundin verloren hat.

John liegt im Bug und hat einen Hemdärmel notdürftig um seinen Oberschenkel gewickelt, der offenbar stark am Bluten ist.

Alle, die es geschafft haben, sind traumatisiert – jeder auf seine ganz eigene Art.

Seinen Schmerzen zum Trotz regt sich John über die Tatsache auf, dass die Verschlüsse in den Rettungsboten nicht an Ort und Stelle gewesen waren. Er verflucht den Mann, der für die Sicherheitsvorschriften zuständig ist.

Mrs. Shiers mag nichts davon hören und bittet ihn, mit dem Gerede aufzuhören. Das sei nicht das, was der Herr im Himmel hören wolle, wenn sie ihn um die Rettung ihres Sohnes anfleht.

„Dem Jungen geht's gut", verkündet Lundrigan, ohne dafür den Hauch eines Beweises zu haben. Trotzdem legt er sich darauf fest, dass irgendjemand den jungen Leonard mit Sicherheit gesehen und aus dem Wasser gefischt habe.

John hat seine Zweifel, will sich zum Schicksal der Strickland-Kinder aber lieber nicht äußern.

Leonard ist 15 Monate alt und trägt nur das Flanell-Nachthemd, das ihm seine Großmutter genäht hat. Seine Mutter weiß, dass seine Überlebenschancen minimal sind – es sei denn, ihr Flehen wird erhöht. Doch selbst wenn ihn ein hilfreicher Mensch in ein Rettungs- oder Schlauchboot gezogen hätte, wäre er inzwischen wahrscheinlich an Unterkühlung und Erschöpfung gestorben.

Niemand im Boot glaubt wirklich daran, dass das Kind eine Chance hat, doch Lundrigan, der überzeugte Heilsarmist, mag nicht mitansehen, wie sich Mrs. Shiers der Verzweiflung hingibt.

Was Miss Fitzpatrick angeht, so macht sich John ebenso wenig Hoffnung. Er weiß, dass Bride nicht schwimmen kann. Sicher, er hatte ihr seinen Rettungsring gegeben, aber sie hatte ihn nicht selber noch einmal richtig festgezogen. Und für eine Frau ihrer Statur war er wahrscheinlich auch nicht ausreichend genug.

John wird immer nur Bewunderung für diese Frau empfinden. Bride war ein herzensguter Mensch, der es einfach nicht verdient hatte, wie ein räudiger Hund ertränkt zu werden.

Und dann ist da noch Käpt'n Ben Taverner. Alex sah ihn gleich nach der Explosion. Taverner war genauso hilflos wie der Rest seiner Mannschaft. Er half noch einigen Passagieren ins Rettungsboot, konnte in den verbleibenden fünf Minuten aber wenig ausrichten. Er hatte selbst Mühe, sich noch zum Bug der Fähre vorzukämpfen. Und danach hatte ihn Alex nicht mehr gesehen.

Taverner war schon ein Nervenbündel gewesen, bevor die *Caribou* getroffen wurde. Niemand hatte ihn je in diesem Zustand erlebt. Er machte den Eindruck, als sei er in innerem Widerstreit mit sich selbst und wolle etwas zurückhalten, das gewaltsam aus ihm herausbrechen wollte.

Hank war sich nicht sicher, ob er je noch einmal das Tageslicht sehen würde.

Aber da er's so gelernt hatte, legte er sein Leben in Gottes Hand – und siehe da: Gott ließ sich nicht lumpen und zeigte ihm einen Rettungsring, der nur ein paar Meter neben der Stelle schwamm, wo er aufgetaucht war. Uncle Sam hatte dafür gesorgt, dass Hank schwimmen konnte – und der liebe Gott übernahm den Rest. Wie Hanks Vater immer sagte: Die beiden zusammen bilden ein Mords-Team, das man immer auf seiner Seite haben sollte.

Seinem Freund Buzz war es nicht so gut ergangen. Bevor sie zusammen ins Wasser gesprungen waren, hatte Buzz noch zurückgerufen: Ja, er könne schwimmen. Aber als Hank auftauchte und tief Atem holte, war von Buzz nichts zu sehen. Hank rief immer wieder seinen Namen – genau wie ein Dutzend anderer Passagiere, deren erschöpfte Stimmen einen verlorenen Freund oder Familienangehörigen beschworen. Er bekam keine Antwort. Die Vorstellung, dass Buzz vom Strudel in den Abgrund gerissen worden war, trieb ihn in den Wahnsinn.

Lundrigan war felsenfest davon überzeugt, dass es für Hoffnung nie zu spät ist. Man wird mit Hoffnung geboren – und behält sie bis zum Tage seines Todes.

Hank klammerte sich an die göttliche Hoffnung ... und hörte plötzlich menschliche Stimmen. Seine Augen, vom Salzwasser entzündet, versagten ihren Dienst, doch seinen Ohren entging absolut nichts.

Er hatte alles aus seiner Lunge herausgeholt, was sie an Luft speichern konnte. Und als dann jemand vom Boot aus seinen Namen rief, war er sich sicher, Zeuge einer göttlichen Offenbarung zu werden. Der Himmel öffnete sich und teilte ihm mit, dass die Welt ihn noch für eine Weile länger brauche.

„Jesus sei Dank. Jesus sei Dank."

Lundrigan hatte verfolgt, wie Hank und Buzz vom Schiff gesprungen waren. Er war sich sicher, dass beide den Kampf gegen den tödlichen Sog verlieren würden. Doch

Hank hatte es überraschenderweise bis zum rettenden Boot geschafft – wo Lundrigan und Alex ihm unter die Arme griffen und ihn an Bord zerrten.

Es war, so Alex, ein göttlicher Fang, mit dem sie beim besten Willen nicht gerechnet hätten.

Hank hatte gerade noch genug Energie, um seine Army-ID und die St. Christophorus-Medaille zu küssen, die um seinen Hals baumelten.

Als seine Augen wieder halbwegs funktionieren, schaut Hank sich um, um das Ausmaß der Tragödie zu ermessen – und erkennt John im Boot. Er sieht ziemlich lädiert aus, ist aber am Leben. Er erzählt Hank, er habe sich das Bein aufgeschlitzt, als er sich ins Rettungsboot hievte. Dabei habe er reichlich Blut verloren.

Auch Mrs. Shiers sieht Hank zum ersten Mal. Sie murmelt etwas von ihrem Jungen und schaut ihn fragend an.

Er schüttelt seinen Kopf. Er erinnert sich zwar daran, ein Kind schreien gehört zu haben – sogar mehr als eins –, kann ihr aber nicht weiterhelfen. Mrs. Shiers versinkt wieder in ihren Mantel und schnürt ihn enger zusammen.

Im Boot befindet sich eine Person, die Hank bisher noch nicht identifizieren konnte. Sie ist anscheinend steifgefroren in ihren nassen Kleidern, beugt sich nach vorne, drückt ihren Kopf auf die Knie und fährt mit den Fingern durch die nassen Haare, die an ihrem Kopf kleben. Sie schaukelt unmerklich vor und zurück, hält aber plötzlich inne.

Als sie zu reden versucht, scheinen ihr die Worte im Mund zu zerbröseln. Sie müsse Martha finden, sagt sie nur.

Hank starrt sie ungläubig an. Charlotte.

Lundrigan ermahnt sie, die Hoffnung nicht aufzugeben. Es könne durchaus sein, dass ihre Freundin von einem anderen Boot gerettet worden sei.

Hank streckt seinen Arm aus, um ihre Schulter zu berühren, doch sie drückt ihren Kopf nur noch fester auf die Knie. Sie ist völlig erschöpft und verstört. Sie hat Angst. Er ruft sie beim Namen, doch sie zuckt nur zusammen.

Martha finden – das ist alles, was sie will.

Niemand weiß, wer gerettet wurde und wer nicht. Als das Rettungsboot kenterte, tat Charlotte alles, um Martha über Wasser zu halten – musste aber mitansehen, wie sie von den Fluten ins sichere Verderben gerissen wurde. Genauso wie Buzz – obwohl er ein guter Schwimmer war und als Matrose den Vorteil hatte, auf derartige Katastrophen vorbereitet zu sein.

Hank hingegen überlebte. Was Lundrigan mit den Worten kommentiert, dass er mit dem gleichen Recht noch am Leben ist wie jeder andere auch.

Sie alle haben auch Angehörige, an die sie nun denken müssen. Johns Mutter lebt in St. Anthony, Hanks Mutter im texanischen Abilene. Und Mrs. Shiers beklagt nicht nur Leonard und ihren verschollenen Ehemann, sondern greift auch mit der Hand zu ihrem Bauch und streichelt darüber. John zuckt erschrocken zusammen. Die Frau ist offensichtlich schwanger.

⚓

Die Fähre, deren gekrümmte Silhouette nun leblos auf dem Meeresboden liegt, hat keine Funktionen mehr – bis auf eine: Sie liegt gleich in unserer Nähe. Die *Caribou* ist unsere Beute, unser stummer Beweis.

Es ist schon ein seltsames Paar: der Jäger zusammen mit seiner Beute. Es dürfte nur eine Frage der Zeit sein, bis sich dieser bizarre Zustand als unhaltbar erweist. Statt sich umgehend vom Tatort zu entfernen, haben wir es vorgezogen, unser Heil im Niemandsland zu suchen: die Toten unter uns, die Lebenden über uns.

Dass ich sogar für die Existenz des Begleitbootes dankbar bin, beschreibt die surreale Situation am besten. Immerhin kümmern sich die Kanadier nun um die Überlebenden – eine Aufgabe, der ich inzwischen nicht mehr nachkommen kann.

Vor einem Monat, nachdem der britische Truppentransporter *Laconia* von *U 156* abgeschossen worden war, hatte uns Dönitz neue Richtlinien zukommen lassen. Als das U-Boot die Rot-Kreuz-Flagge hisste, um Überlebende an Bord zu nehmen, wurde es von einem US-Bomber attackiert – obwohl der Pilot über die Rettungsaktion informiert war. Dutzende Überlebende wurden durch die Bomben getötet – und *U 156* gelang nur knapp die Flucht.

An alle kommandierenden Offiziere:
1. Jeglicher Rettungsversuch von Angehörigen versenkter Schiffe, also auch Auffischen von Schwimmenden und Anbordgabe auf Rettungsboote, Aufrichten gekenterter Rettungsboote, Abgabe von Nahrungsmitteln und Wasser,

haben zu unterbleiben. Rettung widerspricht den primitivsten Forderungen der Kriegführung nach Vernichtung feindlicher Schiffe und Besatzungen.
2. Befehle über Mitbringung Kapitäne und Chefingenieure bleiben bestehen.
3. Schiffbrüchige nur retten, falls Aussagen für Boot von Wichtigkeit.
4. Hart sein. Daran denken, dass der Feind bei seinen Bombenangriffen auf deutsche Städte auf Frauen und Kinder keine Rücksicht nimmt.

Im ganzen Boot ist die Spannung mit Händen greifbar. Das atemlose Warten geht allen unter die Haut. Die Männer lauschen mit einem Ohr auf Geräusche von draußen, während das andere den geflüsterten Unterhaltungen im Mannschaftsraum folgt. Unser geballtes Potenzial liegt auf Eis. Wir sind zur Untätigkeit verdammt, haben dennoch Schweiß auf der Stirn. Paradoxerweise – perverserweise, würden einige sagen – sind es diese Momente, die mir besonders viel bedeuten. Unser Schicksal steht auf des Messers Schneide. Unsere Erfolgsaussichten sind nicht schlecht, doch das Pendel kann immer noch nach beiden Seiten schwingen. Die Situation verlangt nach einem klaren Kopf, der auch vor einsamen Entscheidungen nicht zurückschreckt.

„Ein cleverer Schachzug, Herr Kaleun“, meint Wimmer, der mir im Kontrollraum über die Schulter schaut, während der Navigationsoffizier über seine Karten gebeugt ist. Wimmer hat noch nicht gelernt, im Zweifelsfall lieber zu schweigen.

Ich schaue ihn an, sage aber nichts. Wir werden noch viel Zeit miteinander verbringen, bis wir wieder in Lorient andocken.

Wimmer lehnt sich mit einer Hand gegen das „Eisen-Netz" – dem organisierten Gewirr aus Rohren, Schächten, Ventilen, Schaltern, Ventilatoren, Schwungrädern und gebündelten Kabeln.

„Wir können nur unser Bestes geben", sagt er. „Danach ist alles in Gottes Hand."

Ich schaue vom Papenberg-Tiefenmesser hoch. Meine Nackenmuskeln sind bereits verspannt, weil ich mithilfe des Echolots gerade zu berechnen versuche, wie eine optimale Fluchtroute aussehen könnte.

„Ich tue mein Bestes, um Gott nicht unnötig zu belästigen", sage ich. „Es gibt schon viel zu viele Leute, die um seine Aufmerksamkeit buhlen."

Wimmer kann meiner Antwort keinen Sinn abgewinnen. Da der Obersteuermann gleich neben uns steht und unseren Wortwechsel mit Sicherheit geflissentlich überhört, hält er sich aber lieber bedeckt.

Niemand an Bord hat einen Job, der fachlich so anspruchsvoll ist wie der von Obersteuermann Janssen. Mit Winkelmessern, Parallellinealen und Stechzirkeln widmet er sich seinen kartografischen Materialien, um uns möglichst schnell und sicher aus unserer Notlage zu befreien. Wann genau wir die Flucht beginnen, wird aber meine Entscheidung sein. Immerhin haben wir das Glück, bis zum Morgenlicht noch etwas Manövriermasse zu haben.

Im Moment ist die Belastung unserer Batterien noch

ausreichend, aber irgendwann müssen wir natürlich an die Oberfläche, um sie wieder aufzuladen. Wenn diese Stunde naht, sollten wir allerdings schon möglichst weit vom Tatort entfernt sein.

„Bei voller Belastung reichen unsere Batterien für gerade mal zwei Stunden." Meine Worte sind an Wimmer gerichtet, doch ich sage ihm nichts, was er nicht längst schon wissen sollte.

„Jawohl, Herr Kapitän."

„Ist das alles, was Ihnen dazu einfällt, Wimmer? Was passiert, wenn wir zum Auftauchen gezwungen sind und die Tommies uns gleich an die Arschbacken wollen?"

Er lacht.

„Das war kein Scherz, Maat Wimmer. Je mehr Sie über Ihr Schiff wissen, umso größer werden Ihre Überlebenschancen sein. Die Tommies werden immer besser."

Sie werden sogar sehr viel besser, wenn ich unsere Funksprüche analysiere. Seit Juli haben sich unsere U-Boot-Verluste verdreifacht. Wir verlieren momentan monatlich acht bis zwölf Boote. Im September 1942 traf es gleich drei Kommandanten – Friedrich, Lange und Harney – die mit ihren Mannschaften auf den Meeresboden geschickt wurden.

Vor allem an Klaus Harney und unsere gemeinsame Zeit auf dem Dänholm kann ich mich noch bestens erinnern. Ich war 19, während er gerade erst 18 geworden war, aber das Gesicht eines Zwölfjährigen hatte. Es stellte sich aber schnell heraus, dass er nicht nur ein kluges Köpfchen war, sondern offensichtlich auch einen Vater hatte, der im

Hintergrund die Strippen zog. Wir alle wunderten uns zunächst, wie er überhaupt auf dem Dänholm gelandet war. Er sah eher so aus, als hätte er in Düsseldorf auf Mutters Schoß sitzen sollen. Unteroffizier Jodeit machte ihn jedenfalls zu seinem persönlichen Fußabtreter.

Harney ließ sich nicht kleinkriegen. Als wir im folgenden Jahr mit der Offiziersausbildung begannen, konnte er den harten Kerl zumindest spielen – auch wenn er in Uniform eigentlich immer deplatziert wirkte.

Erst im laufenden Jahr hatte man ihn zum Kapitänleutnant ernannt und ihm mit dem Kommando von *U 756* beauftragt. Er war 25. Und er war tot, bevor er selbst ein Schiff zur Strecke bringen konnte.

Es gibt einen banalen Grund, warum immer mehr deutsche U-Boote auf dem Meeresboden landen. Die Tommies und Yankees haben ihre Flugzeuge mit einem neuartigen Radarsystem ausgestattet. Es ist eine traurige Wahrheit, die man nicht länger ignorieren kann: Ihre technischen Labore haben den unsrigen den Rang abgelaufen. Es ist nur eine Frage der Zeit, bis auch die Kanadier Zugriff auf dieses System haben werden.

„Wimmer?"

„Jawohl, Herr Kapitän."

„Wie alt sind Sie?"

„21."

„Sie haben sich gut gehalten."

„Es gibt auch Kameraden, die erst 19 sind."

„Mit jeder Feindfahrt scheinen die Männer jünger zu werden. Können Sie sich einen Reim darauf machen?"

Wir beide kennen den Grund nur allzu gut. Er antwortet nicht.

„Das Hauptquartier hat keine andre Wahl, Wimmer. Es dauert nicht lang, bis sie uns Jungs in Lederhosen schicken.“

Ich lächle ihn an und gebe ihm die Erlaubnis, das Gleiche zu tun.

Der Obersteuermann schaut hoch und zieht ein vielsagendes Gesicht.

Mit seiner Frau und ihrem jungen Sohn hatte James Cuthbert England verlassen, um in Kanada sein Glück zu finden. Für seine Frau war es eine Heimkehr, für Cuthbert ein großes Abenteuer.

Die Royal *Canadian Navy* war jedenfalls heilfroh, einen weiteren gestandenen Offizier verpflichten zu können. Die meisten von ihnen begleiten Konvois über den Atlantik und tun das mit Korvetten und Zerstörern – Schiffen also, die für diese Aufgabe entsprechend ausgerüstet sind. Die Minensuchboote, die im Golf von Sankt Lorenz eingesetzt werden, können den Deutschen hingegen nur ein müdes Lächeln abringen.

In der Tradition der kanadischen Marine wurde die *HMCS Grandmère* nach einer Ortschaft in Kanada benannt – in diesem Fall einer Gemeinde in Québec. Es gab allerdings so manche Mitglieder der kanadischen Navy, die „Großmutter“ nicht gerade als optimalen Namen für ein Kriegsschiff empfanden. Cuthbert zuckte die Schultern und lernte mit dem Namen zu leben – zumal ihm zunehmend klar wurde, dass Schulterzucken die Standard-Reaktion der kanadischen Navy ist.

Als sie ihren Dienst als Begleitschiff antrat, heuerten 100 Mann für den Dienst an Bord der *Grandmère* an, nur eine Handvoll von ihnen war mit dem Leben auf See vertraut. Es dauerte drei Monate, bis die Mannschaft den ersten Schock verdaut hatte und langsam in ihre Rolle hineinwuchs. Cuthbert geht mit Lob und Auszeichnungen sparsam um, wird von den Männern aber respektiert, ja fast schon geliebt. Cuthbert seinerseits hat den Eindruck, als seien sie mit ihrem Leben an Bord ganz zufrieden.

Und doch hat sie alle nichts auf das menschliche Drama vorbereitet, das sich nun vor ihren Augen abspielt.

Sie tappen völlig im Dunkeln, wie der Killer entkommen konnte. Das ASDIC ist ein schlechter Scherz. Sie sind mit einem dunklen und kalten Gewässer konfrontiert, auf dem die Überlebenden in alle Richtungen verstreut sind. Sie noch zu retten, scheint fast schon unmöglich – was ihre Mission nur noch deprimierender macht.

Cuthbert bleibt keine andere Wahl, als zu dem Ort zurückzukehren, an dem das U-Boot abtauchte. Er illuminiert das Wasser mit Leuchtkugeln, um weitere Wasserbomben werfen zu können. Diesmal lässt er die Explosionen in einer Tiefe von 170 Metern erfolgen. Vielleicht, so hofft er, könne das schon getroffene Boot auf diese Weise noch weiter beschädigt werden, hält die Aussichten auf Erfolg aber selbst für minimal.

Als alle Versuche keine Resultate hervorbringen, bleibt ihm nichts anderes übrig, als einen Sektor nach dem anderen abzusuchen – in der schwindenden Hoffnung, dass sich das U-Boot ein weiteres Mal zeigen könnte.

Ein Sanitätskasten?

Alex zeigt auf ein eingebautes Schränkchen, das sich unter der hinteren Ruderbank befindet. Lundrigan streckt eine Hand hinein und tastet solange, bis er einen feuchten Öltuch-Sack herauszieht. Er enthält mehr, als er erwartet hatte: Dosen mit Trinkwasser und Keksen sowie vier kleine Wolldecken, alle trocken und noch ungenutzt.

Alex reicht Hank eine Decke und nickt zu Charlotte hinüber. Er legt die zweite über John und passt auf, seine offene Wunde nicht zu berühren. Die dritte legt er schließlich über Mrs. Shiers Beine, die mit dem Zittern überhaupt nicht mehr aufhören wollen. Die drei anderen Passagiere einigen sich darauf, sich mit der letzten Decke reihum abzuwechseln.

Hank sucht in seinen Taschen und findet einen P-38, den simplen Dosenöffner, der zur Standardausrüstung der US-Army zählt. Es ist ein fünf Zentimeter langes Stück Metall mit einer klappbaren Klinge. Im gleichen Augenblick zieht Lundrigan einen Gegenstand aus dem Sanitätsbeutel, der sich ebenfalls als P-38 entpuppt.

Hank nimmt sein Exemplar und öffnet die Dosen. Das Trinkwasser wird ihm geradezu aus der Hand gerissen, da die Kehlköpfe bereits ausgedörrt sind und die Lippen mit Salz verkrustet. Die hartgebackenen Schiffkekse sind praktisch geschmacksfrei, werden aber von allen Passagieren pflichtbewusst verzehrt.

Plötzlich hört man in der näheren Umgebung das Rumpeln einer explodierenden Wasserbombe. Dann ein zweites und drittes Mal, diesmal noch intensiver.

Man kann nur beten, dass die Bomben nicht noch näherkommen. Mit Sicherheit hat die *Grandmère* inzwischen die Behörden in Port aux Basques alarmiert. Was bedeutet, dass am Morgen die ersten Fischerboote auftauchen werden, um den Überlebenden zu helfen.

John flucht still vor sich hin. Wahrscheinlich seien sie bis dahin alle längst erfroren, knurrt er und verkriecht sich noch weiter in den Bug des Bootes.

Wieder kann Mrs. Shiers ihren Tränen keinen Einhalt gebieten. Charlotte ist noch immer nicht ansprechbar.

Lundrigan ist stumm und denkt an die anderen Überlebenden, die irgendwo da draußen in der Dunkelheit treiben und noch mehr um ihr Leben kämpfen müssen als sie selbst. Wie lang wird das Begleitboot die Jagd noch fortsetzen? Sollte es sich nicht lieber um die Rettung der Überlebenden kümmern? Er hat auf die Fragen keine Antwort und überlässt die Beantwortung deshalb lieber dem Herrn. Er wird in seiner unermesslichen Weisheit schon das Richtige tun.

Lundrigan war Zeit seines Lebens in der Heilsarmee. Sie hat ihm geholfen, diverse Klippen seines Lebens sicher zu umschiffen – auch wenn natürlich keine so dramatisch war wie die momentane Situation. Er kommt zu der Einsicht, dass die Prüfung ihm etwas mitteilen will: Ein Soldat, der für Christus marschiert, kann nicht kneifen, wenn sein Einsatz gefordert ist.

Mrs. Shiers schaut ihn an und bemerkt, dass er seine Augen geschlossen und die Hände zu Fäusten geballt hat. Sie fragt in die Runde, ob vielleicht jemand ein Gebet für den kleinen Leonard sprechen könne. Sie schaut Hank erwartungsvoll an, doch der zögert.

Lundrigan, in punkto Beten routinierter als Hank, springt für ihn ein. Mit weit geöffneten Augen bittet er den Herrn, Leonard zu schützen und ihm die Kraft zu geben, allen Versuchungen des Bösen zu widerstehen.

Die Versuchungen des Bösen waren eigentlich nicht gerade das, woran Mrs. Shiers gedacht hatte. Die Kälte, das Wasser – ja. Aber nicht unbedingt das Böse.

Die Runde beschließt das Gebet mit einem Amen. Selbst Charlotte kommt das Wort murmelnd über die Lippen.

Lundrigan empfiehlt Mrs. Shiers, sich nicht gegen das Schicksal aufzulehnen. Der Herr wiege ihr Kind im Arm und würde mit Sicherheit nur sein ewiges Wohl im Auge haben.

Mrs. Shiers schaut zu ihm hinüber und fängt wieder zu weinen an.

Auch wenn er es sich nicht gern eingesteht, sind es nicht nur Gebete, die ihm durch den Kopf gehen. Ihn quälen Fragen, die sich mit Gebeten nicht so einfach beantworten lassen. Lundrigan hatte seine Kabine Mrs. Shiers überlassen – mit der Folge, dass sie die schlechteste Ausgangsposition hatte, während er im Gesellschaftsraum vergleichsweise sicher war. Wenn er dazu gezwungen gewesen wäre, sich durch all das Wasser nach oben zu kämpfen, hätte sein Herz wohl gestreikt. Und als er ins Rettungsboot sprang, bekam er nur ein paar Spritzer ab. Warum ging der Kelch gerade an ihm vorbei?

John stellt sich ähnliche Fragen. Warum kam er mit dem Leben davon, während Miss Fitzpatrick – eine Frau, die ihr Leben lang anderen Menschen zu helfen versuchte – nicht den Hauch einer Chance hatte? Und hätte es nicht besser Hank treffen sollen, wenn dadurch ein Vater gerettet worden wäre, den seine Kinder noch dringend bräuchten?

Und was ist mit Leonard? Vielleicht hält Gott ja wirklich seine schützende Hand über ihn.

Mrs. Shiers ist nicht überzeugt. „Wo war denn Gott, als der Torpedo einschlug? Wie konnte er zulassen, dass unschuldige Kinder dafür leiden müssen?"

„Wenn ein Mensch keinen Glauben hat, hat er nichts", antwortet John.

„Aber wenn sie ihr eigenes Kind leiden sieht, wird keine Mutter aus bloßen Worten Trost ziehen können."

„Wir sind eben im Krieg. Den Deutschen sind Kinder scheißegal."

„Selbst, wenn es ihre eigenen Kinder sind? Lieben sie Kinder nicht genauso wie wir?"

„Hitler ist ein Barbar."

„Aber was ist mit dem Mann, der den Torpedo abschoss? Er hat eine Mutter und einen Vater, die ihn lieben – und die er nach dem Krieg wiedersehen wird. Was geht bloß in seinem Kopf vor?"

⚓

Wir rührten uns nicht und warteten. Vater, wenn Du jetzt neben mir ständest, wohl wissend, was in der letzten Stunde passiert ist: Was würdest du denken? Über uns die Überlebenden, deren Hoffnungen mit jeder Minute schwinden. Ausnahmslos alle verfluchen sie mich. Hörst du sie, Vater? Sie verfluchen mich im Namen desselben Gottes, mit dem wir die Franzosen in Verdun verflucht haben. Oder jetzt die Engländer und ihre Flugzeuge, die gerade Bomben auf unsere Heimat werfen. Macht das wirklich noch alles Sinn für dich? Ich bin der Mann, der den Torpedo abfeuern ließ – und ich habe den Glauben an einen Sinn längst verloren.

Klar ist mir allenfalls, dass meine Entscheidungen unmittelbare Auswirkungen auf das Leben meiner Männer haben. Bei jedem Manöver, das *U 69* unternimmt, spüre ich, wie die Augen der Männer und ihrer Familien auf mich gerichtet sind. Und auch deine Anwesenheit, Vater, verspüre ich sehr wohl, auch wenn ich dein Schweigen als sehr bedrückend empfinde. Dabei wünschte ich mir, dich besser verstehen zu können. Vielleicht würde ich auf diesem Weg auch erfahren, ob ich in deinen Augen noch immer dein Sohn bin.

„Kapitän." Es ist Hebestreit, der mich aus meinen düsteren Gedanken reißt. Er hat in der vergangenen Stunde hochkonzentriert in sein Hydrophon gelauscht. Die Detonationen der Wasserbomben haben inzwischen aufgehört, sie waren ohnehin so weit entfernt gewesen, dass sie keinen ernsthaften Schaden hätten anrichten können.

Interessanter aber ist eine andere Beobachtung, die Hebestreit gemacht hat. In den letzten 30 Minuten hat das Begleitschiff keine *Pings* mehr gesendet. Offensichtlich haben sie den Versuch aufgegeben, uns mit ihrem ASDIC-System zu orten. Was im Umkehrschluss aber auch bedeutet, dass wir nicht wissen, wo sie sich aufhalten. Zu wissen, dass sie sich gleich in unserer Nähe befinden, wäre mir lieber, als völlig im Dunkeln zu tappen. Andererseits bin ich mir relativ sicher, dass sie *nicht* in unserer Nähe sind. Das Schiff wird nicht blindlings durch Gewässer fahren, wo Schiffbrüchige gerade um ihr Leben kämpfen. Und sollten die Kanadier doch so verantwortungslos sein, würden sie mit Sicherheit keine Wasserbomben mehr werfen.

„Wir können nur warten, Oberfunkmaat."

„Jawohl, Kapitän."

„Sollten wir vielleicht etwas Musik für die Mannschaft spielen? Damit sie auf andere Gedanken kommen?"

„Beethoven? *Für Elise* vielleicht?"

Ich schaue ihn an. „Nein."

Hebestreit ist enttäuscht. Er hatte geglaubt, einen sinnvollen Vorschlag gemacht zu haben. Er hat es sich zur Angewohnheit gemacht, meine Gedanken erraten zu wollen – selbst wenn es sich nur um Kleinigkeiten handelt. Aber *Für Elise* ist jetzt wirklich fehl am Platz.

„Sehr wohl, Kapitän!" Er stakst steif von dannen, verkriecht sich wieder in seinen Kabuff und setzt die Kopfhörer auf.

Für Elise ist schon seit einigen Stunden kein Platz mehr in meinem Kopf. Allein schon der Gedanke an sie tut mir nicht gut. Und doch: Der Duft ihres Körpers, der Hauch ihrer Lippen, die Wärme ihrer Haut sind plötzlich so präsent, dass ich mich ruckartig aufrichte, nach einem Rohr über meinem Kopf greife und die Augen schließe.

Mein Herz beginnt zu rasen, als ich mir den Moment ausmale, in dem wir wieder vereint sind. Und wir werden wieder vereint sein – daran kann es nach menschlichem Ermessen keinen Zweifel geben. Nur die Vorsehung könnte uns noch einen Strich durch die Rechnung machen, ein plötzlicher Haken des Schicksals, der sich unserer Kontrolle entzieht.

Als ich meine Augen wieder öffne, bemerke ich, dass Hebestreit mich anstarrt.

Er dreht sich schnell wieder um und geht seiner Arbeit nach.

„Haben Sie etwas auf dem Herzen, Oberfunkmaat?"

„Nichts, Kapitän."

Ich verfolge, wie er sich noch tiefer über seine Gerätschaften beugt. Ich verzichte darauf, ihn weiter zu bedrängen. Wir alle haben gelernt, dass wir uns ein Minimum einer Privatsphäre bewahren müssen.

⚓

Mrs. Shiers hat damit begonnen, ihrem Jungen ein Wiegenlied zu singen. Sie hat nicht gerade die angenehmste Stimme, die man sich vorstellen kann, aber sie singt mit der Überzeugungskraft einer Mutter. Sie singt, als seien alle Personen im Rettungsboot Kinder, die ihrer mütterlichen Fürbitte bedürfen.

Your mother shakes the branches small
Lovely dreams in showers fall
Sleep, baby, sleep

Charlottes Hand schaut aus der Decke heraus, mit der sie sich warmzuhalten versucht. Hank streichelt die kalten Finger und drückt sie dann gegen seine Wange. Er streicht ihr auch die nassen Haare zur Seite, die in Klumpen auf ihrem Gesicht kleben. Sie sieht wie ein Häufchen Elend aus, denkt Hank, hat es aber immerhin bis hierhin geschafft. Wenn sie durchhält, bis im Morgengrauen die Hilfstruppen kommen, sollte sie ihr Leben retten können.

Im nächsten Moment ist es John, der die Aufmerksamkeit seiner Schicksalsgenossen auf sich lenkt. Er will etwas sagen, zuckt dann aber wortlos zusammen, weil er einen stechenden Schmerz in seinem Bein verspürt. Er lehnt sich nach vorne, flucht laut und vernehmlich – und lehnt sich wieder zurück. Mit aufgerissenen Augen starrt er Charlotte an und wünscht sich, dass er es ist, der ihre Hand halten darf.

Mrs. Shiers fängt wieder zu weinen an.

Alex weigert sich, sich vom Jammern ablenken zu lassen. Es ist noch immer eine gute Weile bis zum Morgengrauen – und die eisige Kälte ist der größte Feind. Wer immer dazu noch die nötige Kraft hat, sollte seinen Schicksalsgenossen dabei helfen, die Kälte aus dem Körper zu halten. John behauptet, noch lange nicht am Ende seiner Kräfte zu sein, zittert aber bei jedem Wort.

Hank schiebt sich näher an Charlotte heran.

Von der Dunkelheit und Ungewissheit zusammengepferchʈ, rücken sie instinktiv noch näher zusammen. Die Stille scheint sich nur noch zu intensivieren und überhaupt nicht mehr verschwinden zu wollen.

Ein brüchiges Stimmchen fängt leise mit dem Summen einer Melodie an, die zunächst niemand erkennt. Es ist Charlotte. Niemand bewegt sich, niemand will das Pflänzchen der Hoffnung mit banalen Worten zum Schweigen bringen.

John hebt seinen Kopf, lässt ihn dann aber erschöpft wieder fallen.

Hank räuspert sich und summt die Melodie schließlich mit. Mrs. Shiers schaut zu Charlotte hinüber und nickt zustimmend.

Die Krankenschwester, von der Zustimmung bestärkt, scheint neue Kräfte mobilisieren zu können.

Mrs. Shiers streckt ihren Arm aus und umfasst Charlottes Hände. Man stelle sich nur einmal vor, wie viele Patienten sie und ihre Freundin gepflegt hatten, wie hart sie arbeiten mussten, um ihnen wieder auf die Beine zu helfen.

Auch Mrs. Shiers beginnt zu singen – auch wenn ihre Stimme noch immer so spröde ist wie beim ersten Versuch.

Our God, our help in ages past. Our hope for years to come.
Our shelter from the stormy blast …

Dieses Lied ist Alex bekannt. Auch Lundrigan stimmt ein, schließlich sogar Charlotte, auch wenn ihr Singen eher einem Flüstern ähnelt. Eine friedvolle, fast schon feierliche Stimmung macht sich im Rettungsboot breit.

Alex dreht sich zu John, um ihn zum Mitmachen aufzufordern.

Sein Kopf ist zur Seite gefallen, die Augen sind geschlossen. Selbst sein Zittern ist verschwunden.

Jesus!

Alex fasst mit beiden Händen den Kopf des Kollegen. Ein schwaches Stöhnen ist das einzige Lebenszeichen, das er bekommt.

Hank beugt sich zu John hinüber und massiert seine Arme. Die anderen feuern ihn an, seine Wiederbelebungsversuche fortzusetzen.

Charlotte, durch den plötzlichen Aufruhr aus ihrer Apathie gerissen, schlägt ihre Decke auf und gibt Hank ein Zeichen, John damit einzuwickeln.

Sie drängt ihn auch, sich direkt vor Johns Gesicht zu postieren, seine gewölbten Hände um den Mund zu legen und dann auszuatmen. Auf diese Weise könne John am besten mit warmer Luft versorgt werden.

Charlotte weiß, was in solchen Notsituationen vonnöten ist. Sie ist die Krankenschwester.

Hank beugt seinen Kopf hinunter.

„Näher, näher."

„Das darf doch alles nicht wahr sein!"

Doch tatsächlich: John gibt ansatzweise ein Husten von sich.

„Mach weiter. Hör jetzt nicht auf."

Das Husten wird stärker. Er öffnet die Augen, entdeckt Hanks Gesicht direkt vor dem seinen – und zieht eine Grimasse.

„Mach weiter. Mach weiter."

Nach einer Weile ist John tatsächlich über den Berg. Die Beteiligten sacken erschöpft und erleichtert in sich zusammen. Nur noch wenige Worte werden gewechselt.

Lundrigan, der die ganze Zeit gebetet hat, sieht sich in seinem Glauben bestätigt. Es gibt schon einen Grund, warum gerade sie überlebt haben. Es *muss* einen geben.

Alex hat seine ganz eigene Lebenseinstellung: Rechne mit dem Schlimmsten – und danke Gott, wenn's besser ausgeht als erwartet. Die Vorstellung, seine Frau und Kinder nicht wiederzusehen, hat er nie ernsthaft in Betracht gezogen.

Wieder sind es Charlottes Schluchzer, die der Stille ein Ende bereiten. Sie stößt Worte aus ihrem Mund, die niemand versteht. Sie betet für Leonard.

„Es ist alles in Gottes Hand." Lundrigan sagt es mit einer Endgültigkeit, die niemand zu schätzen weiß.

Selbst Hank hat diesmal ein Stoßgebet nach oben geschickt.

Es ist fast Sieben. Das Meer hat damit begonnen, sich dem Morgen zu öffnen. Und je heller es wird, umso lauter wird die Frage: Was ist mit der *Grandmère*?

Was wird Cuthbert tun? Es ist eine Frage, die ihm schwerer auf dem Magen liegt als jede Entscheidung zuvor.

Seit der letzten Bombe hat er eine Stunde lang die Gewässer vergeblich durchsucht. Liegt das U-Boot, schwer getroffen, vielleicht auf dem Meeresboden? Verdrängt das Seewasser schon den Sauerstoff? Kämpft ein Seemann nach dem anderen bereits seinen letzten Kampf?

Doch Cuthbert ist kein Träumer. Es ist weitaus wahrscheinlicher, dass sich das U-Boot mit abgestellten Motoren versteckt – tief genug, um dem ASDIC zu entgehen. Wenn Cuthbert sich um die Überlebenden kümmert, könnte das U-Boot wieder auftauchen und die *Grandmère* in aller Ruhe aufs Korn nehmen. Cuthbert ist hin- und hergerissen. Es gibt keine überzeugende Lösung, keine Vorschrift, wie in solchen Situationen zu verfahren ist.

Oder ist das U-Boot vielleicht schon ins offene Meer entwischt, wo es sich frei und unbeschwert bewegen kann? Cuthbert weiß es nicht und kann sich nur auf seinen Instinkt verlassen.

Instinkt aber ist ein unzuverlässiger Geselle, der in den Lehrbüchern der kanadischen Navy erwartungsgemäß keine Existenzberechtigung hat.

Was im Morgengrauen sichtbar wird, ist ein zufälliger Querschnitt von allen nur erdenklichen Wrackteilen: zersplitterte Holzplanken, ein einsamer Rettungsring, ein leeres Schlauchboot. Alle treiben in Richtung seines Schiffes.

Es ist der Wink mit dem Zaunpfahl. Cuthbert hat seine Entscheidung getroffen.

„Maschinen rückwärts. Koordinaten neu berechnen. Das Kletternetz vorbereiten." Und beten, dass sie noch immer am Leben sind.

⚓

Ich habe Vertrauen in den Kanadier. Er wird die Überlebenden nicht einfach absaufen lassen.

Hier unten in der Tiefe ist es erdrückend still. Die Fähre hat sich mit einem letzten Knirschen verabschiedet. Eines Tages werden wir vielleicht auf dem gleichen Meeresboden ruhen wie das Schiff, das wir versenkt haben. Die Chancen dafür sind nicht einmal schlecht. Ich wäre ein Dummkopf, würde ich diese Möglichkeit verneinen. Und ich mag vieles sein, Vater, aber ein Dummkopf bin ich nicht. Dummköpfe sehnen sich Krieg herbei, während meine Träume von wilden Tieren in unwirklichen Farben bevölkert werden. Und wenn es nicht diese unglaublich realen, mit Händen greifbaren Geschöpfe sind, dann ist es eine Frau, vielleicht auch ein Sohn und all die Hoffnungen, die ich in ihn setzen würde. Genau wie du von deinem Sohn geträumt haben musst, Vater, als du in deinen ganz eigenen Krieg verwickelt wurdest. Wir beide hatten Hoffnungen, wir beide hatten Träume.

⚓

Ihre Augen sind geschlossen. In dieem Zustand fühlt sie sich näher bei ihrem Jungen. Ihre Gebete sind nur noch ein stummes Zwiegespräch – die letzten Fragmente der Hoffnungen, die bei Anbruch der Dämmerung ebenfalls enttäuscht wurden.

Einige ihrer Schicksalsgenossen starren in den Frühnebel und versuchen Details auszumachen. Die See ist ruhiger, als sie erwartet hatten. Sieht jemand ein Rettungsboot? Ein Schlauchboot? Die hoffnungsvollsten Blicke richten sich zum Himmel.

Ob ihr Ehemann sie erwarten wird? Was Leonard betrifft, so sind ihre Hoffnungen ebenso flatterhaft wie die Möwen, die über dem Wasser ihre Kurven ziehen. Als sie schließlich die Augen öffnet, erlaubt sie den Vögeln, die Kontrolle über ihr Bewusstsein zu übernehmen. Der Rhythmus, mit dem sie auftauchen und wieder aus ihrem Blickfeld verschwinden, ist ihr Zeitmesser, um den Fortschritt des Morgengrauens zu berechnen.

Auch wenn es mit Sonnenaufgang eher kälter geworden ist, erweist sich die Hoffnung auf Rettung inzwischen als stärker. Alex tut am Steuer sein Bestes, um dem bewegter werdenden Wellengang zu trotzen.

Doch dann bemerkt er etwas anderes. Seine atemlosen Worte schrecken die anderen Passagiere auf. Einer nach dem anderen folgt seinem Arm und entdeckt am Himmel ein Flugzeug, das kaum zu hören ist, aber eindeutig Kurs auf den Unfallort nimmt.

Sie winken mit allem, was sie haben. Die stramm gespannten Decken dienen ihnen als überdimensionale Flaggen.

Es ist größer geworden inzwischen, kommt immer näher und scheint direkt über ihre Köpfe fliegen zu wollen. Sie schwenken verzweifelt die Decken. Die beiden Flugzeugpropeller donnern übers Boot, während die breiten Tragflächen kurz den blauen Himmel durchtrennen.

Ein blauer Kreis mit dem roten Ahornblatt in der Mitte. Tatsächlich, es sind die kanadischen Schutzengel. Das Flugzeug wirft schwimmende Feuermarkierungen ab, um eine exaktere Bestimmung des Unfallortes zu ermöglichen.

Hank jubelt zum Himmel hoch.

Alex schreit ihn an, er solle gefälligst den Mund halten. Schließlich sei ihre Rettung noch keinesfalls gewährleistet.

Hank nimmt wieder Platz und reibt sich begeistert die Hände.

Zum ersten Mal sehen sie, dass noch andere Passagiere überlebt haben. Es ist ein Schlauchboot hinter ihnen, von ihrem Heck noch weit entfernt. Alex ist sich sicher, dass Menschen an Bord sind. Zu weit, um ihnen etwas zurufen zu können, doch als er noch einmal genauer hinhört, glaubt er Menschen singen zu hören.

Nearer my God to Thee. Er kann dem nichts mehr hinzufügen.

Lundrigan regt an, mit in den Chor einzustimmen. *Nearer to Thee.*

Und es dauert nicht lange, bis der Bug der *Grandmère* durch die letzten Nebelschwaden bricht und sich entschlossen zwischen Lebende und Tote schiebt.

Ein Suchscheinwerfer erfasst ihr Rettungsboot und seine sechs Passagiere.

Sie sind am Leben. Jeder einzelne von ihnen.

2

Noch nie war eine Transatlantik-Überquerung so problemlos, noch nie lauerten so wenige Tommies in den Gewässern vor der französischen Küste. Trotzdem war es natürlich ein wunderbares Gefühl, an Port-Louis vorbei den Blavet hinaufzufahren und in einem der U-Boot-Bunker von Lorient anzudocken. Mit seinen drei Meter dicken Mauern aus stahlverstärktem Zement war es ein Zufluchtsort, dem Bomben nichts anhaben konnten.

16 Stunden lang hatte sich *U 69* über der gesunkenen Fähre unsichtbar gemacht. Einmal waren wir auf Sehrohrtiefe hochgekommen und hatten kurz die Lage gepeilt, waren aber ansonsten damit zufrieden, den Tag einfach auszusitzen. Wir konnten nicht wissen, wann die Bergung der Überlebenden abgeschlossen sein würde. Nicht auszuschließen, dass danach noch mehr kanadische Einheiten anrücken würden, um uns mit einem glücklichen Treffer den Garaus zu machen. Wir wollten erst jubeln, wenn wir über alle Berge waren.

Wir entkamen im Schutz der folgenden Nacht und waren überrascht, von niemandem behelligt zu werden. Das Begleitschiff war lange verschwunden – und bis auf ein schwaches Signal auf dem Metox, unserem Radarwarngerät, war von der kanadischen Marine weit und breit nichts zu sehen. Als das Signal lauter wurde, änderten wir einfach den Kurs. Mit unseren Ferngläsern schauten wir noch einmal auf das vom Mond beleuchtete Areal zurück, das in der Nacht zuvor Schauplatz eines brennenden Infernos gewesen war. Es passiert selten, dass wir den zweifelhaften Luxus einer zweiten Visite bekommen. Normalerweise gibt es nur einen Knall, Panik und die augenblickliche Flucht.

Hagemann zeigte ein breites Grinsen, was man wohlwollend als ein Lächeln bezeichnen konnte. Genau wie ich war er mit dem Ausgang hochzufrieden – auch wenn der Nervenkitzel der geschlagenen Schlacht längst abgeklungen war.

Die Konsequenzen waren natürlich noch immer die gleichen: Ein Kommandant, der seines Dienstgrades würdig ist, empfindet keine Genugtuung im Angesicht menschlicher Opfer. Ein feindliches Schiff auf den Boden des Meeres zu befördern – kein Problem. Wir befinden uns schließlich im Krieg.

Wir waren zwei Monate auf See gewesen. Die Mannschaft fieberte danach, endlich von Bord gehen zu können. Ich konnte es ihnen nicht verübeln. Der immer schlimmer werdende Gestank hat die Eigenschaft jede Begeisterung im Keim zu ersticken.

Seltsam, dass Neufundlands Küste mich noch immer in ihren Bann zog. Wenn ich mich für ein paar Minuten hinter meinen Vorhang zurückziehen konnte, griff ich zum Zeichenblock und brachte meine Erinnerungen zu Papier. Stand ich auf der Brücke, versuchte ich mir vorzustellen, wie das Land wohl hinter der majestätisch zerklüfteten Küste aussah – und wünschte mir heimlich, allein an Land gehen zu können.

„Genießen Sie die schöne Aussicht?“, fragte Hagemann.

Es war genug, um mich aus meinen magischen Träumen zu reißen.

Als wir an besagter Küste vorbeifuhren, luden wir unseren letzten Torpedo und hielten die Augen nach einem passenden Ziel offen. Am 20. Oktober 1942 raste er in den Eisenerz-Frachter *Rose Castle* mit 7 800 BRT, ohne aber zu zünden. Hagemann war nicht glücklich: „Eine gottverdammte Niete", befand er mehrfach. Wir ließen uns keine grauen Haare wachsen. Wie die Zeit und die Kameraden von *U 518* später bestätigen sollten, gab es dazu auch keinerlei Anlass.

U 518 wurde von meinem guten Freund Friedrich-Wilhelm Wissmann kommandiert, einem Kameraden aus der Crew von '35. *Fredy Wissmännchen* nannten wir ihn. Er war ein kluges und durchsetzungsfähiges Bürschchen. Ich erinnerte mich, dass wir fast gleich alt waren, nur ein Tag lag zwischen der Stunde unserer Geburt. Auf dem Dänholm bekam ich die Geburtstagsabreibung von den anderen Kadetten, um gleich am nächsten Tag selbst aktiv werden zu können.

Als ich am 15. Dezember in Lorient meinen Geburtstag feierte, war es niemand anderes als Wissmann, der zu später Stunde in die trunkene Party platzte. Es war der Tag, an dem er gerade von seinem ersten Einsatz als Kommandant heimgekehrt war.

Er sah entsprechend struppig aus, doch sein Grinsen war so breit, dass sein Äußeres keine Rolle mehr spielte. Der bärtige Schurke hatte sechs Schiffe getroffen und vier davon versenkt: 30 000 BRT. Ich hatte zwei Unternehmungen hinter mir und kam gerade mal auf die Hälfte.

„Anfängerglück, Wissmann“, sagte ich wohlwollend und lachte – weil man das unter Freunden nun mal tut.

„Der Letzte war ein Yankee-Tanker auf dem Weg nach Island“, erzählte er, inzwischen schon so angeheitert wie ich, „bis zum Rand mit Öl beladen. Der Schweinehund kam nie weiter als Neufundland.“

U 518 rettete den Kapitän und Ersten Offizier und nahm sie als Kriegsgefangene an Bord, während sich der Rest mit den Rettungsboten begnügen musste. „Und diesen armen Schweinen konnte man nur viel Glück wünschen.“

Wissmann schwelgte in seinen Erfolgen und gab mir das Gefühl, nur unter ‚ferner liefen‘ gelandet zu sein. Ich erzählte ihm von meiner eigenen Trophäe, dem Abschuss der *Caribou* in der Cabotstraße. Am Rande stellte sich heraus, dass die *Rose Castle* – der unser Rohrkrepierer nur einen Schrecken eingejagt hatte – dasselbe Schiff war, dem *U 518* dann den Rest gegeben hatte. Mit Eisenerz beladen, war sie vor Neufundland vor Anker gegangen, um dort auf einen schützenden Konvoi zu warten.

„Man muss es dir lassen, Wissmann, du bist schon ein ausgekochter Kanonier.“

Bier und Schnaps hatten inzwischen die gewünschte Wirkung gezeigt.

Es wurde jedenfalls eine feuchtfröhliche Nacht mit Wissmann, mir und Werner Witte, einem anderen Kameraden aus der ’35er Crew, der immerhin 24 000 BRT vor der marokkanischen Küste abgeschossen hatte.

Nachdem die Kriegsmarine den Hafen von Lorient übernommen hatte, waren hilfreiche Geister auf die Idee gekommen, in einem Außenbezirk ein Refugium für Offiziere einzurichten. Es war ein chaotisches Etablissement mit plüschigen Sofas, roten Samtvorhängen und einer von künstlichen Weinreben umrankten Bühne, auf der sich gelegentlich unbedarfte Musikkapellen an Jazz versuchten. Drei vollbusige Französinnen waren angeheuert worden, um Bier zu servieren und die Stimmung all jener Seeleute aufzuhellen, die schon bald wieder in See stechen mussten. Wittes nächste Unternehmung war bereits für die kommende Woche eingeplant. Er durfte die Weihnachtszeit mit der Jagd auf Konvois verbringen und sich die Frage beantworten, welches Überraschungsgeschenk die Tommies wohl diesmal für ihn bereithalten würden. In diesem Jahr waren bereits weit über 200 U-Boote auf dem Meeresboden gelandet. Ein zünftiger Abend in dem krachledernen Biertempel war da nicht zu verachten.

„Wie sehen denn deine Pläne aus, Gräf? Du hast doch noch ein paar Wochen Landurlaub."

„Zum Fest ist Dresden angesagt. Dann noch ein Zwischenstopp in Paris."

„Ah, Paris. Dann willst du dich wohl dort flachlegen lassen", meinte Wissmann. „Erinnerungen an prickelnde Erlebnisse sind immer hilfreich – egal, wann deine nächste Unternehmung ansteht."

„Du warst schon immer ein praktisch veranlagter Zeitgenosse, Fredy."

„Es heißt auch, dass Gräf sich bereits die Hörner abgestoßen habe. Hier in Lorient, aber mit einem Mädel aus der Heimat."

Ich konnte mir das Erröten gerade noch verkneifen. „Nun mach mal halblang, Witte. Du riechst schon arg streng vor lauter Eifersucht."

Er widersprach natürlich lautstark, gab mir aber noch einen guten Rat: „Nimm dich vor den amourösen Fallstricken in Acht, Gräf. In der Kriegsmarine gibt's keinen Platz für gebrochene Herzen."

Ich ließ ihnen den Spaß. Jede weitere Widerrede hätte sie nur noch zum Weitermachen animiert.

Zum Glück kamen gerade die Musiker zurück auf die Bühne und wurden von den angeheiterten Offizieren umgehend ausgebuht. Ich konnte mir ein paar unangebrachte Zurufe ebenfalls nicht verkneifen.

Die drei Französinnen taten ihr Bestes, um die Musiker vor Schlimmerem zu schützen, mussten aber gleichzeitig ein Auge aufs Mobiliar haben. Mehr als einmal waren hier schon die Bierkrüge geflogen, oft genug baumelten die Lampen nur noch an einem nackten Draht. Wenn ich das Gefühl hatte, die Stimmung würde zu stürmisch, machte ich mich für gewöhnlich schnell aus dem Staub, hätte heute aber Wissmann und Witte partout nicht entkommen können.

Plötzlich stand Hagemann in der Tür und hatte sogar den Zweiten Offizier im Schlepptau. Für einen Moment dachte ich schon, zwischen den beiden Streithähnen sei die große Freundschaft ausgebrochen, stellte dann aber fest, dass Umbeck hoffnungslos betrunken war. Ohne Hagemanns energischen Griff am Oberarm hätte er sich überhaupt nicht mehr aufrecht halten können. Das ungleiche Paar ließ sich an einem Tisch nahe der Bar nieder.

Als Hagemann mich sah, zuckte es in ihm, als müsse er innerlich strammstehen. Er legte Wert darauf, stets als untadeliger Offizier und Vize wahrgenommen zu werden. Doch diesmal zumindest konnte er seinen hohen Ansprüchen nicht genügen: Als er das Bierglas hob, verpasste er den direkten Weg zum Mund und schüttete das Bier prompt auf seine Uniform.

Ich konnte mir das Grinsen nicht verkneifen und hob den Arm – was auf den ersten Blick vielleicht wie der Nazi-Salut aussah und ihn noch mehr verwirrte. Natürlich wusste ich von seiner Bewunderung für den Führer, hatte mich aber wohlweislich nie dazu geäußert. Hoffentlich war seine Alkoholisierung bereits so fortgeschritten, dass er meine missverständliche Geste schnellstens vergessen würde. Sicher war ich mir allerdings nicht.

Ich legte keinen Wert darauf, sie an unseren Tisch einzuladen – zumal Umbecks Kopf nach vorne gefallen war und nun regungslos auf der Tischplatte lag. Ich grinste ein zweites Mal, wandte mich dann aber wieder meinen Kameraden zu. Sie hatten ohnehin kein Interesse an neuen Bekanntschaften, sondern wollten sich nur zügig ins Koma trinken.

Es dauerte nicht lange, bis Witte mit dem Singen anfing. Er sprang auf die Füße, ballte die Fäuste, ruderte mit den Armen und schmetterte aus voller Brust *„Das ist die Berliner Luft"*. Als er nach dem Refrain – *„Luft! Luft! Luft!"* – mit der zweiten Strophe begann, ließ es sich der gute Mann nicht nehmen, seinen Stuhl zur Seite zu stoßen und um den Tisch zu marschieren. Die Musiker auf der Bühne, von Wittes Naturgewalt überwältigt, sahen hilflos zu und sackten in sich zusammen.

„Ja-ja! Ja-ja! Ja, ja, ja, ja! Das ist die Berliner Luft! Luft, Luft, Luft."

Nach drei Runden um den Tisch hatte er genug Gleichgesinnte gefunden, um eine ausgewachsene Polonaise auf den Weg zu bringen. Im Takt schwangen sie die Beine und unterstützten ihren Vorsänger, wenn er wieder mal beim Refrain angekommen war: *„Luft, Luft, Luft!"*

Auch wenn es natürlich der Alkohol war, der die gute Laune befeuerte, hätte der Anblick wohl selbst dem kriegsmüdesten Kommandanten ein Lächeln abgerungen. Und ich war drauf und dran, mich selbst zu dieser fatalistischen Spezies zu zählen – wenn ich nicht Elise gehabt hätte.

Unsere Liebesnächte retteten mich. Der Gedanke, dass ich schon bald auf meine dritte Mission geschickt werden würde, nagte zunehmend an meinem Selbstverständnis. Natürlich hätte ich mich der Order nicht widersetzt, doch bereits eine reduzierte Begeisterung meinerseits war der Mannschaft nicht zuzumuten. Die Männer müssen 100-prozentig fokussiert sein, wenn sie dem Feind gegenüberstehen. Wer nicht felsenfest davon überzeugt ist, eine Konfrontation siegreich bestehen zu können, hat sein Todesurteil bereits unterschrieben. Wer würde überhaupt noch an Bord gehen wollen, wer würde die Luke hinter sich schließen und einem Kommandanten folgen, der den Tod einer 50-köpfigen Mannschaft nur mit einem Achselzucken quittierte?

Elise blieben meine Sorgen nicht verborgen. Ich war nicht die gleiche Person, die ihr bei unserer letzten Begegnung auf der Terrasse des *Le Grand Café* gegenübergesessen hatte. Ich war auch nicht mehr der Mann, dessen sexuellen Avancen sie sich lachend entzogen hatte. Nach unserem letzten innigen Kuss hatte sie sich zögerlich von mir entfernt, sich dann umgedreht und mich angeschaut – um dann spontan zurück in meine Arme zu laufen. Sie hatte in diesem Moment gewusst, dass sie den letzten Schritt noch nicht machen konnte, dies aber bei unserer nächsten Begegnung nachholen würde.

„Ulrich", sagte sie. „Was ist los?"

Es war eine Frage des Zeitpunkts. Ein U-Boot-Kommandant, der das trostlose Leben an Bord bereits im Blut hat, kann sich nicht mehr so leichtfertig von seinem Arbeitsplatz entfernen, wie er es vielleicht noch nach der Jungfernfahrt getan hätte.

„Ist etwas passiert, das dich aus dem Gleichgewicht gebracht hat?"

Gab es ein entscheidendes Ereignis? War etwas passiert, das ich eindeutig hätte identifizieren können? Nein. Es gab absolut nichts, das ich ihr hätte erklären können – nichts, das für einen Außenstehenden verständlich und erhellend gewesen wäre. Man musste schon selbst in einem U-Boot gesessen haben, um meine Beweggründe nachvollziehen zu können. Aber *erklären* konnte man es niemandem. Auch nicht Elise. Mehr noch: Ich hatte gehofft, dass sie mich an die Hand nehmen würde, um mir eine andere Seite des Lebens zu zeigen. Dass sie mir die Gelegenheit geben würde, mich hoffnungslos zu verlieben. Ich lebte in dem Traum, als könne der Krieg auch ohne uns weitergehen – oder umgekehrt: als wäre es nur noch eine Frage der Zeit, bis wir den Krieg hinter uns ließen.

Vielleicht machte ich aber auch den Fehler, Elises eigene Erfahrungen zu unterschätzen. Als Krankenschwester wurde sie schließlich mit den verheerenden Wunden konfrontiert, die Bomben und Kugeln gerissen hatten. Sie musste in die Gesichter der Toten schauen und den Müttern der Gefallenen einen Brief schreiben.

Ich lächelte sie über den Tisch an, sagte aber nichts. Wir saßen auf der Terrasse des *L'Hôtel du Lapin Blanc*, nicht weit vom Strand in Larmor-Plage entfernt. Wir waren stundenlang dort spazieren gegangen, der Strand war um diese Jahreszeit praktisch verwaist. Wir waren dick vermummt, um der Dezemberkälte trotzen zu können und tief beeindruckt von der idyllischen Küste, der atemlosen Stille und einem zahmen Meer, das spielerisch die Küste umspülte. Unsere Erinnerungen drifteten zurück zu den glücklichen Tagen, die wir hier im Sommer verbracht hatten.

Das Hotel mit angeschlossenem Restaurant war ebenfalls fast leer. Obwohl er nur einen Tisch mit Deutschen zu bedienen hatte, war der Kellner ausnehmend freundlich. Ob man sich hinten in der Küche genauso freundlich über die deutschen Gäste äußerte, stand natürlich auf einem anderen Blatt. Der Kellner immerhin schien dankbar zu sein, überhaupt noch Gäste zu haben. Und die Miesmuscheln waren ausgezeichnet.

Die anderen Deutschen waren Relikte einer Verwaltungseinheit, die den Hafen von Kernével beaufsichtigt hatte. Dönitz hatte im Frühjahr das U-Boot-Hauptquartier von Lorient nach Paris verlegt, eine Handvoll Offiziere aber zurückgelassen, um weiterhin den ungestörten Betrieb der Hafenanlagen sicherzustellen. Ich bemerkte, wie zwei dieser Männer zu unserem Tisch hinüberschauten. Einer war der aufdringliche Kerl, der mich nach meiner ersten Unternehmung zu Madame gelotst hatte. Mit einer Schönheit wie Elise gesehen zu werden, war mir eine innere Genugtuung. Die Eifersucht in seinem Gesicht war jedenfalls unübersehbar.

Elise verkniff es sich allerdings, ihre Gefühle für mich offen zu dokumentieren. Die Herren vom Nazi-Tisch schienen sich inzwischen zwar nicht mehr für uns zu interessieren, aber man wusste ja nie. Es war durchaus denkbar, dass es zum Aufgabenbereich dieser Herren gehörte, auch geheime Akten über Krankenschwestern zu führen.

Die Hand, die ich über den Tisch ausgestreckt hatte, zog ich jedenfalls unauffällig zurück. Der vielsagende Blick, den ich ihr dabei zuwarf, veranlasste sie, ihre Lippen zusammenzukneifen: Sie hatte Mühe, sich das Lachen zu verkneifen.

„Du bist hinreißend, mein Liebling", flüsterte ich ihr zu. „Ich verspüre den leidenschaftlichen Wunsch, dir Hunderte von Küssen auf deine Lippen zu drücken." Wer uns von einem anderen Tisch aus beobachtete, hätte allerdings auch den Eindruck gewinnen können, wir würden übers Wetter sprechen. Elise lief rot an und schaute sicherheitshalber zur Seite.

„Habe ich dir übrigens schon gesagt, dass du den schönsten Nacken hast, den die Welt je gesehen hat?"

„Iss deine Muscheln."

Ich lächelte und widmete mich wieder meinem Teller. Zusammen mit einem Muscadet mundeten die Miesmuscheln ganz vorzüglich. Elise hatte als Vorspeise Jakobsmuscheln gewählt, um sich dann einen Seeteufel in Weißwein mit mir zu teilen. Unser Hauptgericht wurde in der gusseisernen Pfanne direkt am Tisch serviert.

Den unerwünschten Zaungäste zum Trotz schien sie langsam aufzutauen. Wir tranken mehr Wein – wenn auch in Maßen – und ließen uns Zeit mit dem Dessert.

„Die Bretonen nennen es *Kouigne-Amann*", sagte Elise.

„Klingt irgendwie bedrohlich."

„Bedeutet aber nichts anderes als Butterkuchen."

Es war die Ouvertüre zum köstlichsten Teil des Abends. Sie schaute mich nur an und las sofort meine Gedanken.

Beim Rausgehen nickte ich den Offizieren noch zu. Wir hatten ursprünglich vorgehabt, ihren Abgang abzuwarten, doch da sie zunehmend lauter und betrunkener wurden, überzeugte ich Elise davon, zügig die Flucht anzutreten. Es war jedenfalls sinnvoller, als noch länger ihre dummen Kommentare über uns ergehen zu lassen.

Es war vielleicht nicht meine beste Entscheidung.

„Nun, Herr *Kapitänleutnant zur See,* dann wünschen wir noch einen schönen Abend." Er war älter als ich und hatte auch einen höheren Dienstgrad, aber tat den ganzen lieben Tag nichts anderes, als hinter seinem Schreibtisch zu hocken und bedrucktes Papier nach Berlin zu schicken.

„Gute Nacht", sagte ich und salutierte. Ich wollte die unfreiwillige Bekanntschaft nicht noch weiter vertiefen.

Elise und ich hatten den Tisch bereits passiert, als er mir hinterherrief: „Sie haben's aber eilig, Kapitänleutnant. Dürfen wir davon ausgehen, dass Sie einen guten Grund haben?" Ihr schallendes Gelächter hallte von den Wänden zurück.

Er war sogar noch ein größeres Arschloch, als ich bereits am Anfang vermutet hatte.

Nachdem Dönitz Lorient verlassen hatte, gab es niemanden mehr, der diese Knallköpfe in ihre Schranken weisen konnte – niemanden, der ihnen klargemacht hätte, dass es die Offiziere der Kriegsmarine sind, die dem Reich wieder zu neuem Glanz verhelfen. Sie sind es, die sich monatelang in ein U-Boot quetschen – und nicht diese geschwollenen, Zigarre rauchenden Idioten, die sich in den Bars von Kernével herumtreiben.

Elise hielt mich am Arm fest. „Nicht, Ulrich. Es würde dir nicht helfen."

Ich wand meinen Arm aus ihrer Hand.

„Es würde mir sogar schaden."

Natürlich hatte sie recht.

Wir verließen das Restaurant, ohne noch einen weiteren Ton zu sagen. Das Gelächter aber war noch lange zu hören. Dumme, besoffene Arschlöcher.

Wir gingen auf die Veranda, die einen Blick über die ganze Küste bot. Elise hakte sich bei mir unter. Die Luft war so kalt und schneidend, dass sie wie eine abrupte Sauerstoff-Injektion wirkte.

In der Dunkelheit glänzte das Meer wie ein verlockendes Geheimnis – ein Eindruck, der seltsamerweise noch dadurch verstärkt wurde, dass ich es heute aus der Perspektive des distanzierten Beobachters sah. Aber die Zeit war noch nicht gekommen, um maritimen Sehnsüchten nachzuhängen. Heute Nacht stand erst einmal etwas anderes auf dem Programm.

Ein U-Boot-Fahrer versucht instinktiv, erotische Erinnerungen zu konservieren, die er in den langen Nächten an Bord wieder abrufen kann. Natürlich geht es ihm auch um die Ekstase des Augenblicks, doch dieser Augenblick sollte möglichst so nachhaltig sein, dass er die Fantasie noch wochen-, wenn nicht gar monatelang beflügeln kann.

Ich wollte diesen Moment, in einem Kristall verewigt, ständig in mir tragen – in dem berauschenden Wissen, dass ich ihn jederzeit wieder zum Leben erwecken konnte.

Am Ende des Abends schlang Elise ihre Arme um mich, umklammerte mich mit ihren Beinen und verschmolz so bedingungslos mit meinem Körper, dass meine Erfüllung keine Grenzen mehr kannte.

Als wir erschöpft im Bett lagen, drückte sie ihren Körper an den meinen, schlang einen Arm um meine Brust und schlief mit mir ein. Viel zu schnell machte sich draußen das Morgengrauen bemerkbar und kündigte den unvermeidlichen Tag an.

Ich starrte in eine undefinierbare Ferne.

Das Bild von Elise schien im Hintergrund zu verfließen. Trotz aller verzweifelter Versuche musste ich feststellen, dass sie sich mir entzog.

Die nächsten Tage und Nächte in Lorient standen ganz im Schatten von Elise. Wenn wir nicht zusammen waren, wünschte ich mir, dass wir es wären. Sie hatte Verpflichtungen, die oft mit endlosen Überstunden verbunden waren. Andererseits konnte sie sich manchmal unerwartet aus dem Krankenhaus stehlen, sodass wir zwischendurch ein paar gemeinsame Stunden hatten. Und wir verbrachten sie genauso unbeschwert, wie wir es vor unserer ungewollten Trennung getan hatten. Ich hatte jedenfalls einen Weg gefunden, wieder die Person zu sein, die sie zuerst kennengelernt hatte. Zumindest bemühte ich mich.

Wir waren regelmäßig Gast im *Le Grande Café* und bekamen dort sogar eine separate Nische. Elise verkniff es sich, mich mit den Dramen zu beschweren, die sie tagtäglich im Dienst erlebte – und auch unsere Jugend vor dem Krieg war nur selten ein Thema. Wir genossen einfach unsere Zweisamkeit, tranken Wein, gingen essen, lachten und ließen uns von ihrer unregelmäßigen Arbeitszeit nicht aus der Fassung bringen.

Unser Kellner, der sich anfangs auf die schiere Effizienz beschränkt hatte, kommentierte schon bald das, was er wohl für eine wundervolle Romanze hielt.

„Monsieur", sagte er, als wir uns setzten, *„vous avez bien choisi."*

Nachdem er gegangen war, übersetzte Elise es für mich:

„Ich muss Sie zu Ihrer Wahl beglückwünschen.“ Dann fügte sie noch schnell an: „Er meint natürlich das Café.“

Ich war anderer Meinung und ich bedankte mich mit einem breiten Lächeln. Und ließ mich sogar dazu animieren, diesmal den teureren Wein zu bestellen.

Wir entwickelten eine besondere Zuneigung für ihre mit Meeresfrüchten gefüllten Crêpes – und nachdem wir mehrfach dort eingekehrt waren, zeigte uns der Kellner nicht mal mehr die Speisekarte, sondern lenkte unsere Aufmerksamkeit gleich auf die Spezialitäten, die an diesem Morgen frisch gefangen worden waren – und die perfekte Füllung für die Crêpes abgaben.

Ich machte mir keine Illusionen. Die Franzosen hassten die Deutschen, weil wir ihr Land besetzt hatten. Und doch hatte ich den Eindruck, als habe der Kellner in diesen beiden Deutschen Eigenschaften entdeckt, die er zu schätzen wusste. Wir versuchten auch nicht krampfhaft, ihm nach dem Mund zu reden – auch wenn natürlich niemand sein Mahl in einem vergifteten Ambiente einnehmen möchte. Er ging sogar so weit, uns seinen Vornamen – Claude – zu nennen, mochte aber unser Angebot, uns ebenfalls beim Vornamen anzusprechen, nicht annehmen.

Elise hatte ein Faible für die Sprache und schien sie akzentfrei zu sprechen – zumindest für ein untrainiertes Ohr wie meines.

Claude wusste ihre Sprachgewandtheit zu schätzen, da sie wohl eine angenehme Abwechslung zu den Versuchen anderer Deutscher waren, die Eleganz dieser Sprache zu vergewaltigen. Er war geradezu begeistert, als Elise ihn nach der Aussprache von Wörtern fragte, die sie nur geschrieben kannte.

„Chenin, Mademoiselle. Chenin blanc. Un cépage typique de la région de la Loire."

Er öffnete sich mehr, als sie's erwartet hatte und sein Enthusiasmus hinterließ bei ihr einen bleibenden Eindruck.

Wir frequentierten das Café inzwischen regelmäßig und fühlten uns hier zu Hause. Claude machte aus seiner Verehrung für Elise keinen Hehl – was indirekt aber auch mir zu Gute kam. Claude stellte uns ständig kostenlose Beigaben auf den Tisch oder holte Weine aus dem Keller, die auf der Schiefertafel nicht einmal vermerkt waren. Und wenn wir das Lokal verließen, wünschte er uns jedes Mal eine *bonne soirée.*

Ob man den Franzosen wirklich trauen konnte, stand auf einem anderen Blatt. Lange kursierte das Gerücht, dass die französischen Dockarbeiter, die Reparaturen an deutschen U-Booten ausführten, in Wahrheit Saboteure seien. Die Fülle der defekten Ventile und Ölpumpen als auch die unerklärlichen elektrischen Fehlfunktionen schienen eine deutliche Sprache zu sprechen. Man hatte daraufhin die Franzosen mit Volksdeutschen ersetzt, die aus Osteuropa nach Lorient geschickt worden waren. Die Probleme wurden zwar weniger, verschwanden aber nie völlig – was im Hauptquartier für dauerhafte Ratlosigkeit sorgte.

Es kam der Tag, als Elise sich auf den Weg nach München machte, um dort ihre Familie zu besuchen. Da meine Eltern ebenfalls auf einem Besuch bestanden und mir keine

Ausrede mehr durchgehen ließen, bereitete ich die Reise nach Dresden vor. Da Elise auch unterwegs war, sollte das Weihnachtsfest eine willkommene Abwechslung werden.

Seit ich meine Ausbildung auf dem Dänholm beendet hatte, war eine schleichende Entfremdung zwischen mir und meinen Eltern eingetreten. Die Kriegsmarine hatte mich zu einem Menschen geformt, in dem sie nicht immer ihren Sohn erkannten. Die Tatsache, dass ich nun U-Boot-Kommandant war, hatte diese Situation nur noch verstärkt. Der Krieg hatte auch sie vorzeitig altern lassen. Wenn sie mich anschauten, schienen sie in mir immer den Sohn zu sehen, den sie nie mehr wiedersehen würden.

Das Reich stellte Sonderzüge bereit, um Soldaten von Frankreich nach Deutschland zu befördern. Was die kleinen Annehmlichkeiten anging – vor allem Essen und Bier – sparte man an nichts. Für einige Soldaten war die Heimkehr allerdings die letzte. Männer mit amputierten Gliedmaßen oder irreparablen seelischen Schäden waren dabei, aber auch unlängst Verwundete, die auf Bahren zur Behandlung in die Heimat transportiert wurden. Im betrunkenen Trubel der Gesunden war für die Verzweiflung der Kranken einfach kein Platz.

In den Waggons, die für die Offiziere reserviert waren, ging es etwas gesitteter zu. Unsere Gespräche trugen allerdings auch zu einer wachsenden Ernüchterung bei. Nachdem die Amerikaner in den Krieg eingetreten waren, hatten sich die amerikanischen Schiffe als dankbare Ziele angeboten. Die *Operation Paukenschlag,* bei der Marine auch als *Hasenschießen* bekannt, hatte vielleicht nicht die

Tonnage der *„Glücklichen Zeit"* von 1940 erreichen können, war aber trotzdem ein voller Erfolg. Doch inzwischen waren die Amerikaner gewitzter geworden und hatten die Zahl der abgeschossenen BRT rapide in den Keller getrieben. Der U-Boot-Krieg, so sagen wir gerne, hat nun mal seine Höhen und Tiefen.

Ich lehnte mich gegen das Fenster und schaute mir die Landschaft an, die vor meinen Augen vorbeiflog. Sie sah trostloser aus, als ich sie in Erinnerung hatte. Grausamer. Schwere Regenfälle waren heruntergekommen und hatten die Äcker in grauen Schlamm verwandelt. Männerhände waren hier dringend vonnöten. Manchmal sah man einen alten Mann in der Haustür oder ein Kind, das sich an den Rock seiner Mutter klammerte. Sie sahen uns ausdruckslos hinterher, als der Zug an ihnen vorbeiraste. An einem Bauernhof sah ich einen mürrisch aussehenden Jungen, vielleicht 16 Jahre alt, der uns zuwinkte. Als ein Soldat im Wagen vor uns eine ungeöffnete Flasche Bier hinaus in die Büsche warf, lief der Junge sofort hin. Ich konnte gerade noch erkennen, wie er die unbeschädigte Flasche in die Hand nahm und begeistert über dem Kopf schwenkte.

Wie sollten sie hier erfolgreich Landwirtschaft betreiben, wenn die Männer in Nordafrika oder in Russland waren? Es wurde gemunkelt, dass die Schlacht von Stalingrad ein Desaster war. Man sprach von schweren Verlusten auf beiden Seiten. Hunderttausende sollten es sein. Ich hatte Vetter an der Ostfront – und schätzte mich glücklich, nicht in ihren Stiefeln zu stecken.

Die letzten Stunden schloss ich die Augen. Als wir in

Dresden-Hauptbahnhof eintrafen, war es spät am Nachmittag. Ich hatte die Ankunft telegrafisch angekündigt, wusste aber nicht, ob die Nachricht wirklich angekommen war. Der Bahnhof war erstaunlicherweise menschenleer – von einer Handvoll Soldaten abgesehen, die hier anscheinend die Zeit totschlugen. Offensichtlich musste die Mehrzahl der regulären Züge inzwischen den Bahnhof Dresden-Neustadt benutzen.

Auf dem Bahnsteig stellte ich meinen Seesack ab und zündete mir eine Zigarette an. Auch wenn ich unzählige Male in diesem Bahnhof gewesen war, wollte sich das Gefühl von Heimat einfach nicht mehr einstellen. Ich zog ein paarmal an der Zigarette und schaute ans Ende eines Bahnsteigs, wo gerade ein Zug zur Abfahrt vorbereitet wurde. Es war ein befremdliches Bild, da es die üblichen Rituale zwischen Reisenden und Familienangehörigen nicht gab. Stattdessen sah ich nur Soldaten, die ermüdete und ausgemergelte Passagiere in die Waggons schoben. Ich war mir nicht sicher, was ich da gerade beobachtet hatte.

Ich schnippte die Zigarette weg und griff meinen Seesack. Von meinem Vater war weit und breit nichts zu sehen. Was mich aber auch nicht wirklich überraschte. Dann, als ich die beeindruckende Bahnhofshalle mit ihrer geschwungenen Kuppel betrat, sah ich ihn von weitem. Er war mutterseelenallein – ein gottverlassenes Persönchen, das mir auf dem polierten Steinboden der riesigen Halle entgegenkam. Er bewegte sich irgendwie unnatürlich – ganz so, als wollte er nur ja keine unnötigen Geräusche machen.

Ich stellte meinen Seesack ab, wartete auf ihn und streckte ihm meine Hand entgegen, als er näherkam. Er schüttelte sie, nahm mit der anderen Hand aber gleich meinen Seesack.

„Wir müssen gehen“, sagte er. Obwohl ich ihn seit fast einem Jahr nicht gesehen hatte, war bisher noch nicht mal der Ansatz eines Lächelns über sein Gesicht gehuscht.

Er führte mich auf dem Weg zurück, den er gekommen war. Er ging zügig, ohne aber den Eindruck übertriebener Eile an den Tag zu legen. Wir kamen zu einem Soldaten, der am Eingang Wache stand.

„Mein Sohn“, sagte er ihm. „Von der Kriegsmarine. Heimaturlaub.“ Der Mann nickte mir zu und riss seinen rechten Arm zum Salut hoch. Ich nickte zurück und ging nach draußen.

Ich fragte meinen Vater nach dem seltsamen Zug, den ich auf dem Bahnsteig gesehen hatte. Er schüttelte den Kopf.

„Was waren das für Leute?“

Wieder schüttelte er den Kopf.

Ich hatte eigentlich erwartet, dass wir auf dem Weg zu seinem Maybach waren. Auch wenn er bereits zehn Jahre auf dem Buckel hatte, war der Wagen sein ganzer Stolz. Doch tatsächlich gingen wir zur nächsten Straßenbahnhaltestelle. Nicht mal ein Taxi stand zur Diskussion. Er erzählte mir, dass die Nutzung eines Taxis von der Polizei genehmigt werden müsse. Wir warteten eine halbe Stunde auf die Straßenbahn und brauchten noch weitaus länger, bis wir in unserer Nachbarschaft angekommen waren.

Vater redete kaum auf der Fahrt. Manchmal erkannte ihn jemand, doch es blieb bei einem formalen Gruß. Ich saß schweigend neben ihm, den Seesack auf meinen Knien. Ich wollte ihn auf den Wagen ansprechen, spürte aber, dass ihm das Thema unangenehm war. Bis er schließlich selbst mit der Sprache rausrückte: „Es gibt kein Benzin mehr."

Wobei ich auf der Straße durchaus Autos sah. Sicher, es waren nicht viele, aber doch genug, um seine Worte nicht gerade glaubhaft klingen zu lassen.

„Ich habe ihn abgegeben", sagte er schließlich. „Sie brauchten mehr Fahrzeuge. Und sie mochten speziell dieses Modell."

Ich hatte Grund zu der Vermutung, dass er von der Gestapo sprach. Der Krieg hatte Dresden in eine Stadt von Leisetretern verwandelt.

Da Vater Anwalt war, hatten wir früher komfortabel gelebt – *großbürgerlich,* wie man es wohl nannte. Inzwischen aber wurden von allen Bürgern Opfer verlangt. Schließlich wollte man den Krieg gewinnen.

Wie groß die Abstriche in ihrem Lebensniveau bereits waren, wurde mir erst klar, als wir unsere Wohnung erreichten. Mutter war von Natur aus eine schmächtige Person, sah nun aber erschreckend schmal aus. Als ich sie umarmte, spürte ich, dass sie kaum mehr als Haut und Knochen war. Trotzdem hatte sie sich herausgeputzt, wie es ihr irgendwie möglich war. Sie trug ihr smaragdgrünes Kleid mit Spitzenkragen, in dem sie eigentlich immer vorteilhaft aussah, hatte ihre Haare in Zöpfe gelegt und auf dem Hinterkopf zusammengeflochten. Sie empfing mich mit einem Lächeln, auch wenn sie die Tränen kaum zurückhalten konnte.

Ich lernte schnell, dass Mutter – wenn mein Vater zur Arbeit in seine Kanzlei gefahren war – den größten Teil des Tages in Wohnstube und Küche verbrachte. Die Heizkörper in mehreren Räumen waren abgedreht, um so sparsam wie möglich zu heizen. Die Schlafzimmertür wurde erst eine halbe Stunde vorm Schlafengehen geöffnet, damit etwas Warmluft hineinströmen konnte. Die Tür zur Toilette stand einen Spalt breit offen, sodass die Wasserrohre nicht gefrieren und platzen würden.

„Dein Vater besteht auf den Sparmaßnahmen – selbst, wenn uns unser Sohn zu Weihnachten besucht. Dabei ist die Kohle nicht einmal rationiert! Ich versteh's einfach nicht."

„Es ist nur eine Frage der Zeit, Annemarie. Wenn bolschewistische Kriegsgefangene die Arbeit gestandener Bergleute übernehmen, kann das nicht gutgehen. Die Produktion wurde deshalb vorübergehend gedrosselt. Jeder muss nun seinen Teil dazu beitragen. Und glaub mir: Wir sollten in dieser Situation nicht unangenehm auffallen."

Mutter mochte das Thema nicht weiter vertiefen. Sie hatte es in meiner Anwesenheit angesprochen und gehofft, dass er vielleicht doch noch klein beigeben würde – und wenn auch nur für ein paar Stunden. Sie sollte in den nächsten Tagen darauf noch mehrfach zurückkommen, selbst wenn die Hoffnung, meinen Vater umzustimmen, gegen Null tendierte. Obwohl ich erst fünf Minuten zu Hause war, stand ich bereits zwischen zwei Fronten.

Mein altes Zimmer war für mich vorbereitet, doch ich hatte die dunkle Ahnung, dass es Tage dauern würde, um die Kälte aus Matratze und Bettzeug zu treiben. Meine

Eltern benutzten das Zimmer gewöhnlich, um Gemüse und andere Lebensmittel zu lagern – was auch den wenig wohnlichen Geruch erklärte. Ich stand für ein paar Augenblicke vor der Wand und schaute mir die Gemälde der bayrischen Berge an, die dort seit meiner Schulzeit hingen.

Ich schlug vor, lieber auf dem Sofa zu schlafen. Sie erhoben keine Einwände.

Ich war auch nicht hungrig, doch Mutter hatte bereits die Kartoffeln für die Kartoffelpuffer gerieben. An Kartoffeln, erzählte sie, bestehe eigentlich kein Mangel, wohl aber an den Zutaten für Apfelmus. Im Vergleich konnte ich geradezu aus dem Vollen schöpfen, als ich die essbaren Mitbringsel aus meinem Gepäck holte – darunter das „Führer-Paket", das jeder Soldat nach Überqueren der deutschen Grenze erhielt. Es war das Weihnachtsgeschenk des Führers für jeden, der im Ausland stationiert war.

Seit Monaten hatten sie keine vernünftige Wurst mehr gesehen, von den exquisiten Sardinen ganz zu schweigen. Schokolade, Honig, Mandeln. Sie starrten die Leckereien an, als würde man bei Berührung vom Blitz getroffen, als würden sie schon für die Zurschaustellung eines derartigen Luxus bestraft werden.

„Schlagt zu", sagte ich.

„Wir müssen etwas für Frieda zurücklegen." Sie war die beste Freundin meiner Mutter – eine Witwe, die gleich in der Nähe wohnte. „Ihr geht es nicht gut, Ulrich."

„Natürlich."

„Das Alter macht sich bei ihr wirklich bemerkbar", sagte mein Vater, der mit Frieda mehr als einmal über Kreuz war.

Mutter schüttelte den Kopf und war wieder den Tränen nahe. „Sie hat ihren Emil verloren."

Ihr Enkel und ich hatten in der Grundschule die gleiche Klasse besucht.

„Er ist in Russland gefallen."

Wir hatten nach der Schule unterschiedliche Wege eingeschlagen: ich zur Marine, er zur Infanterie. In späteren Jahren waren wir uns nicht mehr begegnet, aber Mutter schrieb immer über ihn, als seien Emil und ich dicke Freunde gewesen.

„Ich bin nicht einmal überrascht." Es war die Wahrheit. Eine erschreckende Zahl von Infanteristen sollte aus Russland nicht mehr zurückkehren.

„Er wäre mindestens Oberleutnant, würde er heute noch leben", sagte mein Vater.

„Wenn er schlau gewesen wäre", sagte ich, „hätte der Führer aber auch nicht die Russen angreifen sollen."

Ich fühlte, wie mich mein Vater mit eisigen Augen anstarrte. Kein Patriot stellte die Entscheidungen des Führers infrage – nicht einmal in der Anonymität seiner eigenen vier Wände. Für ein Mitglied der Kriegsmarine war diese Aussage jedenfalls völlig inakzeptabel.

„Und die Juden auch nicht", meldete sich Mutter zu Wort. Sie hatte nur auf eine günstige Gelegenheit gewartet. „Was wir gehört haben, könnte schlimmer nicht sein."

„Du hast nichts gehört, Annemarie. Alles nur Gerüchte. Man hat die Juden nur umgesiedelt."

„Es gibt in der ganzen Stadt keine Juden mehr, Ulrich – es sei denn, sie sind mit einem Nicht-Juden verheiratet. Und selbst sie müssen mit dem gelben Stern auf der Brust durch die Stadt laufen. *Warum?,* frage ich dich. Dein Freund Josef … auch seine Mutter muss den Judenstern tragen. Sie macht den Mund überhaupt nicht mehr auf, auch mir gegenüber, weil sie panische Angst hat, *umgesiedelt* zu werden, wie es dein Vater nennt. Josef ist bereits spurlos verschwunden. Sein Stern hat ihm nicht gerade geholfen. Ich frage mich: Warum passieren bloß solche Sachen?"

„Eines Tages wirst du uns mit deinen Fragen noch richtigen Ärger ins Haus holen!", donnerte Vater, der seine Wut nicht mehr zurückhalten konnte. „Doch dann wird es leider zu spät sein."

In dieser Nacht – meine Eltern waren in ihr Schlafzimmer gegangen – saß ich allein auf dem Sofa, hatte mir ein paar Decken herangezogen und rauchte eine Zigarette. Ich hätte die schwarzen Vorhänge vor den Fenstern öffnen können, zog es aber vor, im Dunkeln zu sitzen.

Der Zug, den ich am Hauptbahnhof gesehen hatte, war also genau das gewesen, was ich befürchtet hatte. Mutter glaubte, dass Theresienstadt das Ziel sei. „Und von dort", sagte sie, „kommt niemand zurück".

Bevor ich nach Dänholm ging, war Josef tatsächlich ein Freund gewesen. Später, wenn ich auf Urlaub zurückkam, hatte er bereits andere Freunde – und auch ich hatte neue Perspektiven auf mein Leben gewonnen. Wir sahen uns manchmal noch und schüttelten die Hände, doch dann riss der Faden endgültig ab. Ich hatte die Marine gewählt – und bei der Marine waren Juden nun einmal unerwünscht.

Ich musste an Teddy Suhren denken. Teddy hatte immer einen Witz auf Lager – und in einigen spielten Juden die Hauptrolle. Wir alle schlugen uns auf die Schenkel, obwohl wir vor Dänholm selbst jüdische Freunde hatten. Für einige von uns waren es sogar die besten Freunde – auch wenn wir das im Lauf der Jahre vergaßen. Am Ende unserer Ausbildung hatten wir neue Freundschaften geschlossen, doch Suhren erzählte noch immer die gleichen Witze. Nein, um ehrlich zu sein, hatte sich sein Spektrum inzwischen leicht verschoben. Als ich ihn beim letzten Mal sah, hatte er diesen Witz auf Lager: „Hitler und Göring stehen auf der Spitze des Berliner Funkturms. Hitler sagt: ‚Ich möchte etwas unternehmen, das den Deutschen wieder das Lächeln ins Gesicht zaubert.' Worauf Göring ihn anschaut und sagt: ‚Wie wär's denn, wenn du jetzt einfach hier runterspringen würdest?'"

Teddy konnte sich solche Scherze leisten. Gegen 95 000 BRT kann keiner so schnell anstinken.

Als ich meiner Mutter – unter vier Augen – den Scherz erzähle, kann sie nicht lachen. „Wie wäre es, wenn sie *beide* springen würden?", sagt sie und macht sich wieder daran, ihre Essensmarken zu sortieren.

Was meinen Vater angeht, so ist er mir noch immer ein Rätsel. Er hatte im Lauf seines Lebens viele Juden gekannt. Selbst wenn sie nicht dicke Freunde waren, hatte er doch in der Kanzlei oder auf der Straße ständig mit ihnen Kontakt. Ich hatte ihn oft über Josefs Vater reden gehört. Als er starb, besuchten wir drei seine Beerdigung.

Er hat diese Erinnerungen komplett aus seinem Bewusstsein entfernt. Er weigert sich, über das Thema Juden überhaupt nur zu sprechen – was es mir wenig sinnvoll erscheinen lässt, ihn gegen seinen Willen zu zwingen. Er hat genug mit sich selbst zu tun, mit seiner Frau und seinem Sohn – und will sich nicht noch mit weiteren Bürden belasten. Er ist zu der Überzeugung gekommen, für das Schicksal der Juden nicht zuständig zu sein.

Am nächsten Tag machte ich einen Spaziergang, um Wilhelm Lachnit, meinen früheren Lehrer, zu besuchen. Ich war nicht der Einzige, der an diesem Morgen unterwegs war. Ich überholte einen alten Mann, der damit kämpfte, seinen zerlumpten Mantel zusammenzuhalten. Auch wenn er vornübergebeugt war, konnte man den gelben Stern auf seiner Brust gut erkennen. Die Straßenbahn, die er vermutlich gerne genommen hätte, war für ihn tabu. Direkt hinter ihm liefen drei uniformierte junge Kerle, die den alten Mann offensichtlich drangsalierten. Mit ihren schwarzen Halstüchern, dem Brustgürtel und den Hakenkreuz-Binden waren sie unschwer als Mitglieder der Hitlerjugend zu identifizieren.

„Geh gefälligst aufrecht, Alter. Schämst du dich etwa dafür, ein Jude zu sein?“

Andere Passanten gingen an uns vorbei und taten so, als hätten sie nichts gesehen.

„Du bist eine Schande für die Menschheit, Schweinegesicht“, geiferte der Wortführer. „Warum stolperst du nicht einfach und knallst mit dem Kopf aufs Pflaster? Dann hätten wir einen Schandfleck weniger.“ Die beiden anderen johlten begeistert.

„Lasst ihn in Frieden.“

Sie wollten mir schon an die Gurgel, als ich mein Soldbuch zückte und ihnen die Seite mit meinem Foto ins Gesicht hielt. „Heil!" Ihre Arme zuckten zum Hitlergruß hoch.

Mit einer Handbewegung bedeutete ich ihnen, sich zu verdrücken. Der alte Mann schlurfte weiter, als sei nichts geschehen. Vom Bürgersteig vor ihm abgesehen, hatte er die Welt völlig ausgeblendet.

Ich hatte Lachnit seit Jahren nicht mehr gesehen. In dem Apartment, wo er mir das Zeichnen beigebracht hatte, wohnte er nicht mehr. Meine Anfragen in der Kunstakademie wurden mit demonstrativem Desinteresse beantwortet. Erst als ich frustriert das Gebäude verließ, rief mir jemand nach und bot seine Hilfe an.

„Die Umstände, unter denen Herr Lachnit die Akademie verließ, waren nicht gerade erfreulich. Er hätte etwas Besseres verdient." Der Mann gab mir seine neue Adresse und verschwand wieder. Ich wusste nicht, wer er war, hatte aber auch den Eindruck, als wollte er lieber anonym bleiben.

Mein früherer Lehrer, der mir das „Mysterium der Kunst" nahegebracht hatte, tat sich schwer, mich überhaupt zu erkennen. Sicher, ich war auch nicht mehr der, der in seiner Kunstklasse vielversprechende Ansätze gezeigt hatte und ihn dann allwöchentlich in seinem Atelier besuchen durfte. Er hatte mir damals die verschiedenen Bleistift-Techniken erklärt, mich aber genauso kompetent in seine Farbtheorien eingeführt.

Er schaute deutlich älter aus als die Anfang 40, die er in Wirklichkeit war. Er trug eine lieblos gebundene Krawatte, ein Hemd, das schon lange nicht mehr weiß war, und eine dicke, stark verschmutzte Jacke, die er in Ermangelung einer Heizung angezogen hatte. Ich erinnerte mich, dass sie früher einmal von Schultern ausgefüllt wurde, die weitaus robuster waren als heute.

„Ulrich“, sagte er schließlich.

„Ich habe Ihnen ein paar Sachen mitgebracht.“ Es waren haltbare Lebensmittel – Salami, Marmelade, Kekse – die ich für ihn aus Frankreich mitgenommen hatte. Seine Augen hellten sich sichtlich auf.

„Setzen Sie sich. Lange nicht gesehen.“

Ich zog meine Handschuhe aus und öffnete den Mantel. Wir setzten uns und rauchten Gitanes. Um uns herum hingen seine Kunstwerke in verschiedenen Stadien ihrer Vollendung – Skizzen, Gouachen und Ölgemälde, an denen er in den letzten Jahren gearbeitet hatte. Die Gemälde – meist Porträts oder Stillleben – lieferten mit ihren wilden, trotzigen Farben den Kontrast zu einer ansonsten eher deprimierenden Umgebung. Was natürlich kein Zufall war: Lachnit hatte aus seiner Verehrung für Franz Marc nie einen Hehl gemacht. Marc mochte andere Sujets malen, hatte aber – zusammen mit Freunden wie Dix und Felixmüller – Lachnits Stil definitiv geprägt. Halb versteckt zwischen Staffeleien und Zeichentischen befand sich auch eine kleine Druckpresse, mit der er Holzschnitte und Radierungen anfertigte.

Aber es waren die Bleistiftskizzen, die ihm immer die größte Genugtuung gaben. Sie waren der Ausgangspunkt seines Unterrichts gewesen – und sie standen noch immer im Mittelpunkt unserer gemeinsamen Reise, als ich mich

Richtung Dänholm verabschiedete. Die „Harmonie“ hatte er damals ständig beschworen. „Inmitten des Chaos muss man sich ein Auge für die Prinzipien der Harmonie bewahren.“ Seine Porträts strahlten eine melancholische Ausgeglichenheit aus, waren in einigen Fällen aber anstößig genug, um die ästhetischen Kriterien der Nazi-Schergen zu beleidigen. Vier seiner Zeichnungen, die man in Galerien konfisziert hatte, wurden dann – zusammen mit anderen Werken von Freunden und Weggenossen – in einer Ausstellung gezeigt, die die „Entartete Kunst“ an den Pranger der öffentlichen Meinung stellte. Lachnit wurde sogar festgenommen und nach seiner Entlassung von der Gestapo überwacht.

Auch wenn man ihm seine Existenzgrundlage entzogen hatte, mochte er seine Kunst nicht aufgeben – selbst wenn das bittere Armut bedeutete und bisweilen auch die Notwendigkeit, sich mit niederen Arbeiten über Wasser zu halten. Ich fühlte Mitleid mit ihm, doch Mitleid war das Letzte, was er von seinen Mitmenschen erwartete.

Mehr noch: Es war Lachnit, der Mitleid *mit mir* empfand. „Ulrich, dieser Krieg ist doch der helle Wahnsinn!“, sagte er mit einer Entschiedenheit, die keinen Zweifel daran ließ, dass dieses Verdikt auch die Meinung all seiner Künstlerfreunde reflektierte.

Ich sah ihm an, dass er sich Sorgen machte, bereits zu viel gesagt zu haben. Man musste inzwischen alles auf die Goldwaage legen, was man in der Öffentlichkeit von sich gab. Er verstummte jedenfalls und wollte wohl erst meine Reaktion abwarten.

„Krieg war nicht meine Motivation, als ich auf die Marine-Akademie ging. Aber Krieg ist nun mal Krieg. Und dummerweise stellte sich heraus, dass Krieg auch Teil meiner Tätigkeit ist." Ich hielt inne, weil ich mich nicht in Einzelheiten verlieren wollte. Gewöhnlich reduzierte man uns ohnehin auf die Karikatur des heroischen U-Boot-Kommandanten. Es war ein Klischee, dem auch Lachnit aufzusetzen schien.

„Mut", sagte er. „Man braucht zweifellos Mut. Und Furchtlosigkeit."

Möglicherweise war es sogar seine echte Überzeugung, dachte ich, doch es spielte letztlich keine Rolle mehr. Der Mann war verbittert durch das Unrecht, das man ihm angetan hatte. Ich hatte keinen Grund zur Annahme, dass er mir mehr Verständnis hätte entgegenbringen können. Warum hatte ich ihn eigentlich besucht? Warum war ich nicht längst aufgestanden, um ihm alles Gute zu wünschen und zu gehen?

„Der Künstler ist ein Instrument des Glaubens", dozierte Lachnit, als sei ich noch der 16-jährige Junge, der neben ihm am Zeichentisch sitzt. Ich erinnerte mich, dass er mir diesen Leitsatz damals ständig eingebläut hatte.

Glaube. Ich glaube zu wissen, was es mit dem Glauben auf sich hat. Ich kenne den Glauben der Männer, die auf dem U-Boot neben mir stehen und der gleichen Gefahr ausgesetzt sind wie ich. Ich kenne ihren Glauben jedenfalls besser als die Überzeugungen all jener, die ihre Kämpfe auf dem Sofa ihres Wohnzimmers austragen.

Selbst wenn ihr Wohnzimmer so spartanisch eingerichtet ist wie das von Wilhelm Lachnit. Er bot mir Kaffee an und servierte ihn in einem alten Porzellanbecher, dessen Rand schon brüchig und bröckelig war. Es war auch kein richtiger Kaffee, sondern der berüchtigte *Ersatzkaffee,* der aus undefinierbaren Substanzen zusammengebraut wurde. Ich nippte daran, um nicht unhöflich zu wirken, fragte mich aber schon, ob er damit vielleicht nur unterstreichen wollte, wie hart er vom Schicksal bestraft worden war.

„Und die Kriegsmarine behandelt ihre Truppen gut?"

„Sehr gut."

„Ulrich, Sie haben es sich verdient. Erfreuen Sie sich der Annehmlichkeiten, solange Sie dazu Gelegenheit haben."

Der bittere Unterton in seinen Worten machte es mir nicht leichter, ein substanzielles Gespräch mit ihm zu führen. Dabei hatte ich gedacht, er wäre mir dankbar gewesen, da ich etwas Abwechslung in seinen tristen Alltag bringen wollte. Als ich mich erhob, bedauerte ich, überhaupt gekommen zu sein. „Machen Sie's gut. Ich hoffe, dass sich Ihre Lebensumstände bald wieder verbessern."

„Was haben Sie sich eigentlich von Ihrem Besuch versprochen, Ulrich?"

Ich schüttelte seine Hand. „Vielleicht wollte ich sehen, ob Sie noch immer von Ihren Chimären verfolgt werden."

„Und, konnte ich Ihren Erwartungen genügen?"

„Sieht ganz so aus, als sei mir ein endgültiges Urteil nicht vergönnt." Ich knöpfte meinen Mantel zu und streifte mir die Handschuhe über. „Kunst ist nun mal ein Mysterium, Herr Lachnit."

Ich drehte mich um und ging hinaus.

Innerlich war ich so weit, mich auch von meinen Eltern

zu verabschieden. Ein Mann, der täglich mit der Gefahr konfrontiert wird, empfindet Ungeduld gegenüber denen, die ängstlich jeder Gefahr aus dem Weg gehen. Dresden ist nicht mehr das, was es einmal war. Es ist nicht mehr die Stadt meiner Jugend, sondern allenfalls noch eine paranoide Kopie – weinerlich und völlig unfähig, sich am eigenen Schopf aus der Misere zu ziehen. Dabei hatte man eigentlich noch Glück gehabt: Ein Bombenanschlag wie in Hamburg oder Köln hätte alles nur noch schlimmer gemacht.

Auch wenn Mutter mich länger halten wollte, war ich heilfroh, gleich nach Weihnachten den Zug nach Paris nehmen zu können. Heiligabend hatte sich noch einmal als ein familiäres Schlachtfeld erwiesen. Mutter hatte sich geweigert, die Aufforderung zu erfüllen, den Stern auf der Baumspitze mit einem Hakenkreuz zu ersetzen. Vater wiederum setzte sich dafür ein, dieses Jahr überhaupt keinen Baum zu haben, damit handele man sich doch nur unnötigen Ärger ein. Seine verkniffenen Augenbrauen waren ein sicheres Indiz, dass sie diese Diskussion nicht zum ersten Mal führten. Ich vermutete, dass Mutter das Thema noch einmal aufgreifen wollte, um meine Meinung in die Waagschale werfen zu können. „In einem Punkt bin ich mir sicher“, sagte ich diplomatisch. „Die Polizei wird etwas Besseres zu tun haben, als in der Stadt den Zustand der Weihnachtsbäume zu kontrollieren.“

„Das Hakenkreuz ist nun mal ein altes religiöses Symbol“, brummelte Vater, war von der Stichhaltigkeit des Arguments aber wohl selbst nicht überzeugt. Sein Einwand löste bei meiner Mutter nur eine weitere Wehklage aus, wie schlimm es doch um die Welt bestellt sei.

Am Ende schloss man dann doch noch Frieden. Ein Baum wurde aufgestellt, der aber nur noch die halbe Größe hatte, die ich aus meiner Jugend kannte. Von den Kerzen in ihren Blechhalterungen abgesehen, wurde der Baum nur mit ein paar der bemalten Glasornamente geschmückt, die Mutter immer so geliebt hatte. Sie zog das letzte aus der Kiste und konnte sich einen bissigen Kommentar nicht verkneifen: „Wollen wir hoffen, dass die Nazis gegen Kiefernzapfen nichts einzuwenden haben."

Und der ganze Ärger nur wegen eines Weihnachtsbaums! Ich war nicht in der Lage, mir diesen Wahnsinn noch länger anzutun.

Mutter musste auf den Christbaum, wie sie ihn haben wollte, verzichten, nicht aber auf ihren Christstollen. Wie jedes Jahr backte sie ihn selbst, auch wenn sie bei Zutaten wie Nüssen und getrockneten Früchten diesmal kürzertreten musste. Bei genauerem Hinsehen stellte ich fest, dass die Oberfläche sogar besonders liebevoll gestaltet war – offensichtlich in dem Bemühen, die inneren Defizite zu kompensieren. Unter dem dicken Puderzucker, den sie seit Monaten gebunkert hatte, erinnerte mich das Resultat jedenfalls eher an die Jesuskind-Windeln denn an einen klassischen Stollen.

Vater schob sich ein Stück in den Mund und verzog das Gesicht, als habe er auf übelriechenden Abfall gebissen. „Wunderbar, Mutter", sagte ich. „Du hast deinen Ruf eindrucksvoll bestätigt!" Ich wollte wie der kleine Junge klingen, der ihre Kochkünste immer bespöttelt hatte, machte aber alles nur schlimmer.

Der Dresdener Stollen gilt in Deutschland gemeinhin als der beste. Den Prozess der Vorbereitung und Herstellung nahm Mutter mit einer Ernsthaftigkeit in Angriff, die mir geradezu surreal erschien – selbst, wenn ich den fertigen Stollen mit Begeisterung verdrückte. Ich stellte damals auch die taktlose Frage, warum man sich mit einem Laib Brot eine derartige Mühe machte, wenn es in unserer Nachbarschaft gleich mehrere exzellente Bäckereien gab. Es half nichts. Mutter war Mutter – und sie hatte ihre Prioritäten.

Rückblickend konnte ich sie dafür nur bewundern. Es war eine Tradition, die sie – wie Dresden – mit Händen und Füßen verteidigte. Während die dunklen Wolken des Krieges über die Stadt zogen, wurde das Backen des Stollens zu einem Akt der aktiven Gegenwehr: Es gibt noch immer Werte in dieser Welt, die es zu bewahren gilt. Und der Christstollen ist einer von ihnen.

Der Weihnachtstag verging ohne die gewohnten Festivitäten. Onkel Wolfgang und Tante Sophia kamen vorbei und hatten Felix im Schlepptau. Ihr 13-jähriger Sohn war das genaue Gegenstück des Jungen, der ich in diesem Alter gewesen war. Stocksteif saß er auf seinem Stuhl, trug Hosen, denen er längst entwachsen war – und sah so ernst und erwachsen aus, als hätte er das Wort Humor noch nie in seinem Leben gehört. Er interessierte sich allerdings für meine Karriere und hörte aufmerksam zu, als sein Vater mich nach militärischen Interna befragte.

Ich sah mich gezwungen, seiner Neugier irgendwann den Riegel vorzuschieben: „Das tangiert die Sicherheit der Kriegsmarine, Onkel."

„Natürlich, Ulrich", sagte er. „Was aber nichts daran ändert, dass du mit jedem Tauchgang dein Leben heroisch in die Hand nimmst. Mehr kann ein Mann für seine Heimat nicht tun. Churchill macht sich doch schon in die Hose. Es ist nur eine Frage der Zeit, bis das Reich endgültig die Oberhand gewinnt."

Ich wollte ihm seinen Optimismus nicht nehmen und verkniff mir einen Kommentar.

Anders meine Mutter. „Nur dumm, dass du die Russen geflissentlich vergisst, Wolfgang."

„Ich übersehe überhaupt nichts geflissentlich." Er ließ keinen Zweifel daran, dass er den Meinungen seiner Schwägerin keinen Wert zumaß – vor allem, wenn sie damit das Gespräch zwischen zwei Männern störte. Seine eigene Frau hatte die Konsequenzen gezogen und sich eine eigene Meinung längst abgewöhnt. Tante Sophia zog sich aufs Sofa zurück und nahm ihren Kaffee mit – so übel er auch riechen mochte. Felix rührte sich nicht vom Fleck und kniff die Lippen aufeinander.

Es war die ideale Gelegenheit, um die kleine Flasche Cognac rauszuholen, die ich eigentlich erst für später eingeplant hatte.

„Gläser, Mutter. Zeit für einen Toast!" Als ich in meinem Gepäck nach der Flasche suchte, fragte ich mich allerdings schon, auf wen oder was ich eigentlich einen Trinkspruch aussprechen wollte.

Die handgeblasenen und handbemalten Likörgläser lieferten jedenfalls den festlichen Rahmen, um dem Courvoisier die angemessene Reverenz zu erweisen. Für einen kurzen Augenblick war sogar der Krieg vergessen.

„Ein Toast", sagte ich. „Auf den Sieg." Wir alle tranken. Die Männer lächelten beeindruckt und rühmten die Qualität des gerade Getrunkenen. Etwas derart Exquisites war ihnen seit langem nicht über die Lippen gekommen.

„Auf die Geburt des Jesuskinds", sagte meine Mutter.

Es war eine Bemerkung, die uns alle aus unserer wohligen Blase riss. Es war eine gezielte Provokation, die keinerlei Sinn ergab.

⚓

John zog sein Nachthemd aus und legte sich aufs Bett, um sich vom Arzt untersuchen zu lassen. Auch wenn er immer noch höllische Schmerzen hatte, machte er gute Miene zum bösen Spiel. Hoch und heilig schwor er dem Doktor, sich keine Sorgen machen zu müssen: Alles sei perfekt, die Genesung praktisch abgeschlossen.

Der Arzt ließ sich nicht bluffen. Er lächelte zurück, nahm Johns Krankenakte in die Hand und verdonnerte ihn zu einer weiteren Nacht im Krankenhaus von North Sydney.

Am nächsten Morgen machte die Meldung die Runde, dass sich die *Burgeo* auf den Weg nach Neufundland mache – die erste Fähre, die nach der *Caribou*-Katastrophe die Cabotstraße durchqueren würde. Alle Überlebenden, die körperlich dazu in der Lage seien, könnten kostenfrei die Fähre nutzen.

John fühlte sich angesprochen. Die Chance, endlich heim nach Neufundland zu kommen, würde er sich nicht entgehen lassen. Die Prellung seiner Schulter war noch nicht abgeklungen, aber zumindest waren keine Knochen gebrochen. Die Wunde an seinem Bein hatte so weit Fortschritte gemacht, dass er sich mit Krücken halbwegs bewegen konnte.

Es sei nun mal nicht ihre Entscheidung, sagte die Krankenschwester. Doch wenn sie's wäre, würde sie ihn nicht ziehen lassen. Sie lächelte ihn nachsichtig an. Natürlich war ihr nicht verborgen geblieben, dass er alle 30 Minuten einen Ausflug auf den Gang machte und dabei nicht einmal das Gleichgewicht verloren hatte.

Andererseits hatte er jede Mahlzeit, die sie ihm vorgesetzt hatte, beleidigt zurückgeschoben. Wenn sie im Lauf ihrer Tätigkeit einen schwierigen Patienten kennengelernt hatte, war er es – mit weitem Abstand.

Als der Doktor wieder seine tägliche Visite machte, hatte sich John bereits die Klamotten der Wohltätigkeitsorganisation angezogen, die man ihm in den Spind neben seinem Bett gehängt hatte. Sie waren früher offensichtlich von einem opulenteren Mannsbild getragen worden, doch von solchen Nebensächlichkeiten wollte er sich nun nicht mehr ablenken lassen. Zumindest die Schuhe passten – Fußpilz hin oder her.

John schüttelte seine abschweifenden Assoziationen ab und wartete gespannt auf das Ergebnis. Er war wild entschlossen, noch heute durch diese Tür zu gehen und umgehend zum Fährhafen in North Sidney zu fahren.

Der Doktor ließ sich Zeit, untersuchte ihn gründlich und konnte über seinen ungeduldigen Patienten nur schmunzeln. Er hatte zu John eine fast schon freundschaftliche Beziehung entwickelt.

„Albträume?“

John verneinte, auch wenn die Krankenschwester ihre Zweifel äußerte.

Doch letztlich hatte der Doktor ein Einsehen und unterschrieb die Entlassungspapiere. Bevor sich das Blatt noch einmal wenden konnte, hatte John nach den Krücken gegriffen und das Weite gesucht. Er fand nicht einmal mehr die Zeit, sich von der Krankenschwester zu verabschieden.

Im Warteraum des Fährhafens hockten fast alle Überlebenden der *Caribou.* Nur wenige wurden noch im Krankenhaus behandelt, andere hatten einen alternativen Transportweg nach Neufundland gefunden. Einer von ihnen war Lundrigan, der bereits mit dem Flieger in Gander gelandet war. Doch die meisten von ihnen hatten gar keine andere Wahl: entweder die Fähre oder hierbleiben.

Die Überfahrt würde diesmal bei Tageslicht stattfinden – und die kanadische Navy stand Gewehr bei Fuß. Es gab ein Begleitschiff – nicht die *Grandmère*! –, das die Fähre ständig umkreisen würde.

Was aber keine Rolle mehr spielte: Alex war der festen Überzeugung, dass sich die Deutschen längst aus dem Staub gemacht hatten. Die Schweinehunde waren zu schlau, um den gleichen Trick ein zweites Mal zu versuchen.

Andere hatten noch immer ihre Zweifel. John humpelte von einem Passagier zum nächsten, um ihnen im Brustton der Überzeugung zu versichern, dass alles absolut sicher sei. Er hatte eigentlich keine Funktion hier an Bord, musste aber unwillkürlich an Miss Fitzpatrick denken: Er würde das tun, was normalerweise sie getan hätte.

Kinder waren diesmal allerdings nicht an Bord. Außer Leonard waren alle umgekommen – oft zusammen mit ihren Eltern. Leonard konnte von Glück reden, dass sich unter seinem Nachthemd eine Luftblase gebildet hatte, die ihn über Wasser gehalten hatte. Ein Kanonier der Royal Canadian Artillery hatte das bewusstlose Kind entdeckt und in ein Schlauchboot gehievt.

Mrs. Shiers und ihr Junge waren noch immer im Krankenhaus. Sie gehörte zu jenen Patienten, die die Katastrophe noch immer nicht verarbeitet hatten. Immerhin hatte sie ihren Jungen – und sollte auch bald wieder mit ihrem Ehemann vereint sein. Zusammen wollten sie ihrem Sohn ein Leben bieten, das er fast schon verloren hatte.

William Strickland saß allein in einer Ecke. Er war außer sich vor Wut, weil er der einzige Überlebende seiner Familie war. Alles, was John ihm zuflüsterte, konnte seine Gemütslage nicht verbessern.

Hank war auch da, zusammen mit den anderen GIs. John musste ihm zugestehen, dass er sich sein Überleben hart erkämpft hatte. Hank trat auf ihn zu und drückte ihm die Hand – was John als korrekt empfand. Er redete auch nicht viel – was John ebenfalls zu schätzen wusste. Doch Hanks texanischer Dialekt trieb ihn noch immer auf die Palme.

Er musste eine Weile suchen, bis er Charlotte gefunden hatte. Sie stand noch immer unter Schock, wurde aber von den Jungs der kanadischen Navy liebevoll umsorgt. Sie war eine der ihren. Sie alle hatten ihre Story gehört. Der Leichnam ihrer Freundin war geborgen worden und lag nun in Port aux Basques, wo ihn Charlotte endgültig identifizieren sollte. Es gab so viel, was John ihr erzählen wollte, doch er wusste genau, dass dies der denkbar ungünstigste Zeitpunkt war. Man musste einen Schritt nach dem anderen machen.

Mach einen Schritt nach dem anderen – und danke dem Herrn, dass du überhaupt noch am Leben bist. Schritt für Schritt wirst du schon zu deinem alten Ich zurückfinden.

Er wollte sich jedenfalls einreden, dass es so einfach sei. War es aber nicht. Es war so schlimm wie ein Schlag unter die Gürtellinie – manchmal mehr, manchmal weniger.

Sein Plan sah vor, sich zu Hause in St. Anthony zu erholen und das lädierte Bein hochzulegen. Danach würde er sich nach St. John's begeben, um dort der *Royal Air Force* beizutreten. Wie schnell der Plan Wirklichkeit werden konnte, war nur eine Frage der Zeit. Zunächst musste er wieder ein funktionstüchtiges Bein haben. Und dann die ganzen wirren Gedanken in seinem Kopf in die Wüste schicken.

Alex, mit dem er sich eine Kabine teilte, hatte ihm empfohlen, sein Bein zu entlasten und sich lieber gleich hinzulegen – zumal die Fähre in der unruhigen See bedenklich schwankte. Alex war einsilbig. Es gab allerdings auch nichts, was zwischen den beiden besprochen werden musste. John lag auf der Pritsche, starrte zur Decke und fühlte sich an seine Tage im Krankenhaus erinnert. Kaum hatte sich der Sturm etwas gelegt, war er auf den Beinen und humpelte die Treppe zum Gesellschaftsraum hoch. Seit er an Bord gekommen war, hatte er den Rum, den er heute zu trinken gedachte, nicht mehr aus dem Kopf bekommen.

Es wunderte ihn nicht, dass Hank auch schon da war. Er kam sogar rüber zu dem Tisch, an dem John mit ausgestrecktem Bein saß, und bot ihm einen Drink an. Warum nicht? Warum zum Teufel sollte er ablehnen, wenn Hank ihm einen Drink spendieren wollte?

Er sprach ihm sein Beileid aus, dass Buzz nicht zu den Überlebenden zählte. Hank revanchierte sich und sagte das Gleiche über Miss Fitzpatrick. Hatte er eigentlich schon Informationen über die Anzahl der Toten? Die wildesten Gerüchte machten die Runde. John hatte von 100 gehört, möglicherweise sogar 130.

Hank meinte, dass sie einfach Dusel gehabt hätten.

John bezweifelte, dass Dusel das angemessene Wort sei. Sie hätten sich eben mit Händen und Füßen gegen das Unabdingbare gesträubt, während andere nicht dazu in der Lage gewesen wären. Unter den Verstorbenen seien Hanks Freunde genauso gewesen wie seine eigenen – die meisten Toten hatten sie ja nicht einmal gekannt.

John hatte an einem erneuten Zoff kein Interesse. Hank hatte diesbezüglich eben eine andere Philosophie. Wenn sie erst einmal in Neufundland gelandet wären, würden sie sich sowieso nicht mehr wiedersehen. So einfach war das. Für den Rest seines Lebens konnte es jeder so halten, wie er wollte.

Der nächste Schritt würde Hank zurück zum Army-Camp in Stephensville führen. John wollte sich über seine Pläne nicht auslassen, aber Hank hatte sie vermutlich eh schon aufgeschnappt – in jener tragischen Nacht an Bord der *Caribou.*

Hank wünschte ihm jedenfalls viel Glück und streckte seine Hand aus. John schlug ein und schenkte ihm den Hauch eines Lächelns. Er hoffte sogar aufrichtig, dass der Yankee heil über die Runden kommen möge.

Sie erreichten Port aux Basques ohne weitere Vorkommnisse. John hatte sich auch keinerlei Sorgen gemacht. Wenn die Deutschen ein zweites Mal aufgekreuzt wären, hätte er ihnen einfach den Stinkefinger gezeigt. Das war alles, was er ihnen gesagt hätte: *Fuck you.*

Und dann hätte er sich daran gemacht, sein Überleben ein zweites Mal zu sichern. Obwohl – wenn er ehrlich war – es statistisch eher unwahrscheinlich war, dem Teufel auch ein zweites Mal von der Schippe zu springen.

Port aux Basques und Channel, wo die meisten Matrosen der *Caribou* gewohnt hatten, waren hoffnungsloser als der Hades. In jedem Winkel hatte sich das nackte Elend breitgemacht. 31 Männer ertrunken, 15 Überlebende. Und letztere sahen wie leibhaftige Geister aus, als sie wieder ihren Fuß auf festen Boden setzten. Sie konnten sich keinen Reim darauf machen, warum gerade sie zu den Überlebenden zählten, nachdem in den letzten Tagen nur Leichen an Land gespült worden waren.

John brauchte nicht lange, um die offizielle Bestätigung

zu bekommen, dass auch Miss Fitzpatrick unter den Toten war. Als man sie aus dem Wasser fischte, trug sie noch immer den Rettungsring, den er ihr umgelegt hatte. Ihr Leichnam wurde in einem Ruderboot nach Port aux Basques gebracht, von dort aus weiter mit dem Zug nach Bay Roberts. John war sich sicher, dass sie es sich so auch gewünscht hätte – neben ihren Vorfahren die letzte Ruhe zu finden.

Und dann waren da natürlich noch die Taverners. Unter dichten Wolken und Nebelschwaden hatte man alle drei beigesetzt, einen nach dem anderen. Der Tod macht keine Pause. John hielt sich im Hintergrund versteckt, nahe am schmiedeeisernen Tor. Er war sprachlos und aufgewühlt und wollte den Friedhof so schnell wie möglich verlassen. Er wollte nur noch in dem Zug sitzen, der all diese furchtbaren Bilder endgültig hinter sich lassen würde. Er hatte sich nicht von Alex verabschiedet, ihm aber zugenickt, als sich ihre Blicke auf dem Friedhof getroffen hatten. Und war danach umgehend zum Bahnhof gefahren.

Der Waggon war nur mit Soldaten gefüllt – bis auf den Zivilisten mit dem lahmen Bein. Dass er wieder einmal der unselige Fremdkörper war, ging John zwar gegen den Strich, verstärkte seine Entschlossenheit aber umso mehr. Es war nur noch eine Frage der Zeit, bis er selbst eine Uniform tragen würde. Die Soldaten hier im Zug mussten das wohl irgendwie gespürt haben. Für den Moment reichte es jedenfalls aus, dass er den Krieg fast mit seinem Leben bezahlt hatte.

Hank war in einem anderen Waggon, musste den Zug aber bereits in Stephenville Crossing verlassen. Als er mit seinen GI-Freunden noch auf dem Bahnsteig stand, öffnete John das Fenster und winkte hinüber. „Mach's gut", rief er Hank zu, „und weiterhin freie Fahrt bei den Frauen."

Und dann gab's noch jemanden, von dem er sich verabschieden musste. John hatte lange mit sich gekämpft, bevor er aufstand und von einem Waggon zum nächsten ging, um Charlotte zu suchen. Sie saß allein und unnatürlich steif am Fenster, hatte die Hände, in weißen Handschuhen steckend, auf dem Schoß gefaltet und die Augen geschlossen, als würde sie tatsächlich schlafen.

John setzte sich auf den gegenüberliegenden Platz, machte dabei mit seinem steifen Bein aber keine allzu gute Figur. Sie rührte sich, war aber anscheinend fest entschlossen, die Augen nicht zu öffnen. Ihre Uniform war sauber, sah aber bei weitem nicht so adrett und blitzblank aus, wie John sie von der *Caribou* in Erinnerung hatte. In St. John's würde sie eine neue bekommen – und die passenden Schuhe gleich dazu.

Schließlich raffte sie sich doch dazu auf, ihre Augen einen Spalt zu öffnen. „Sie können ruhig gehen", sagte sie. „Mir geht's gut."

John hatte nicht die Absicht, gleich wieder zu gehen.

Stattdessen erzählte er ihr, wie sie ihm das Leben gerettet habe.

Sie drehte sich zur Seite und starrte aus dem Fenster. Im Kontrast zu den grünen Fichten erstrahlten die Laubbäume in einem leuchtenden Gelb und Rot.

„Die meisten Gegenden in Neufundland kennen diese Farben überhaupt nicht", sagte er. „Nur die Westküste hat einen derart prachtvollen Herbst. Vor allem in der Gegend um den Humber River.“

Sie schaute ihn an, sagte aber nichts. Seine Worte schienen an ihr abzuprallen.

Er würde sie gerne mal besuchen, wenn er nach St. John’s komme – später, wenn das Bein wieder heil sei.

Er konnte nicht ausmachen, was in ihrem Kopf vor sich ging. Es war wie ein Käfig, der rundum verschlossen war.

Sie würde wieder ihrer Arbeit als Krankenschwester nachgehen. „Aber kommen Sie, wenn Sie wollen.“

Sie legte ihre Hand aufs Gesicht, von dort an den Hals, danach zurück auf den Schoß – und John ahnte, dass sie ihr emotionales Limit erreicht hatte.

Er fand einen Fensterplatz in einem anderen Abteil und beobachtete Männer, die am Fluss gefällte Bäume bearbeiteten. Die riesigen Stämme waren für Bowater’s Newsprint Mill in Corner Brook bestimmt. Er empfand es als seltsam, Leuten bei der Arbeit zuzusehen, die vom Krieg in keiner Weise berührt waren. Er fragte sich, warum sich niemand bemühte, diese Leute für die patriotische Pflicht zu begeistern.

Das Ein- und Aussteigen war für ihn eine Tortur, und doch musste John manchmal nach draußen – allein schon, um den dichten Tabaknebeln zu entkommen, die seit der Abfahrt durch den Zug waberten. Irgendwann sollte es eine Straße geben, die von Deer Lake nach St. Anthony führen würde, hinauf zur nördlichsten Spitze der Halbinsel. Aber das wollte John erst glauben, wenn er die Straße mit eigenen Augen sehen würde. Stattdessen musste er jetzt fünf, sechs Stunden mit dem Zug nach Notre Dame Junction fahren, dann weiter mit der Lokalbahn nach Lewisporte, wo er auf das Küstenschiff warten musste, das ihn hinauf nach St. Anthony transportieren würde. Man musste schon Hiobs Geduld haben, um diese Tortur zu überstehen.

Hiobs Geduld? Wieso tauchte gerade dieser Ausdruck in seinem Hirn auf? Er musste die Vergangenheit sein, die wieder bei ihm anklopfte.

Fünf Tage nach der Abfahrt in Port aux Basques war er tatsächlich in St. Anthony angekommen – am Ende seiner Kräfte, aber glücklich, endlich zu Hause zu sein.

Noch in North Sydney hatte er seiner Mutter ein Telegramm geschickt und ihr mitgeteilt, dass er die Katastrophe überlebt habe. Seitdem hatte er kein Lebenszeichen mehr von sich gegeben, bis er nun den Weg zum heimischen Haus entlang humpelte.

Sie schaute sich ihren Sohn an, wie er mit seinen Krücken vor der Tür stand – und fing hemmungslos zu heulen an. Schließlich drückte sie ihn so fest an sich, als wolle sie ihn nie wieder loslassen. Sie sagte dabei kein Wort und zitterte am ganzen Körper.

John erwiderte ihre Umarmung, war sich im gleichen Augenblick aber bewusst, dass er nicht mehr der junge Mann war, der auf der *Caribou* angeheuert hatte.

Als Sam nach Hause kam, lag John bereits auf der Schlafcouch in der Küche. Er löffelte gerade die Reste der Erbsensuppe und erzählte seiner Mutter nur die Geschichten, die sie nicht noch weiter in die Ohnmacht trieben.

„Mein Gott, John."

Sam drückte Johns Kopf an seine Brust. Er war so gerührt, dass ihm die Tränen in den Augen standen. Dabei war es nicht mal sein leiblicher Sohn.

Sie hatten sich zu Tode gegrämt in den vergangenen Wochen, erwähnten aber auch gleich eine Bekannte, die in der Grenfell Mission arbeitete. Sie hatte einen Onkel, der als Maschinist auf der *Caribou* gearbeitet hatte. Doch John weigerte sich, ihnen irgendwelche Informationen zu geben, schon gar nicht über die armen Seelen, die sich im explodierenden Maschinenraum aufgehalten hatten.

Sam fragte ihn, was er denn sonst erzählen könne, doch John hatte die Nase schon voll. Er war nicht nach Hause gekommen, um ständig an das Drama erinnert zu werden.

Es stellte sich heraus, dass sein Wundpflaster nur einmal gewechselt wurde, seit er das Krankenhaus in Port aux Basques verlassen hatte. Seine Eltern bestanden darauf, umgehend Dr. Curtis zu besuchen. In der Tat hatte sich John um die Wunde nie gekümmert – und das viele Sitzen im Zug hatte die Situation nicht gerade verbessert.

Dr. Curtis, der in Harvard studiert hatte, war schon vor Jahrzehnten aus den USA nach Neufundland gekommen. Als Grenfell sich zur Ruhe setzte und nach Vermont zog, hatte der Doktor seine Stelle in der Mission übernommen.

Grenfell selbst war vor zwei Jahren gestorben – und John hatte in dieser Zeit oft an ihn gedacht. Seine Asche war nach St. Anthony gebracht worden, wo sie am Tea House Hill beigesetzt wurde – gleich hinter dem Haus, wo er mit seiner Frau und ihren Kindern gelebt hatte. John wollte eher die Genesung seines Beins abwarten, hatte sich aber fest vorgenommen, sich hinauf auf den Hügel zu begeben, um Grenfell seinen Respekt zu erweisen.

Dr. Curtis war ungehalten, als er den Verband aufschnitt und eine Wunde sah, die sich entzündet hatte und bereits stark eiterte. Er hielt sich mit Vorwürfen zurück, weil er nur zu gut wusste, dass der Junge so einiges mitgemacht hatte. Nachdem er die Wunde gesäubert und mit Jod desinfiziert hatte, legte er einen neuen Verband an. Er zog den Verband so straff, dass John aufstöhnte. Irgendwie musste er halt den Preis dafür zahlen, sich selbst so sträflich vernachlässigt zu haben.

Bevor er das Krankenhaus verließ, drückte ihm der Doktor noch ein Fläschchen mit Sulfonamid-Tabletten in die Hand. Sie würden ihm helfen, die Entzündung zu bekämpfen. John schätzte sich glücklich, dass sein Schutzengel erneut auf ihn aufgepasst hatte.

Seine Mutter drängte ihn, das Aufstehen möglichst zu vermeiden, damit sein Bein endlich heilen könne. Er schlief, solange er konnte – wenn ihn nicht gerade ein Albtraum aufschreckte – oder ließ sich in der mütterlichen Küche durchfüttern.

Als er sich vor Jahren auf den Weg gemacht hatte, um in New York sein Glück zu versuchen, hatte er voll im Saft gestanden. Er war größer als Sam und hatte eine durchtrainierte Muskulatur. Einmal hatte Sam ihn spaßeshalber zu einem Ringkampf herausgefordert – und schnell festgestellt, dass John im Zweifelsfall gut auf sich selbst aufpassen konnte. Als John im nächsten Frühjahr zurückgekehrt war, hatte Sam seine Mutter geheiratet – was die Konstellation völlig verändert hatte. Wo vorher zwei Personen waren, waren es plötzlich drei.

Wobei man schon eine Weile brauchte, um mit Sam klarzukommen. Seine Mutter hätte ihn kaum geheiratet, wenn sie nicht einen Mann in ihrem Leben gewünscht hätte, so viel war ihm schon klar. Und was ihn selbst anging: Man wird älter. Und lernt, sich zu arrangieren.

Oder man zieht erneut in die weite Welt hinaus. Sam spielte dabei sicher eine Rolle, wenn auch nicht die alleinige.

Sam hatte einen Platz eingenommen, der eigentlich für seinen Vater vorgesehen war. Etwas paradox war es schon, dass Sam der beste Freund seines Vaters gewesen war. Aber er konnte es Sam nachsehen – wenn *nachsehen* dafür das richtige Wort war. Seine Mutter hatte sich jedenfalls nie daran gestört – was bedeutete, dass es ihm eigentlich auch möglich sein sollte. Zumindest musste er seine Mutter nicht noch mehr damit quälen, als er's ohnehin schon getan hatte.

Doch nun war John seit einer Woche zurück – zurück von den Toten obendrein – und plötzlich hatte sie ein erstaunliches Mitteilungsbedürfnis. Nur sie zwei in der Küche. Er konnte nicht entkommen und war allem, was in ihrem Kopf rumorte, hilflos ausgeliefert.

„Setz dich doch. Trink einen Tee. Du bist heute so zappelig."

„Ich bin am Leben. Reicht das nicht schon?"

„Wir waren sehr besorgt."

Wir. Dann war Sam also schon über das Mitteilungsbedürfnis seiner Mutter informiert. John war nicht einmal überrascht.

Als er plötzlich in der Tür stand, schien er sogleich mit der Situation vertraut zu sein – als hätten sie es vorher geplant. Sam schüttete sich einen Tee ein und setzte sich an den Tisch – ihm gegenüber. John war wenig begeistert.

„Ich weiß ja nicht, wie ich's sagen soll … und ich hab's auch so lange aufgeschoben … aber, wenn du wissen willst, wie dein Vater gestorben ist …?"

Die Zeit war also gekommen.

Immer wenn John in der Vergangenheit diese Frage gestellt hatte, war ihm Sam ausgewichen – bis John mit dem Fragen aufgehört hatte. Aber jetzt. John richtete sich auf und sagte keinen Ton. Sam räusperte sich. Die Aufmerksamkeit war ihm sicher.

Er fing damit an, noch einmal die Ausgangssituation zu schildern. Es war Anfang Januar 1916. Er und Johnny gehörten zu einer Handvoll Männer vom *Newfoundland Regiment,* das die letzten alliierten Truppen aus Gallipolli evakuieren sollte. Mit diversen Tricks schafften sie es tatsächlich, die anstehende Truppenbewegung vor den Türken geheim zu halten. Die verbleibende Ausrüstung und die überschüssige Munition wurden am Strand zusammengetragen und mit Dynamit präpariert. Alles war minutiös vorbereitet, um im entscheidenden Augenblick das ganze Material in die Luft zu jagen.

Im Schutz dieser Nacht konnten tatsächlich 16000 Soldaten an Bord von Frachtkähnen entkommen. Alles lief perfekt. Nicht ein einziges Opfer war zu beklagen. Nur der Evakuierungstrupp musste sich noch einschiffen.

Plötzlich erfuhren sie, dass ein britisches Schiff ganz in der Nähe auf Grund gelaufen sei, der kommandierende General und seine Mannschaft hätten sich allerdings an den Strand retten können. Die Briten erhielten daraufhin die Order, einen kurzen Fußmarsch anzutreten, um sich mit den anderen, bereits verschifften Truppen zu vereinen.

Die meisten Seeleute kreuzten tatsächlich noch gerade rechtzeitig auf – bis auf General Stanley Maude. Er hatte irgendwann festgestellt, dass sein Handkoffer mit den militärischen Unterlagen auf dem gestrandeten Schiff vergessen worden war – und einige Männer zurückgeschickt. Als die Engländer auf sich warten ließen, machten sich Sam und Johnny auf den Weg, um nach ihnen zu suchen. Sie hatten nur noch wenige Minuten, da der Zeitpunkt der geplanten Explosion nicht mehr rückgängig gemacht werden konnte.

Sie fanden schließlich den General, der zusammen mit seinen Männern atemlos zum Anlegeplatz lief. Unglücklicherweise öffnete sich just in diesem Moment der Koffer. Maude bestand darauf, dass jemand die umherfliegenden Papiere aufsammeln müsse – die Papiere, die das katastrophale Scheitern der Gallipolli-Offensive dokumentierten.

Johnny führte den Befehl aus. Der geborene Soldat. Das arme Schwein.

Sam hatte seine Augen geschlossen. Die Erinnerung war immer noch stark.

Sam hatte geglaubt, Johnny sei direkt hinter ihm. Dass sie gemeinsam den Frachtkahn erreichen würden, der sich zum Ablegen bereit machte. Dass sie gemeinsam auf dem sicheren Boot hocken würden, wenn das Dynamit den Strand in ein gigantisches Feuerwerk verwandeln würde. Schließlich hatten sie alles immer gemeinsam gemacht.

Und das war das Ende der Geschichte. Sam rieb sich die Augen und trank seinen Tee. Es lag nun an John, sich zu äußern.

Seine Mutter, die sich zwischenzeitlich zu ihnen an den Tisch gesetzt hatte, schob ihre Hand über die seine. Niemand sagte ein Wort. Als sie ihm die Hand tätscheln wollte, zog John sie zurück und fuhr sich damit durchs Haar.

Im Grunde hatte Sams Beichte nichts verändert. Sicher, er hatte jetzt eine konkrete Vorstellung, wie sein Vater gestorben war – und nicht mehr dieses diffuse Bild eines toten Scharfschützen, der im Schützengraben leblos in sich zusammengesackt ist.

John hatte plötzlich das Gefühl, als habe er sich die Wahrheit verdient. Der deutsche Torpedo mochte ihm fast das Leben gekostet haben, hatte ihn aber auch abgehärtet im Umgang mit dem Krieg. Während der Sohn am Leben war, hatte der Vater ins Gras beißen müssen. Das war die Botschaft. Das waren die Tatsachen. Erinnere dich gefälligst daran, dass du ein gottverdammtes Glückskind bist. Und nun mach weiter mit deinem Leben.

Er verkündete ihnen, Soldat werden zu wollen.

Es war die perfekte Antwort – die perfekte Reaktion zum perfekten Zeitpunkt.

Niemand würde ihn aufhalten können, niemand würde ihn hindern, sich selbst und der Welt zu beweisen, dass er nicht nur ein Sohn, sondern ein eigenständiger Mann sei.

Sam schüttelte den Kopf.

Als ob ihn der Stiefvater zurückhalten konnte! Als ob er zu irgendwelchen Bedenken berechtigt sei! Allein John wusste, was er mit seinem Leben anstellen wollte.

„Warum in aller Welt willst du dich überhaupt da einmischen?"

Es war nicht das erste Mal, dass ihm Sam diese Frage gestellt hatte. Als er erstmals nach St. Anthony kam, hatte John gerade die Schule beendet. Da er nicht wusste, was er mit seinem Leben anfangen sollte, hatte er Sam gegenüber erwähnt, vielleicht dem *Royal Newfoundland Regiment* beitreten zu wollen. Sam war wütend geworden. Sollte er diese Dummheit wirklich begehen, würde Sam zurückkommen und ihm alle Finger brechen. John musste lachen, als er sich an diese Szene erinnerte.

Aber das war lange her. Die Welt hatte sich verändert. Der Erste Weltkrieg hatte Sam schwer zugesetzt. John wusste genau, wie Sam tickte – und wollte sich von seinen Warnungen nicht ins Bockshorn jagen lassen.

Aber er hatte auch nicht die Absicht, sich mit ihm oder seiner Mutter zu streiten. Er stieß sich vom Tisch hoch und humpelte die Treppe hinauf.

John fiel Eva jedes Mal auf, wenn er das Krankenhaus besuchte. Sie war ein kleiner Wirbelwind, der mit allem beschäftigt war, was eine Krankenschwester auf Trab hält. Sie war es auch, die John immer ins Untersuchungszimmer brachte, wo er auf Dr. Curtis wartete. Da der Doktor nie pünktlich war, schaute sie immer mal wieder rein, um nach dem Rechten zu sehen – auch wenn er jedes Mal beteuerte, dass er keine Probleme habe und wunschlos glücklich sei.

Sie war fast so groß wie er und hatte einen dichten Schopf roter Haare, die unter ihrem Krankenhaushäubchen hervorquollen. Dass sie ihr Häubchen unorthodox aufgesetzt hatte, war ihm schon beim ersten Mal aufgefallen. Ihre Uniform war gestärkt und schneeweiß, reichte fast auf den Boden, saß aber trotzdem wie angegossen. Vielleicht hatte sich dieser Eindruck bei ihm auch nur eingeprägt, weil sie deutlich jünger war als die anderen Schwestern. Genaugenommen war sie wahrscheinlich im gleichen Alter wie er.

Das Häubchen und ihr hochstehender Kragen umrahmten ein Gesicht, das von einem Paar blitzender blauer Augen dominiert wurde. Auf den ersten Blick schienen sie zu ihrer Haarfarbe nicht passen zu wollen, vermittelten aber den Eindruck einer ungewöhnlichen, sympathischen, lebenslustigen jungen Frau. Das dezente Lächeln, das sie ihm schenkte, konnte ihm nicht verborgen bleiben. Er ertappte sich mehrfach dabei, ihr heimlich nachzuschauen.

Als der Doktor beim ersten Mal reingekommen war, hatte er John umgehend aufgefordert, die Hose herunterzulassen: Er wolle sich die Wunde mal anschauen. John öffnete den Gürtel, blickte zu Eva und ließ die Hose bis auf die Knie runter. Ihre Augen galten allein dem Verband, nicht ihm.

Eva war erst vor ein paar Monaten von Rhode Island nach St. Anthony gekommen, schien sich aber hier niederlassen zu wollen – selbst wenn Providence in Rhode Island sicher mehr an Unterhaltung zu bieten hatte. Sie war viel zu beschäftigt, um daran überhaupt Gedanken zu verschwenden. Dr. Curtis verlangte eine Menge von ihr und allen anderen, die für ihn arbeiteten. Eva war es nur recht. Sie war glücklich, wenn sie alle Hände voll zu tun hatte.

Sie war auch dankbar, Teil der Mission zu sein. Sie hatte Dr. Grenfell einmal kennengelernt, als sie noch ein junges Mädchen war. Ihre Tante Jessie kannte Grenfell sogar ausnehmend gut. Was Eva automatisch zu etwas Besonderem machte, da hier alle Welt – Johns Mutter miteingeschlossen – von Jessie Luther in den höchsten Tönen sprach. Die Anfangsjahre der Mission wären ohne sie jedenfalls gar nicht denkbar gewesen. Es hieß, dass sie sich auch privat zu Dr. Grenfell hingezogen fühlte, diese Gefühle aber nicht erwidert wurden. Die Episode kam jedenfalls an ihr abruptes Ende, als er eine junge und wohlsituierte Dame aus Chicago ehelichte. Aber das gehörte inzwischen längst der Vergangenheit an.

Der Umweg über Evas familiären Kontakte zur Mission erwies sich für John als ideales Sprungbrett, um sie näher kennenzulernen und sich selbst ins Gespräch zu bringen.

Bei seinem nächsten Besuch im Krankenhaus war es so weit: Nachdem der Doktor das Behandlungszimmer verlassen hatte, fragte er sie ohne Umschweife, ob sie vielleicht mit ihm spazieren gehen wolle. Er sei inzwischen so weit, einen Versuch ohne Krücken zu wagen – und wenn sie ihn dabei begleiten würde, sei es sozusagen Teil ihrer medizinischen Aufsichtspflicht.

Sie stimmte zu. Es war das erste Mal seit seiner Heimkehr, dass seine Gefühle in Wallung gerieten.

Wie verabredet, kreuzte er am Sonntagnachmittag beim *Grenfell House* auf. Nachdem die Grenfells sich nach Vermont verabschiedet hatten, war ihr Haus umfunktioniert worden und diente nun als Herberge fürs Krankenhauspersonal. John war als Kind schon einmal hier gewesen, zusammen mit seiner Mutter, die für den Kunsthandwerk-Shop der Mission verantwortlich war. Sie hatte Mrs. Grenfell einen Stapel gehäkelter Zierdeckchen gezeigt und sie um ihre Meinung gebeten. Er selbst war am Eingang stehengeblieben, hatte aber einen Blick in den Salon geworfen, wo ein riesiger Teppich aus Eisbärfell lag. In seiner Erinnerung assoziierte er das *Grenfell House* stets mit einem ungeheuren, fast schon verbotenen Luxus. In St. Anthony wurde das Haus auch gerne *The Castle* genannt.

John hatte sich mit Eva für drei Uhr nachmittags verabredet. Er gab sich Mühe, die Stufen zur Veranda so resolut wie möglich zu nehmen – nur für den Fall, dass er aus dem Fenster schon beobachtet würde. Im Erdgeschoss gab es eine Glasfront mit mannshohen Fenstern, die den Blick in den Wintergarten freigaben.

Die Haushälterin, die ihn hereinließ, nannte es *das Konservatorium.* Sie bat ihn, auf einem der Stühle Platz zu nehmen. Ja, er werde erwartet. Sie würde Eva benachrichtigen, dass er im Konservatorium warte. Sie nannte sie Miss Eva.

Er lächelte und richtete Grüße von seiner Mutter aus.

Sie hielt an, schaute sich ihn genauer an und meinte dann, dass er erfreulich gesund aussehe. Er war nicht einmal überrascht, dass alle Bewohner von St. Anthony die Umstände seiner dramatischen Rettung längst kannten.

Dr. Grenfell hatte die heilenden Kräfte der Sonne immer in den Mittelpunkt seiner Behandlung gestellt. Dick vermummte Patienten in Rollstühlen waren auf der Veranda des Krankenhauses keine Seltenheit. Hier im gediegenen Wintergarten war für sonnenhungrige Kandidaten ebenfalls vorgesorgt. Auf dem lackierten Holzfußboden lagen handgewebte Teppiche, an den Wänden hingen mächtige Hirschgeweihe – und wenn man sich mit einem Buch in einen der klassischen Morris-Sessel verkroch, konnte man mit etwas Glück vielleicht sogar den Sonnenschein genießen.

Wobei man in St. Anthony eigentlich nie mit Sonnenschein rechnen sollte – wie auch an diesem Tag.

„Sieht ganz so aus, als könnte es regnen", sagte Eva, nachdem sie in den Wintergarten gekommen ist. „Sind Sie sicher, dass Sie trotzdem spazieren wollen?"

Für einen Moment wollte John antworten, dass er mit Wasser zu leben gelernt habe, verzichtete dann aber doch auf den makabren Scherz.

Er kicherte in sich hinein und marschierte los. Er wollte der schönen Frau aus Rhode Island zeigen, dass sie sich um ihn überhaupt keine Sorgen machen sollte. Er sei obendrein schon seit einigen Tagen ohne Krücken unterwegs. Sein Bein sei fast wie neu.

Sie schlug vor, den Pfad hinauf zum Tea House Hill zu nehmen, wo die Asche von Dr. Grenfell beigesetzt worden war.

Perfekt! Er strahlte übers ganze Gesicht.

Es war knackig frisch draußen – und die Schuhe knarzten auf dem gefrorenen Boden. Es war ein perfekter Herbsttag, der durch Evas Anwesenheit nur noch perfekter wurde. Und kein Regen! Wenn überhaupt, waren es eher feine Flöckchen, die durch die Luft wirbelten.

Dass der Pfad an einigen Stellen extrem steil nach oben führte, hatte er so allerdings nicht mehr in Erinnerung gehabt. Die Steigungen hatten sein Bein mehr strapaziert, als er es erwartet hatte. Er biss sich auf die Lippen und bewegte sich weiter, ohne dass Eva einen Unterschied bemerkt hätte. Hoffte er jedenfalls.

Sie schlug vor, an der Bank auf dem Gipfel eine kleine Pause einzulegen.

„Nötig wär's nicht", sagte er, „aber wenn Sie es wünschen."

Sie ließ sich nichts vormachen.

„Sind Sie denn glücklich, wieder im Norden zu sein – vom Wetter einmal abgesehen?" Auf den Bäumen waren bereits keine Blätter mehr.

„Es gibt im Leben wichtigere Dinge als das Wetter."

Es war ein heikles Terrain – und er spürte, dass sie noch weiter bohren wollte.

Die Fähre, sein Job – er wollte über alles Mögliche sprechen, nur nicht über die Nacht, in der es passiert war.

Er zuckte mit den Schultern und lächelte müde.

Sie könne seine Zurückhaltung durchaus verstehen, sagte sie, frage sich aber, ob es vielleicht nicht besser wäre, wenn er offen über den Vorfall reden würde. Vielleicht ginge es ihm ja anschließend besser.

Sie verstand es einfach nicht.

Er versuchte, das leidige Thema aus dem Weg zu räumen, indem er sich wieder in Bewegung setzte. Langsamer aber als vorher. Er nahm sich jedenfalls ausreichend Zeit, um seine zunehmenden Schmerzen zu kaschieren.

Sie schafften es bis zu den beiden bronzenen Gedenktafeln – eine für Dr. Grenfell, die andere für seine Gattin Anne. Sie waren auf der Frontseite eines Findlings montiert und wurden von schwarzen und orangeroten Flechten umrankt. Hinter den Gedenktafeln befanden sich zwei in Stein gemeißelte Vertiefungen, in denen die beiden Urnen standen. Eva wischte mit dem Handschuh über eine der Plaketten.

Wilfried Thomason Grenfell.
1865-1940.
Life is a Field of Honour.

Das Leben als Streben nach Ehre. Ja, John konnte da mitreden. Er hatte schließlich bereits Erfahrungen mit dieser Prüfung gemacht.

Sie griff mit ihren Händen nach Johns Fingern, die von der Kälte erstarrt und gerötet waren. Sie rieb und drückte so lange, bis ihre Handschuhe sie wieder erwärmt hatten.

Er hatte erwartet, dass er innerlich jubiliert hätte ob dieser lang ersehnten Berührung. Doch tatsächlich war er genervt. Ärgerlich sogar, weil er sich eigentlich viel mehr versprochen hatte. Er hatte gehofft, sich in ihrem Körper verlieren zu können – wie er das nun schon seit Wochen herbeifantasiert hatte. Er wollte mehr. Er wollte seine ganze Vergangenheit hinter sich lassen und einen Schritt nach vorne tun.

Den Pfad hochzugehen war schwerer gewesen als erwartet. Hinunter war es noch schlimmer. Als sie am *Grenfell House* ankamen, schmerzte sein Bein wie Hölle.

Sie drängte ihn, ins Haus zu kommen und eine Weile auszuruhen.

John wollte nichts davon wissen. Er hatte die Geduld verloren, verabschiedete sich und humpelte davon. Er war davon überzeugt, einen kompletten Idioten aus sich gemacht zu haben. Und das Mitleid von anderen Leuten konnte ihm gestohlen bleiben.

Zuhause erzählte er wenig – zumindest nichts, was seine Mutter hätte aufregen können. Was den positiven Nebeneffekt hatte, dass sie nicht an ihm herummäkeln konnte. Diesmal nahm er sich auch wirklich die Zeit, seinem Bein die nötige Ruhe zu geben. Und siehe da: Diesmal heilte es von ganz allein.

Nachdem ihn Dr. Curtis noch einmal abschließend untersucht hatte, durfte er seine Krücken abgeben und nach Hause gehen. John und Eva hatten sich diesmal herzlich wenig zu sagen – aber so geht's nun mal im Leben: aus und vorbei.

Doch dann kam ein Brief vom Grenfell House: eine Einladung zum großen Dinner. Es konnte eigentlich nur Eva gewesen sein, die seinen Namen auf die Einladungsliste gesetzt hatte.

Er hatte die innere Enttäuschung eigentlich schon abgeschüttelt – was aber nicht bedeutete, dass Eva aus seinen erotischen Träumen verschwunden war. Im Gegenteil: Es war eigentlich schlimmer als zuvor. Manchmal raubte ihm seine Lust fast schon den Verstand.

Er war nicht stolz darauf, in Eva nur das Objekt seiner Begierde zu sehen, aber hier in St. Anthony war sie nun einmal seine beste Chance – selbst wenn sie vielleicht wenige Gemeinsamkeiten hatten.

Als sie nach dem Dinner allein zusammensaßen, rückte sie mit der Sprache heraus: Sie wolle sich bei ihm entschuldigen.

Es gebe nichts, für das sie sich entschuldigen müsste, sagte er.

Sie fand, sie war anmaßend gewesen. Zu versuchen, ihm zu helfen. Inzwischen wisse sie aber, dass sie absolut nichts hätte tun sollen.

Es gab auch absolut nichts, über das er sprechen wolle, entgegnete er.

Eva schaute sich ratlos um. Sie standen in dem Zimmer, das einmal Dr. Grenfells Büro beherbergt hatte. Sein riesiger Rollschreibtisch dominierte noch immer den Raum.

„Vergiss einfach alles, was passiert ist", sagte er.

Er starrte sie so lange an, bis sich ihre Augen wieder trafen. Plötzlich sah sie etwas in ihm, das ihr bisher noch nicht aufgefallen war. Während er in ihr die Person erkannte, in der er sich hemmungslos verlieren wollte. Er wollte nur sich und Eva, losgelöst von allem, was in der Vergangenheit liegen mochte.

Er zog sie näher an sich heran. Sie sträubte sich, aber nur so lange, bis er seine Lippen gegen die ihren drückte und ihren Körper gegen ein Bücherregal.

Der Kuss brannte wie Feuer – und seine Zurückhaltung löste sich in Luft auf.

Es schien auf der Hand zu liegen, wie der Abend verlaufen würde – bis sie ihre Hände gegen seine Brust presste und ihn wegzuschieben versuchte. Er konnte die Knöchel ihrer Fäuste spüren.

Er trat einen Schritt zurück. Und sagte nichts.

Sie las ihm nicht die Leviten, wie er's eigentlich erwartet hatte, wartete aber auf eine Entschuldigung.

Und sagte ihm, dass sie sich zuerst besser kennenlernen sollen. Und glättete ihr Kleid.

Er sei doch dazu bereit, sagte er.

Sie glaubte ihm nicht.

Und doch passierte es in dieser Nacht – ihren Bedenken zum Trotz. Unbemerkt schlichen sie sich zwei Treppen hinauf zu ihrem Schlafzimmer und verschlossen die Tür. Er war zu gierig, um einen Gedanken an die Folgen zu verschwenden, versicherte ihr aber, dass für die Verhütung gesorgt sei.

In der Dunkelheit riss er sich die Kleider vom Leib, während sie jedes Teil langsam abstreifte und fein säuberlich auf einen Stuhl legte.

Kaum hatte sie sich ihm geöffnet, war es auch schon wieder vorbei. Er kam zum Höhepunkt, ohne dass es zum Austausch von Zärtlichkeiten gekommen war.

Er ließ sich neben ihr aufs Bett fallen, während sie sich zur anderen Seite drehte. Sie zog eine Decke heran und stellte sicher, dass beide Körper von ihr bedeckt waren. Er drehte sich zu ihr um und drückte sich gegen ihren Rücken. Sie nahm seine Hand und legte sie auf ihre Brüste. Er küsste ihr Ohr und vergrub sein Gesicht in ihrem Nacken. Sie hatte aufgehört zu zittern.

Am nächsten Abend machte er sich erneut auf den Weg, um Eva im *Grenfell House* zu besuchen. Sie setzten sich in den Wintergarten. Eigentlich hätte vieles leichter sein sollen zwischen ihnen, doch tatsächlich war die Kluft nur noch größer geworden.

Er verstand die Welt nicht mehr, tat aber so, als sei alles in Ordnung und lud sie für Sonntagnachmittag zum Schneeschuhwandern ein.

Sie hielt es für keine gute Idee. Er blieb hartnäckig, bis sie schließlich nachgab. Er hätte auch keinen Grund gewusst, warum sie es hätte ablehnen können: Sie hatte ja selbst darauf hingewiesen, dass sie mehr Zeit füreinander brauchten.

An jenem Sonntag wählten sie einen einfachen Kurs ohne Steigungen. Der Pfad verlief durch den Wald bis zum Rand eines Sees, wo sie anhielten und ein Feuer machten. Er hatte ein paar trockene Tannenzweige abgebrochen, sie aufeinandergestapelt und benutzte die Schneeschuhe als Sitzunterlage. Es war nicht übermäßig komfortabel, aber das knisternde Feuer vor ihnen half. Und in seinem Rucksack hatte er alles, um einen kräftigen Tee kochen zu können – so wie er's schon Dutzende Male zuvor getan hatte.

„In Neufundland geht niemand in die Wälder, ohne eine kleine Teepause zu machen."

Sie fand seine pädagogischen Bemühungen, ihr die Kultur Neufundlands nahezubringen, zumindest belustigend. Er baute eine provisorische Halterung übers Feuer und hing einen kleinen Kessel daran. Sie tranken ihren Tee aus Emaille-Bechern und aßen dazu eine Scheibe Brot, die seine Mutter mit Preiselbeermarmelade bestrichen hatte.

Doch als die Teepause vorbei und der Rucksack wieder gepackt war, kehrten die alten Probleme zurück. Als er ihre Hand zu greifen versuchte, zog sie die Hand zurück. Als er sie zu küssen versuchte, stieß sie ihn weg.

Sie gab ihm einfach keine Chance.

„Ich habe einen Fehler gemacht", sagte sie.

„Klingt wie der Anfang vom Ende."

„Ich bin glücklich hier in St. Anthony, während du am liebsten so schnell wie möglich verschwinden möchtest."

Sie entdeckte gerade seine Heimat, während die Heimat für ihn offenbar ihren Reiz verloren hatte.

Er tat sich schwer, seine Gefühle in Worte zu kleiden. Er wollte sich nicht mit dem Gedanken abfinden, dass alle seine Mühen umsonst gewesen seien. Er bat sie, ihn anzuschauen. Das sei kein banales Getue, sondern eine einfache, unmissverständliche Bitte. *Bitte!*

Zögernd schaute sie ihn an.

Er war nicht der, für den sie ihn gehalten habe.

(Das sagte ihr Blick.)

Er könne sich einfach nicht von dem befreien, was ihm widerfahren war. Er könne die Uhr nicht zurückdrehen.

(Das war seine Antwort.)

⚓

Ah, Paris. U-Boot-Kommandanten leben und sterben für Paris. Es ist die Stadt des Lichts, die Stadt unserer Träume. *Absolument.*

Eines ihrer Glanzlichter ist natürlich das *Shéhérazade* – ein glitzernder Amüsiertempel in der Rue de Liège, in dem Kommandanten mit offenen Armen empfangen werden, um sie dann mit Wein, Weib und einem russischen Walzer zu betören. Es ist kein Geheimnis, dass weniger charakterfeste Kunden sogar ihr Haus verpfändeten, um sich noch länger mit den Damen des *Shéhérazade* zu vergnügen.

Bei meinem Zwischenstopp in der Stadt lernte ich ebenfalls eine dieser Damen kennen, hatte aber meine Gründe, ihren charmanten Avancen zu widerstehen – wobei der erste und wichtigste natürlich auf den Namen Elise hörte. Ich stellte aber auch schnell fest, dass Yvette – die dunkeläugige, engelsgleiche Yvette, mit der ich eine Flasche Piper Heidsieck teilte – ein gebrochenes Herz hatte. Ein Offizier, der erst unlängst in ihr Leben getreten war, wurde nach seinem letzten Einsatz als verschollen gemeldet. Ich hatte die Hoffnung, dass unser Gespräch die dunklen Wolken ein wenig vertreiben konnte – was aber natürlich nicht der Grund war, warum ich hier eingekehrt war. Ich beschloss also, mich verstärkt dem Champagner zu widmen.

Das *Shéhérazade,* eine Kombination aus Nachtclub und Restaurant, war eine Kreation von Wladimir – einem Weißrussen, der vor den Bolschewiken aus St. Petersburg geflohen war. Es war der Treffpunkt für russische Emigranten geworden, aber nicht minder für U-Boot-Kommandanten und dem Personal des Pariser Hauptquartiers. Selbst Dönitz wurde hier von Zeit zu Zeit gesichtet. Für einen Dresdner Jungen wie mich, war das *Shéhérazade* die fleischgewordene Exotik. Wände und Decken waren mit arabischen Stoffen behangen, die mit Quasten und Fransen reich verziert waren. Die Messinglampen mit ihren farbigen Kristallen brachten das Dunkelrot, Violett und Gold der Gobelins noch dramatischer zur Geltung. Das fein gearbeitete Tafelsilber – Gefäße, Aschenbecher, Vasen, Champagnerkübel – waren von erlesener Qualität.

In diesem bezaubernden Ambiente bekam das alte Seemannsgarn einen ganz neuen Glanz. Es waren nicht zuletzt die Geschichten der U-Boot-Kommandanten, die sich auf den Weg in die eisige Kälte machten – immer im Wissen, dass die feindlichen Schiffe überall auf sie lauerten. Die mit Glück und schierem Überlebenswillen ihr Boot zurück in den Hafen lenkten. Die triumphierten und ihren Triumph mit Fug und Recht zelebrierten. Denn anders als viele ihrer Freunde und Weggefährten, die nun nicht mehr mit ihnen feiern konnten, waren sie noch immer am Leben.

Ich hatte ganz gezielt seine Bekanntschaft gesucht. Erich Topp hatte 35 Schiffe versenkt und galt allen als leuchtendes Vorbild. Man hatte Topp inzwischen an Land versetzt und mit der Führung der *27. U-Flottille* in Gotenhafen beauftragt. Sein dortiger Stabschef war Teddy Suhren, der ebenfalls an Land versetzt worden war.

Seit Topp seinen Freund Engelbert Endrass verloren hatte – wie er selbst Absolvent der '34er Crew –, war er nicht mehr derselbe gewesen. Im Juni 1941 hatte ihm Hitler noch das Ritterkreuz mit Eichenlaub verliehen. Als

Endrass dann im Oktober auf seine zehnte Unternehmung ging, kam er nie wieder zurück.

Topp und Endrass waren unzertrennliche Freunde gewesen, die füreinander durch dick und dünn gegangen waren. Ihre Kameraden hatten sie Castor und Pollux genannt – nach den Zwillingen aus der griechischen Mythologie. Die Wirren des Krieges sollten sie für immer trennen. Topp überlebte, sein toter Freund bekam stattdessen noch die Gekreuzten Schwerter zu seinem Eichenlaub.

Topp war von der Ostsee auf einen Kurzbesuch nach Paris gekommen. Als ich ihn an einem stillen Ecktisch entdeckte, war er nicht mehr der Lebemann, der mit Endrass viele Nächte im *Shéhérazade* verbracht hatte. Er saß mit einer jungen Frau zusammen – einer russischen Tänzerin, deren Auftritt ich am Abend zuvor verfolgt hatte. Heute trug sie kein Kostüm, sondern schien sich privat um Topp zu kümmern. Mit ihnen am Tisch saß eine weitere Frau, in der ich eine ehemalige Endrass-Freundin vermutete. Die drei schienen nicht gerade in euphorischer Stimmung zu sein.

Ich zögerte einen Moment, mich bei ihm vorzustellen, obwohl wir – auf dem Umweg über Teddy Suhren – bereits indirekt miteinander bekannt waren.

„Gräf, ja. Ich erinnere mich. Teddy hat Sie über den grünen Klee gelobt."

Ich war mir nicht sicher, ob ich ihm glauben sollte.

„Ich gehe am 2. Januar wieder an Bord. Bin in Lorient stationiert."

„Wie Sie vielleicht wissen, hat man Teddy auch mit neuen Aufgaben betraut – er ist jetzt mein Stabschef."

Ich nickte. Es war mir nicht verborgen geblieben. Unsere Koryphäen hatten ihre Schuldigkeit getan und galten als zu wertvoll, als dass man sie noch weiter verheizen wollte. Es lag nun an den Nachrückern, in ihre Fußstapfen zu treten.

„Haben Sie vielleicht einen guten Rat zur Hand?“

Es war takt- und respektlos von mir – und ich spürte an seiner Reaktion, dass ich einen Schritt zu weit gegangen war. Er war offensichtlich nicht in der Stimmung, etwas *Geschäftliches* zu besprechen – wenn man's denn so nennen wollte.

„Ich räume das Feld, Herr Korvettenkapitän.“ Ich nickte kurz. „Meine Damen.“ Ich nickte erneut. „Ich wünsche noch einen schönen Abend.“

„Gräf, was wollen Sie denn von mir wissen?“

„Sie hatten nun mal einen unglaublichen Ruf bei Ihren Untergebenen, Topp. Sie wären Ihnen bis ans Ende der Welt gefolgt.“

Er dachte einen Augenblick nach. „Machen Sie sich die Mühe, Ihre Mannschaft kennenzulernen. Sie werden nicht alle von ihnen mögen, aber es ist immer von Vorteil, ihre Vorgeschichte zu kennen: wie sie auf Ihr Boot kamen, was für eine Familie sie zurücklassen.“

Ich war stolz, diese Faustregel schon seit Jahren zu befolgen.

„Und, Gräf: Tun Sie alles, um Ihre Schwächen zu kaschieren. Wir alle haben Schwächen – ob wir's nun zugeben oder nicht.“

„Einen schönen Abend noch, Topp.“ Ich zog mich zurück und ging wieder an den Platz, wo ich gesessen hatte. Yvettes Laune hatte sich noch immer nicht aufgehellt.

Schwächen. Wollte man der Marine-Akademie glauben, hatten wir überhaupt keine Schwächen. Nur um dann schnell zu lernen, dass Männer wie Prien und Schepke, Topp und Endrass ihre Schwachpunkte offen zugaben.

Ich räume gerne ein, dass diese Parade-Kommandanten eine größere Qualifikation hatten als ich. Andererseits hatten all ihre Talente nicht ausgereicht, sie vor dem Abschuss zu bewahren – Topp einmal ausgenommen. Die anderen drei hatten ins Gras gebissen, obwohl sie gerade auf dem Höhepunkt ihres Könnens standen.

Wir alle haben unsere Schwächen. In punkto Geduld etwa. Ich bin mir sicher, nicht die gleiche Geduld zu besitzen wie Topp. Zuversicht. Dutzende von Unternehmungen erfolgreich abgeschlossen zu haben, stärkt natürlich das Selbstvertrauen.

Ich wechselte mit Yvette an einen größeren Tisch und mischte mich unter Kameraden, die ebenso feierwillig waren wie ich. Ich hatte nicht die Absicht, meine Pariser Nächte in Unmut zu ersticken. Ich brauchte einfach etwas Trubel. Mit Champagner und einem gelegentlichen Cognac ging gleich alles viel besser. Wir hatten ein zünftiges Gelage, ohne dabei die elementaren Benimmregeln über Bord zu werfen. Selbst unsere lautstarken Versionen von *Das kann doch einen Seemann nicht erschüttern* hielten sich immer noch in zivilem Rahmen. Admiral Dönitz wäre stolz auf uns gewesen.

Yvette war eine charmante Ablenkung, aber nicht mehr. Ich hatte kein Interesse an einem solchen Abenteuer – was sie offensichtlich doch überraschte. Wir waren schließlich hier in Paris, wo die Lichter hell brannten und das Leben immer noch weiterging. Krieg oder nicht. Vielleicht hätte man von einem Mann etwas mehr Draufgängertum erwartet, doch damit konnte ich diesmal nicht dienen. Im Taxi fuhr ich mit ihr nach Hause und brachte sie brav bis zur Haustür ihrer Wohnung.

Das märchenhafte Idyll war komplett, als ein paar Schneeflocken vom Himmel flogen und sich auf ihr Cape setzten. Ihre Lippen waren die reinste Versuchung. Sie bat mich, mit hochzukommen. Für den Bruchteil einer Sekunde wurde ich schwach und zögerte, verwies den Draufgänger in mir dann aber doch in seine Schranken.

„Sie denken an Ihre Freundin. Wie wunderbar! So was passiert heute höchst selten."

Ich küsste sie zart auf die Lippen und beließ es dabei. Womöglich war sie selbst dankbar dafür. Sie hatte den Verlust eines geliebten Menschen noch nicht verkraftet und brauchte mehr Zeit. Wir trennten uns als Freunde. Und versprachen uns, bei meinem nächsten Paris-Besuch wieder zusammenzukommen.

⚓

Es war Mitte November 1942 – und die *Baccalieu* bereitete sich auf eine Fahrt vor, die womöglich die letzte in diesem Jahr sein würde. Wenn der Winter kam und die Eisschollen im Hafen trieben, konnte man St. Anthony nur noch mit dem Hundeschlitten verlassen. Es war ein mörderischer Trip durch extremes Terrain, den John nie durchgestanden hätte. Obendrein wollte er seinem Bein die Strapazen auch noch nicht zumuten. Als das Küstenschiff in den Hafen einbog und seine Leinen warf, konnte es John jedenfalls kaum noch erwarten.

Seine unausgesprochene Entschlossenheit, St. Anthony wieder zu verlassen, hatte seiner Mutter schwer zu schaffen gemacht. Sie hatte versucht, ihn zum Bleiben zu überreden – zumindest bis zum nächsten Frühjahr. Die Leute von der Mission würden ihm bestimmt einen Job anbieten.

Er hatte nicht mehr erwähnt, Soldat werden zu wollen, doch sie ahnte, dass er seinen Entschluss gefasst hatte. Warum sonst sollte er auch nach St. John's fahren?

Sam machte ihm keine Probleme. Er drohte nicht einmal an, ihm diesmal wirklich die Finger zu brechen.

Der Tag der Trennung kam – und das Wenige, das sie zu besprechen hatten, drehte sich um sein Versprechen, regelmäßig zu schreiben. Seine Mutter hatte ihre Zweifel und konnte ein Schluchzen kaum unterdrücken.

John drückte sie kurz an sich und drehte sich dann abrupt zum Boot. Ihr Blick folgte ihm den Landungssteg hinauf und bemerkte eine leichte Unregelmäßigkeit in seinem Schritt. Er stand für eine Weile an der Reling und schaute zu ihnen hinunter. Irgendwann aber wurde es ihm peinlich, inmitten von Passagieren zu stehen, die sich lauthals mit den Zurückgebliebenen unterhielten. Er verschwand im Inneren und kam nur noch einmal zur Reling zurück, als die Trossen gelöst und aufs Schiff gezogen wurden. Er hielt seine Hand in die Höhe, bis seine Mutter und Sam so klein waren, dass er sich unbeobachtet entfernen konnte.

St. John's war eine Stadt, die durch die Launen des Krieges ein neues Gesicht bekommen hatte. Als die Deutschen in Polen einmarschiert waren, hatte sich Neufundland dazu aufgerafft, eine Miliz zusammenzustellen, die im Zweifelsfall Neufundlands Hauptstadt verteidigen konnte. Nachdem immer mehr Indizien darauf hinwiesen, dass deutsche U-Boote die amerikanische Ostküste angreifen könnten, hatte man sogar ein Anti-U-Boot-Netz vor den Hafeneingang gespannt. Die Stadtbezirke wurden neu aufgeteilt, um besser auf die Flut alliierter Truppen vorbereitet zu sein, die Neufundland schon bald zu ihrem Brückenkopf Richtung Europa aufrüsten würden.

Es gab keinen Zweifel, dass St. John's seine militärischen Befestigungen dringend erneuern und ausbauen musste. Innerhalb weniger Monate hatte sich die Canadian Army in der Stadt breitgemacht, um schusssichere Verteidigungsanlagen am Hafen zu verstärken, moderne Geschützstände zu bauen und neuartige Suchscheinwerfer zu installieren. Am Cape Spear wurden zwei gewaltige Flugabwehrgeschütze positioniert, um die Stadt vor einem möglichen Bombenangriff zu schützen, Flak-Artillerien wurden am Flughafen in Torbay, auf dem Hill O'Chips und in den South Side Hills am Hafen aufgestellt. Am Ufer des Quidi Vidi Lake wurde sogar ein Gelände vorbereitet, das als mögliches Kriegsgefangenenlager genutzt werden konnte. Sollte Hitler seine Fühler nach Neufundland ausstrecken wollen, wäre er mit einer kleinen, aber giftigen Bastion konfrontiert worden, die ihre Waffen nicht ohne Gegenwehr gestreckt hätte.

Es dauerte nicht lange, bis die Armee auch von der kanadischen Air Force und Navy unterstützt wurde. Und im Januar 1941 brachte ein Truppentransporter 1 000 amerikanische GIs in den Hafen. Innerhalb weniger Wochen bezogen sie ihre Domizile in einem Camp mit 200 neuen Häusern, das sie Fort Pepperell tauften. Und das war erst die Vorhut. Tausende GIs sollten noch folgen.

Der jahrhundertealte Fischerhafen von St. John's mutierte unvermittelt zu einer aufstrebenden Militärbasis – komplett mit Zeltstädten, Aufmarschplätzen und Tanzlokalen. Durch die Kopfsteinpflaster-Straße der Stadt rollten plötzlich alle nur erdenklichen Militärfahrzeuge. Ausländische Flaggen wehten im Wind, wo man bisher nur den Union Jack kannte. Und die jungen Frauen der Stadt wollten ihren Augen nicht trauen, wie viele gutaussehende Männer sich nach St. John's verlaufen hatten.

Als John am Bahnhof Water Street ankam, hätte seine Stimmung nicht besser sein können. Es war nur ein kurzer Weg zum „Red Triangle", wie das örtliche YMCA genannt wurde. Er wollte seinen Aufenthalt so kurz wie möglich halten: Sobald seine Papiere beglaubigt und abgestempelt waren, wollte er den Trip an die europäische Front antreten. Jahre zuvor hatte er schon einmal im New Yorker YMCA übernachtet und hatte daran eigentlich ausnahmslos positive Erinnerungen.

Er hatte noch nicht mal einen Schritt durch den Eingang getan, als ihm das Herz in die Hose rutschte. Der ganze Eingangsbereich quoll über vor Soldaten, die herumlungerten, rauchten und miteinander schwatzten. Noch lauter war der Lärm, der von einem größeren, nicht überdachten Areal neben der Eingangshalle kam, wo man offensichtlich eine komplette Bar aufgebaut hatte.

John wandte sich an eine kesse junge Frau, die hinter einem breiten Schreibtisch saß. Sie lächelte ihn nachsichtig an. Das YMCA stehe ausschließlich dem Personal des kanadischen Militärs zur Verfügung, sie könne ihm beim besten Willen nicht helfen. Sie wünschte ihm noch viel Glück, gab ihrem Drehstuhl einen Schwung und setzte das Gespräch fort, das sie mit drei wichtigtuerischen jungen Offizieren geführt hatte.

Im *Caribou Hut* erging es ihm nicht besser. John kannte das wuchtige Ziegelstein-Gebäude am anderen Ende der Water Street, das arbeitslosen Seeleuten und Neuankömmlingen eine helfende Hand bot. Die Notunterkunft war von niemand anderem als Wilfred Grenfell ins Leben gerufen worden – und da er einst selbst für Dr. Grenfell gearbeitet hatte, schien ihm eine wohlwollende Sonderbehandlung nicht einmal unrealistisch. Dummerweise war auch dieses Gebäude unlängst in ein Soldatenwohnheim umgewandelt worden.

John stand wieder auf der Straße.

Er versuchte es im *Knights of Columbus*-Hotel und argumentierte vergeblich, dass er doch nur ein, zwei Tage brauche, um selbst eine schicke Uniform zu tragen, erntete aber nur einen kalten, abschätzigen Blick.

Er endete in einer überfüllten Pension in der Cabot Street, wo er sich das Zimmer mit einem Mann aus Carbonear teilte, der als Bauarbeiter in dem amerikanischen

Militärcamp arbeitete. Irgendwie schaffte es John, sein markerschütterndes Schnarchen zu überstehen, und trat frühmorgens die Flucht an.

Er machte sich auf die Suche nach einem Rekrutierungsbüro der *Royal Air Force*, wurde aber nicht fündig. Die Einberufung zur *RAF* war zum Stillstand gekommen, nachdem sich mehrere 100 Neufundländer einem Eignungstest unterzogen hatten. Die Zahl derer, die den strikten Kriterien genügten, war dummerweise so gering gewesen, dass man das Büro gleich geschlossen hatte.

Vielleicht wolle er es ja mal bei der Navy versuchen?

John tat, wie ihm angeraten, hatte aber auch bei der *Royal Navy* kein Glück. Nachdem die Alliierten in Nordafrika gelandet waren, gab es keine Truppentransporter mehr, die neue Rekruten über den Atlantik verschifft hätten. Genaugenommen gab es nicht mal genug Schiffe, um den Nachschub für England aufrechtzuerhalten.

Vielleicht würde er ja mehr Glück haben, wenn er privat eine Überfahrt nach England fände, um vor Ort sein Glück zu versuchen?

Das schien wirklich die einzig verbleibende Möglichkeit zu sein: Er musste auf einem der Handelsschiffe anheuern, die regelmäßig im Konvoi von Nordamerika nach England fuhren – und oft genug auch St. John's anliefen, um hier Kabeljau an Bord zu nehmen und die Überseepost.

Was ihn zu *Furness Withy* führte.

Die Handelsgesellschaft bereitete gerade ein Schiff vor, das sich dem nächstmöglichen Konvoi anschließen sollte – voraussichtlich noch im Dezember, aber kaum vor Weihnachten. Die *Tudor Prince* wurde gerade mit Fisch beladen, doch die Firma suchte noch nach ein paar Matrosen, die bereits Erfahrung auf einem Handelsschiff hatten.

Er sei genau der Mann, den sie gesucht hätten, sagte John. Der Typ hinterm Schreibtisch war nicht gerade begeistert – bis John erwähnte, dass er einer der *Caribou*-Überlebenden sei. Einen besseren Türöffner konnte es gar nicht geben. Der Mann ging in ein Hinterzimmer und kam mit einem anderen Mann zurück, der besser gekleidet war und Autorität verströmte. In der Hand hielt er den Teil einer Tageszeitung: *The Daily News* hatte erst unlängst die komplette Liste der Überlebenden veröffentlicht. Und da stand's schwarz auf weiß: John Gilbert, Steward.

Er bekam den Job, verschwieg allerdings, dass er die Rückfahrt nicht anzutreten gedachte. Bei seinem nächsten Neufundland-Besuch würde er die Uniform der *Royal Air Force* tragen und endlich der kriegserfahrene Held sein, von dem er immer nur geträumt hatte.

Um seinen Traum wahr werden zu lassen, musste er aber erst einmal zu seiner ungeliebten Pension zurück. Es war ärgerlich, aber er würde die nächsten zwei Wochen schon überstehen. Zumindest konnte er sein Bein weiterhin schonen. Und nach Charlotte suchen. Er hatte inzwischen wieder Boden unter den Füßen gewonnen und strotzte vor Tatendrang. Ob auch sie den Unterschied bemerken würde, stand allerdings auf einem anderen Blatt.

Charlotte, die er im Navy Hospital in der Forest Road traf, war sogar hocherfreut, als sie sah, wie gut er sich erholt hatte. Sie selbst hatte etwas länger gebraucht und erst unlängst wieder ihre Schicht im Krankenhaus aufgenommen. Und es sollte ihre aufreibende Arbeit sein, die sie endlich wieder im Alltag ankommen ließ.

Sie hatte sich für ihn ein paar Minuten freigemacht und führte ihn ins Wartezimmer, wollte seinen Besuch aber möglichst kurz halten. Ihre Fragen folgten keinem roten Faden – und ihre Antworten taten es noch weniger. Sie schaute regelmäßig auf die Uhr, die an der Brusttasche ihrer nagelneuen Uniform steckte. Und als sie aufstand, um zur Arbeit zurückzukehren, tat sie es mit demonstrativer Entschlossenheit.

John fragte, ob er sie noch ein weiteres Mal besuchen dürfe. Sie wollte sich nicht festlegen, schien die Möglichkeit aber zumindest in Erwägung zu ziehen. Als sie wieder auf ihrer Station verschwand, klammerte er sich an die Hoffnung, dass ihm das Glück vielleicht doch noch gnädig sein würde.

Als sie nach St. John's zurückkehrte, war Charlotte in einem erbärmlichen Zustand gewesen. Ohne dass John oder andere Passagiere es wussten, hatte sie sich dazu bereiterklärt, den Leichnam ihrer Freundin auf der Fahrt zu begleiten. Martha war die stellvertretende Oberschwester gewesen – und ihr Tod hatte im Krankenhaus einen kollektiven Schockzustand ausgelöst. Sie wurde mit allen Ehren auf dem Militärfriedhof der Stadt beigesetzt.

Es war nicht zuletzt die emotionale Unterstützung der anderen Schwestern gewesen, die Charlotte wieder auf die Beine geholfen hatte. Umso suspekter war ihnen jede externe Störung, die ihrer Genesung womöglich nicht zuträglich war. John war eine unbekannte Größe, der sie mit einer gesunden Skepsis begegneten.

Davon abgesehen, hatte John ohnehin schlechte Karten. In der Stadt wimmelte es nur so vor jungen Soldaten, die nach einer Romanze gierten. Es verging kein Tag, an dem Charlotte nicht mindestens einem Verehrer begegnete, der sie sofort zum Essen eingeladen hätte – wäre sie nicht umgehend auf Distanz gegangen, bevor ihr der Kavalier zu aufdringlich wurde.

Aber es war nur eine Frage der Zeit – zumal sie das Bedürfnis nach einem Mann in ihrem Leben verspürte. Es musste vor allem ein Mann sein, der sie nicht ständig an die Schreckensfahrt der *Caribou* erinnerte – und ein kanadischer Airforce-Lieutenant aus Victora, der sie heftig umgarnte, kam dieser Beschreibung schon erstaunlich nahe.

Es waren die dramatischen Umstände gewesen, die John in ihr Leben gespült hatten. Und offensichtlich waren es auch diese Umstände gewesen, die seinen Erinnerungen eine extreme emotionale Intensität verliehen hatten. Doch sie konnte und wollte seinen Bedürfnissen nicht weiter nachgeben. Sie war von Natur aus ein liebenswerter, offener Mensch, doch sie hielt es für ratsam, ihm nicht weiter Hoffnungen zu machen.

Im Gegensatz dazu, war es Johns Natur, die Hoffnung nie aufzugeben. Man könne doch vielleicht einen kleinen Spaziergang in der Gegend von Duckworth und Water Street machen, um sich die schönen Weihnachtsdekorationen anzuschauen? Oder zu einer der Tanzveranstaltungen gehen? Wie er erfahren habe, gab es diverse Bälle, die speziell fürs Militär organisiert wurden. Vielleicht würde sie ihn ja als ihren Gast mitnehmen wollen?

Anfang Dezember stand John mit Hunderten von anderen Schaulustigen auf der Harvey Road und beobachtete, wie ein unkontrollierbares Feuer das *Knights of Columbus-Hotel* in Schutt und Asche legte.

Er hatte mit drei anderen Gästen in ihrer Pension gesessen – vorschriftsmäßig hinter dicken, lichtabweisenden Vorhängen –, billigen jamaikanischen Rum getrunken und im Radio *Uncle Tim's Barn Dance* gehört – ein Live-Programm, das zufälligerweise aus dem benachbarten Hotel übertragen wurde.

Als Biddy O'Toole ihr *My Bonnie Boy in Blue* sang, hatten sie nicht zugehört und weitergeredet. Für alleinstehende Männer, die keine reelle Chance auf die traute Zweisamkeit hatten, war die Nummer einfach zu rührselig. *The Moonlight Trail* von Teddy Adams gefiel ihnen da schon deutlich besser, aber mitten im Song hörte die Musik plötzlich auf.

Man hörte Schreie, auch *Feuer! Feuer!*-Rufe, dann einen halbherzigen Versuch, mit der Musik fortzufahren, doch im nächsten Moment war das Radio endgültig stumm.

Die Männer sahen sich an, liefen zum Flur und griffen nach Stiefeln und Wintermänteln. Sekunden später waren sie vor der Tür und schlitterten auf der vereisten Straße zum Hotel. Sie blieben nicht allein. Aus den benachbarten Häusern stürzten die Anwohner nach draußen und machten sich auf den Weg zu der Feuersbrunst, die den dunklen Himmel in ein leuchtendes Rot verwandelte.

Johns erster Gedanke galt Charlotte. Hielt sie sich vielleicht in dem Hotel auf? Möglicherweise war sie ja von einem uniformierten Yankee zu der Tanzveranstaltung eingeladen worden.

Als sie sich dem Hotel weiter näherten, wurden ihre schlimmsten Befürchtungen bestätigt. Aus den oberen Fenstern quollen Flammen und Rauchschwaden, der gesamte Dachstuhl war bereits am Brennen, rasend schnell fraß sich das Feuer die Treppe hinunter und hatte nun auch den Tanzsaal erfasst. Innerhalb weniger Minuten war aus dem Hotel, komplett aus Holz gebaut, ein einziger Feuerball geworden. Wer nicht rechtzeitig hatte fliehen können, würde garantiert keine zweite Chance bekommen.

John war wie betäubt. Seine Hilflosigkeit brachte Gedanken zurück an den Horror, den er unlängst selbst durchlebt hatte. Und dann sah er tatsächlich sie. Ein uniformierter Soldat, mit Asche und Ruß ebenso bedeckt wie Charlotte, hielt sie nur mit Mühe aufrecht. Unkontrollierte Hustenanfälle schüttelten ihren Körper. Der Soldat hob sie schließlich mit beiden Händen hoch und trug sie davon. Innerhalb kürzester Zeit hatte sie bereits ihre zweite Katastrophe überlebt.

Es war das letzte Mal, dass er sie sehen sollte. Charlotte und ihr Offizier waren zwei von vielen, die das Feuer überlebten. 99 andere Gäste schafften es nicht.

Die Katastrophe beflügelte die Gerüchte: Das Feuer sei von einem deutschen Spion gelegt worden, den eines der

U-Boote an der Küste abgesetzt hatte – möglicherweise dem gleichen, das schon die *Caribou* und die Eisenerz-Frachter vor Bell Island versenkt hatte. In einer Stadt, in der es von Soldaten nur so wimmelte, hätte ein Geheimagent in alliierter Uniform problemlos untertauchen können. Es gab noch andere unerklärliche Feuer – an der Shamrock Field-Kaserne und dem Old Colony-Club –, die zwar schnell gelöscht wurden, die Unruhe aber trotzdem noch weiter bestärkten.

Die ganze Stadt war im Ausnahmezustand. Das Weihnachtsfest rückte in den Hintergrund, die Schaufenster in der Water Street verloren ihre Magie. Die Mitternachtsmesse begann mit Gebeten für die Verstorbenen und all jene, deren Verbrennungen noch in den Krankenhäusern behandelt wurden. Wenn Familien zum weihnachtlichen Festschmaus zusammenkamen, saßen nicht ungetrübte Freude, sondern Nachdenklichkeit und Schuldgefühle mit am Tisch.

Erst nachdem sich der Schnee über die Ruinen in der Harvey Street gelegt hatte, kehrte die Normalität in die Stadt zurück. Zur neuen Normalität gehörte allerdings auch, dass einlaufende Schiffsmannschaften von weiteren Treffern der deutschen U-Boot-Flotte berichteten. Diesmal waren es zwei Frachtdampfer, die auf dem Meeresboden verschwanden. Niemand überlebte. Als der erste Torpedo einschlug, hatten 40 Seeleute der *Montreal City* in Rettungsbooten ihr Heil gesucht, wurden aber nie mehr gesehen.

Als John am 3. Januar mit seinem Schiff auslief, musste er sich selbst Mut einreden. Die *Tudor Prince* war für Liverpool bestimmt – und allen war klar, dass es eine riskante Überfahrt werden würde.

Um acht Uhr am nächsten Morgen schloss sich die *Tudor Prince* als letztes Schiff dem Konvoi *HX 221* an, der am 29. Dezember in New York gestartet war. Am 1. Januar waren in Halifax weitere Frachter dazu gestoßen. Es waren insgesamt 38, die von sieben Kriegsschiffen – fünf Korvetten und zwei Zerstörern – der britischen und kanadischen Navy begleitet wurden. Die Führung des Konvois hatte Commodore B.B. Grant von der *Royal Navy* Reserve übernommen, der sein Kommando an Bord der *Abraham Lincoln* ausübte – einem norwegischen Frachtschiff, das für Glasgow bestimmt war.

Bei seinem letzten Einsatz – *HX 212* im Oktober – hatte Grant bereits auf dem gleichen Schiff gedient, diesmal aber als Vizekommandant. Die Atlantik-Überquerung war ein Desaster gewesen: sieben Schiffe torpediert, fast 300 Tote.

Grant rechnete diesmal mit stürmischem Wetter – was gewöhnlich Gift für U-Boote war. In den ersten beiden Tagen wurde sein Wunsch auch erfüllt. Er schrieb in sein Logbuch: *Schwere See und hoher Wellengang, dichte Wolkendecke mit Schnee und Schneeregen, überwiegend schlechte Sicht.* Danach verbesserten sich die Sichtverhältnisse, während die schwere See bis zum 9. Januar anhielt. Wenige Tage später nahm der Wellengang sogar noch weiter zu.

Er sollte auch noch in einem anderen Punkt vom Glück beschenkt sein. Einen Monat zuvor hatten die Briten, nachdem sie das Innenleben eines vor Port Said gestrandeten U-Boots analysiert hatten, den Code der letzten Version von Enigma geknackt – dem deutschen Chiffriersystem, das

Hitlers Geheimdienst-Experten bis zur Perfektion weiterentwickelt hatten. Erneut waren die Briten in der Lage, die Positionen von Dönitz' *Wolfsrudel* im Nordatlantik genau zu bestimmen. Am gleichen Tag, als sich die *Tudor Prince* dem Konvoi anschloss, erhielt Grant neue Anweisungen für die Routenplanung und veränderte umgehend seinen Kurs.

John bekam davon natürlich nichts mit. Er war voll damit beschäftigt, seinen Aufgaben als Steward nachzukommen, auch wenn ihm der hohe Wellengang das Leben schwermachte. Bei einer Länge von knapp 100 Metern, 1 900 BRT und 40 Mann Besatzung war die *Tudor Prince* nicht mit der *Caribou* vergleichbar. Dieser Job war wirklich nicht mehr als ein besserer Lückenbüßer.

Als John an Bord gekommen war, hatte ihm der Chefsteward seine Aufgaben erklärt. Seit Kriegsbeginn hatte der Mann den Atlantik mehr als ein Dutzend Mal überquert. Er erwartete, dass man seine Befehle kommentarlos ausführte.

Johns hauptsächlicher Aufgabenbereich war das Essen. Er musste einen Blick auf die Vorräte haben und festhalten, was bereits verbraucht worden war und was nicht. Er war dafür verantwortlich, das Essen pünktlich zu servieren und die Essensausgabe sauber zu halten. Vor allem aber musste die Hygiene aufrechterhalten werden – um jeden Preis! Sollte mangelnde Hygiene zu einer Lebensmittelvergiftung der Mannschaft führen, sei die Hölle los.

John rollte die Ärmel hoch und ließ sich auch von der stürmischen See nicht ablenken. Durch seine Zeit auf der *Caribou* war er gegen jegliche Form von Seekrankheit gefeit. Nur wenn er Essen vom Unterdeck auf die Brücke bringen musste, lernte er am eigenen Körper, dass der winterliche Nordatlantik eine unberechenbare Naturgewalt war.

Den widrigen Umständen zum Trotz kämpfte sich der Konvoi stetig voran. Die diensthabenden Wachoffiziere waren dankbar für das ungastliche Meer. Selbst wenn sich U-Boote in der Nähe aufhalten sollten, würden sie unter diesen Bedingungen nie und nimmer angreifen. Früher oder später mussten sie zwar an die Oberfläche, um mithilfe der Dieselmotoren ihre Batterien für die Versorgung der E-Maschinen zu laden, aber sie würden es sich mit Sicherheit verkneifen, einen Konvoi unter Beschuss zu nehmen.

Die Besuche auf der Brücke stellten sich schon bald als Highlights seines Jobs heraus. Auch wenn er nur ein unbedeutender Steward war, fand er sich plötzlich in der Mitte der zentralen Entscheidungsprozesse wieder. Er entwickelte eine Beziehung zu den wachhabenden Offizieren, die ihm manchmal sogar ein überzähliges Fernglas in die Hand drückten. Er lernte schnell, die anderen Schiffe des Konvois an ihren individuellen Merkmalen zu identifizieren.

Die Schiffe waren in Kolonnen aufgeteilt und fuhren in Reih und Glied – 500 Yard zwischen den Schiffen, 1 000 Yard zwischen den Kolonnen. Sie tauschten mehrfach ihre Positionen, wenn ein Schiff technische Probleme hatte und das Tempo nicht mitgehen konnte, welches Kommandant Grant vorgegeben hatte. Die Problemfälle wurden ausgesondert und mussten sich allein durchschlagen. Grant war jedenfalls nicht gewillt, die Sicherheit des Konvois wegen einiger Nachzügler zu gefährden. Die Maschinisten der betroffenen Schiffe machten sich hektisch an die Arbeit, um Reparaturen zu machen und den Abstand zum Konvoi hoffentlich bald wieder zu verkleinern.

Ein Schiff im Besonderen war John ins Auge gefallen. Es war noch kleiner als die *Tudor Prince* – etwa 12 Meter kürzer, schätzte er –, hörte auf den Namen *The Zamalek* und war ein Rettungsboot. Es hatte die Aufgabe, Überlebende von Schiffen aufzunehmen, die von deutschen U-Booten torpediert worden waren.

John hatte noch nie von einem derartigen Schiffstyp gehört. Die Rettungsschiffe, die er kannte, waren halbherzig umgerüstete Frachter oder Passagierschiffe, die von der britischen Admiralität angefordert wurden, nachdem auf der Nordatlantik-Route schwere Verluste verzeichnet worden waren – vor allem zu Kriegsbeginn. Echte Rettungsschiffe hatten ein niedrigeres Freiborddeck, um die Bergung zu vereinfachen, mehr Stauraum für Lebensmittel und Wasser sowie auch mehr Kojen, um Überlebende unterbringen zu können.

Nicht alle Konvois hatten den Luxus, ein Rettungsschiff in ihrer Mitte zu haben. Und die *Zamalek* stand sogar im Ruf, das beste von allen zu sein. Als ihr Schwesterschiff, die *Zaafaran*, versenkt wurde, war es die *Zamalek* gewesen, die alle Überlebenden an Bord genommen hatte.

Die Rettungsschiffe waren in Glasgow stationiert. Dahin kehrte auch die *Zamalek* zurück, nachdem sie zwei Konvois – *ON 151* nach Nordamerika und *HX 221* zurück – begleitet hatte.

Es stellte sich heraus, dass die Hilfe der *Zamalek* auf diesem Trip nicht gebraucht wurde. Der Konvoi geriet am 11. Januar noch einmal in schwere Unwetter, doch zu diesem Zeitpunkt hatten sich die *Tudor Prince* und fünf weitere Schiffe bereits vom Konvoi getrennt, um Liverpool anzusteuern. Am 13. Januar, bei klarem und sonnigem Wetter, schloss die *Zamalek* ihren Einsatz ab und kehrte nach Glasgow zurück.

Gut zwei Wochen später, am 2. Februar 1943, stach man erneut in See, diesmal als Begleitboot des Konvois *ON 165*. Der Zielhafen war nun St. John's in Neufundland. An Bord war auch das neueste Mitglied der Mannschaft – ein Mann aus Neufundland, der vor einigen Tagen in Glasgow aufgekreuzt war, um Captain Morris zu bestürmen, ihm einen Job zu geben. Er nannte sich Johnny Gilbert.

⚓

Ich traf in Lorient am 29. Dezember 1942 ein, nach einer strapazenreichen Zugfahrt, auf der ich mich in eine verbotene Kopie von Kästners Gedichten vertiefte. Nach meiner Ankunft ging ich unverzüglich zu Elise. Ihr Besuch bei den Eltern in München war anscheinend angenehmer verlaufen als meiner in Dresden. Der Urlaub hatte ihre Lebensgeister sichtlich angeregt, obwohl ihre beschwerliche Rückfahrt – genau wie meine – mehrfach unterbrochen worden war. Zugfahrten sind in diesen Tagen die reinste Tortur.

Wir fielen uns in die Arme, kaum dass wir die Tür geschlossen hatten. Ich hatte nur noch einige Tage, bis ich wieder an Bord von *U 69* gehen musste. Meine Hormone standen unter Hochdruck.

Sie war beunruhigt von der Tatsache, dass unsere Beziehung einmal mehr eine zeitlich begrenzte war. In meinen Augen war unsere Situation weitaus unkomplizierter: Wir beide liebten uns mehr als alles andere auf der Welt. Es lag nur an uns, heute unsere Liebe zu zelebrieren wie nie zuvor.

Doch tatsächlich war unser Stelldichein nicht so entspannt und harmonisch wie in den Wochen zuvor. Sie versuchte es, konnte aber nicht über ihren Schatten springen.

Interessanterweise waren es die Stunden danach, die unsere Beziehung vielleicht am besten beschrieben. Wir hatten uns unter dicken Decken zusammengekuschelt. Sie drückte ihre Brüste gegen meinen Rücken, streichelte mit der freien Hand meine Brust und rieb ihre Nase in meinen Nacken.

Als ich mich auf den Rücken legte, sagte sie: „Ich habe Angst um dich, Ulrich."

Sie wollte mein hochheiliges Ehrenwort haben, dass sich durch meine Abwesenheit nichts ändern würde, dass wir in sechs Wochen wieder genauso innig vereint seien wie heute.

Sie weinte, wollte sich aber nicht weiter erklären. Als wir uns angezogen hatten und wieder in die Welt hinausgingen, spürte ich ihre Distanziertheit aber erneut. Sie war nicht in der Lage, mir in die Augen zu schauen, sondern füllte das emotionale Loch lieber mit trivialen Floskeln – als habe sie Angst, dass sich anderenfalls das unsagbare Unheil dort breitmachen würde.

Sie war innerlich hin- und hergerissen. Als wir auf dem

Rathausplatz saßen, klang sie auch ungewohnt bitter, als sie aus heiterem Himmel sagte: „Was für ein sinnloser Krieg."

Ich fand mich in der undankbaren Situation wieder, den Krieg zu verteidigen, merkte aber schnell, dass ich ihre Zerrissenheit nur noch weiter verstärkte.

„Diese Nazis", schleuderte sie mir entgegen, „was wissen diese Leute schon?"

Ihr Tonfall, verbunden mit ihrer Wut, schien die Kluft zwischen uns nur noch weiter zu vertiefen. Wobei, wenn ich ehrlich bin, mein generelles Unbehagen hinter ihrem nicht einmal zurückstand. „Das Ende wird kommen", sagte ich. „So oder so."

Was natürlich auf jeden Krieg zutrifft, doch wie dieses Ende aussehen würde, wurde von Tag zu Tag fragwürdiger. Andererseits war es doch sehr ungewöhnlich, dass jemand seine Skepsis, ja Abschätzung, so öffentlich äußerte, wie es Elise tat. Sie war zumindest leichtsinnig – und der Blick, den ich ihr zuwarf, machte kein Geheimnis daraus, dass sie sich besser auf die Lippe beißen sollte.

Natürlich waren die Umstände nicht gerade die, die ich mir gerne gewünscht hätte. Unsere gemeinsame Zeit war knapp bemessen und wurde durch die beidseitigen Verpflichtungen noch weiter reduziert. Aber ich hatte mir fest vorgenommen, Lorient nicht gereizt und missmutig zu verlassen.

Ich hielt ihre Hand in der Tasche meines Trenchcoats, als wir über den verlassenen Strand von Larmor-Plage spazierten. Durch den Frost war der Sand hartgefroren – und die Wellen schwappten nicht mehr mit der gleichen Intensität auf den Strand, die wir beim letzten Mal erlebt hatten. Das *Hôtel du Lapin Blanc* war bis zum Frühjahr geschlossen, doch als die eisige Luft uns zu viel wurde, verkrochen wir uns auf die Terrasse, hockten uns eng umschlungen auf die Treppe und schauten hinüber zum Leuchtturm von Port-Louis. Der Tag war blass und unspektakulär – und nicht einmal der Leuchtturm war in Betrieb, da die U-Boot-Bunker von Lorient inzwischen von nächtlichen *RAF*-Bombern angegriffen wurden. Unser Spaziergang zur Küste schien der hilflose Versuch zu sein, die Magie der früheren Besuche neu erglühen zu lassen. Aber wir hatten immer noch uns selbst. Die Einsamkeit des Strandes hatte zur Folge, dass wir nur noch näher zusammenrückten. Da uns der Blick in die Zukunft versperrt war, blieb uns nichts anderes übrig, als unsere Gemeinsamkeit in der Gegenwart festzuhalten.

Wir hakten das Thema ab und bereiteten uns darauf vor, am nächsten Abend das neue Jahr standesgemäß zu begrüßen. Ich hatte Elise dazu überredet, mit mir den Offiziersclub zu besuchen – einen Ort, an dem sie noch nie gewesen war, obwohl sie in der Vergangenheit bereits mehrfach eingeladen worden war. Ich hatte mich auch kräftig ins Zeug legen müssen, um sie von dem Besuch zu überzeugen – wobei sie meine Versuche mit einem schallenden Lachen quittierte. Jedenfalls war es ihr danach leichter gefallen, meinem Vorschlag zuzustimmen: Wir würden erstmals als Paar offiziell in die Öffentlichkeit treten.

Als wir den Offiziersclub betraten, verstummten die Gespräche. In diesem Augenblick wurde mir klar, dass Elise eine Trophäe war, die diverse Männer im Raum vergeblich begehrt hatten. Ich genoss die Situation in vollen Zügen – zumal es hier einige respektable Offiziere gab, die auch einen höheren Rang bekleideten als ich.

Doch unser Eintritt war erst der Anfang. Welches Kleid Elise für ihren Auftritt gewählt hatte, erfuhr ich erst, als ich ihr aus dem unscheinbaren Mantel half, den alle Krankenschwestern hier tragen. Ich hielt den Atem an und wollte meinen Augen nicht trauen. Es war ein violettes, mit Spitzen und Pailletten besetztes Abendkleid, wie ich es noch nie gesehen hatte. Und dann erst der Ausschnitt! Er war so raffiniert geschnitten, dass er tief in ihr Dekolleté ging, ohne deshalb an Eleganz zu verlieren. Ich faltete ihren Mantel und legte ihn über meinen Arm. Und fing langsam wieder zu atmen an.

Das Kleid saß wie angegossen – bis hinunter zu den Knien, wo sich der spitzenbesetzte Saum langsam öffnete und ihre offenen Stöckelschuhe aufblitzen ließ. Die Ärmel reichten bis zu den Handgelenken und waren ebenfalls mit Spitzen verziert, an einem Arm trug sie dazu einen filigranen goldenen Armreif.

Ich stand noch immer fassungslos da, ihren Mantel über meinem Arm. Elise sah einfach so umwerfend aus, wie ich es mir nicht im Traum hätte vorstellen können. Als wir uns an einen Tisch setzten – in der Mitte zwischen Bar und Bühne –, spürte ich, wie sich der kollektive Neid um mich herum nur noch steigerte. Ich tat so, als würde ich nichts bemerken.

Ich tat mein Bestes, um dem feierlichen Anlass gerecht zu werden: Champagner musste es sein! Als die junge Kellnerin an unseren Tisch trat, übernahm Elise die Bestellung und orderte ihn in perfektem Französisch. Die nette Geste verfehlte ihre Wirkung anscheinend nicht. Als die Bedienung mit Eiskübel und Leinentuch wieder zurückkam, schien sie das Ritual des Entkorkens und Einschenkens mit besonderer Hingabe zu zelebrieren.

Ich ergriff mein Glas und flüsterte einen Toast in Elises Ohr: „Auf uns! Auf die Liebe! Auf unsere gemeinsame Zukunft! Prosit Neujahr!"

Ich bemühte mich, nicht *zu* enthusiastisch zu klingen, doch selbst das erschien mir riskant. Ich hatte Angst, dass es in Elises Ohr wie eine hohle Phrase klingen könnte, die den realen Gefahren der nächsten Wochen in keiner Weise gerecht würde.

Aber sie trug ihren Teil dazu bei, dass der Abend ein voller Erfolg wurde. Wir hatten geräucherten Lachs und Kaviar bestellt und beteiligten uns auch an der Konversation zwischen den Tischen. Wir gingen auf die Tanzfläche und tanzten Rumba – wenn man meine Versuche denn als *tanzen* bezeichnen wollte. Aber da ich bereits angeheitert war zu diesem Zeitpunkt, machte ich tapfer mit und ließ mich von ihr führen. Die Musiker auf der Bühne waren begeistert, während die Kernével-Trottel an der Bar uns anstarrten, als seien wir eine Schande für die ganze Kriegsmarine.

Um Punkt Mitternacht küssten wir uns und taten es so intensiv, wie es die Umstände erlaubten.

„Frohes neues Jahr!"

Einer der Trottel drängte sich zwischen uns, riss mir Elise aus dem Arm und drückte ihr einen Kuss auf die Lippen.

„Auf ein frohes 1943!“, krähte auch er und schob mir Elise wieder hinüber.

Ich drückte ihm meine flache Hand ins Gesicht und drängte ihn zurück. Das Schwein ging zu Boden – wohl mehr überrascht denn ernsthaft getroffen.

Augenblicklich schoben sich andere Offiziere zwischen uns.

„Gräf“, sagte der Kerl, der mich festhielt, „es ist Silvester. Er hat doch nur Spaß gemacht.“

Auch die anderen, selbst schon alkoholisiert, machten mir Vorwürfe. Plötzlich war *ich* derjenige, der ein schlechter Verlierer war. Sie waren wohl tatsächlich der Meinung, dass ich mich entschuldigen müsse. Der wahre Sündenbock stolzierte derweil von dannen und stellte sich siegesbewusst an die Bar.

Elise – offensichtlich gewillt, die aufgeheizte Situation zu entspannen – war wieder an unseren Tisch zurückgekehrt. Ich ließ mich auf den Stuhl neben ihr fallen.

„Ulrich, du bist betrunken.“

Sie meinte es nicht vorwurfsvoll, sondern wollte mich wohl in Schutz nehmen.

„Was für ein Idiot!“

Ich hielt mich mit weiteren Beschimpfungen zurück, um nicht noch mehr Staub aufzuwirbeln. Sie sagte nichts, sondern legte nur ihre Hand auf die meine. Ich rückte näher an sie heran. Als ich ihren wundervoll geschwungenen Hals aus der Nähe sah, wurde mir schummrig vor Augen. Wenn ich nicht einen letzten Rest Selbstbeherrschung gehabt hätte, hätte ich an Ort und Stelle ihren Hals geküsst.

„Komm aus der Schmollecke heraus“, sagte sie, „es ist nur vergeudete Zeit.“

Als der nächste Song angestimmt wurde und die allgemeine Aufmerksamkeit auf die Bühne lenkte, griff sie ihren Mantel und dirigierte mich nach draußen. Um die Bar schlugen wir einen weiten Bogen. Es war heftig am Schneien. Eng umschlungen gingen wir hinaus in das Wintermärchen, auch wenn wir kaum mehr sahen als die weißen Flocken, die vom Himmel herunterrieselten. Im Zentrum von Lorient zischten noch einige Leuchtkörper durch die Luft – wobei eine Rakete erst dann gezündet wurde, wenn die letzte verglüht war. Immerhin: Es war der Ansatz eines Lebenszeichens, dass die Bevölkerung ihre Hoffnung auf das Ende der Besatzung noch nicht aufgegeben hatte.

Doch plötzlich war es mit der Idylle vorbei. In der Ferne hörten wir das unverkennbare Röhren der feindlichen Flugzeuge. Es waren offensichtlich zwei *RAF*-Maschinen, die ihre Bomben auf die U-Boot-Bunker abwarfen und dabei Explosionen auslösten, gegen die das französische Feuerwerk wie Kinderspielzeug wirkte.

Doch wie schon bei ähnlichen Angriffen zuvor, richteten die Bomben keinen Schaden an. Die meterdicken Bunker taten unbeeindruckt ihren Dienst. Beschwipst wie ich war, verfolgte ich die Szene sogar mit Schadenfreude. Wäre ich nüchtern und ehrlich gewesen, hätte ich einräumen müssen, dass der aufziehende Sturm nicht mehr zu leugnen war.

Elise und ich standen eng umarmt im fallenden Schnee und warteten, bis die Bomber abgedreht waren. Wir hatten einander. Was immer die Zukunft bringen sollte, würde uns nicht trennen.

In dieser Nacht liebten wir uns mit einer Intensität, die fast schon an Verzweiflung grenzte. Ihre schiere Nacktheit schien jede Faser meines Körpers zu füllen. Ich versank so tief in ihr, dass ich laut aufgestöhnt hätte, wenn sie mir nicht rechtzeitig die Hand über den Mund gelegt hätte.

Frühmorgens war sie bereits auf den Beinen: Ihre Arbeit rief. In letzter Minute raffte ich mich auf, zog mir wahllos ein paar Klamotten über und wankte hinaus. Vermutlich sah ich wie eine Lachnummer aus.

Auf den Stufen vorm Eingang stand Metz und rauchte eine Zigarette.

„Guten Morgen." Er wollte mir augenzwinkernd zulächeln, doch mein drohender Blick stoppte ihn bereits im Ansatz.

Ich brachte Elise bis zur Straße. Sie machte sich auf den Weg zum Krankenhaus. Wir flüsterten uns das Versprechen zu, so schnell wie möglich wieder zusammenzukommen. Und ließen voneinander ab.

Wobei es nur noch einen einzigen Abend gab. *U 69* würde am morgigen Tag Lorient verlassen.

Ich drehte mich um, ging wieder hinein und warf Metz im Vorbeigehen einen angewiderten Blick zu. Er zuckte mit den Schultern, als sei er die Unschuld vom Lande.

Der Tag hatte mies angefangen, konnte also nur besser werden.

Was die Vorbereitungen auf *U 69* betraf, gab es noch alle Hände voll zu tun. Die Kriegsmarine stellte sicher, dass für lustvolle Gedanken an geliebte Personen keinerlei Zeit blieb.

Ich bemühte mich, den Vorbereitungen meine ungeteilte Aufmerksamkeit zu schenken.

⚓

Die *Zamalek* ist ein ausgefuchstes kleines Ding – wendig genug, um im Zweifelsfall den ganzen Konvoi umkreisen zu können, schnell genug, um ihre reguläre Position am Ende der sechsten Kolonne unbeirrt einzuhalten. Ihre erfolgreichen Einsätze sind bereits Legende und geben jedem Konvoi das Gefühl, im Notfall die Helfer gleich zur Hand zu haben. Die Besatzungen von *ON 165* sind jedenfalls dankbar, dass sich die *Zamalek* in ihrer Mitte befindet.

Johnny Gilbert ist eines von 45 Besatzungsmitgliedern – was ihm seinem Ziel einen großen Schritt näherbringt: endlich als Soldat seinem Land dienen zu können. Er ist sich der Risiken bewusst. Sein Leben ist genauso gefährdet wie das der regulären Soldaten. Sicher, er steckte schon oft in kritischen Situationen, doch diesmal ist es anders. Er ist nun aktiver Teil des Krieges geworden und freut sich fast schon darauf, endlich ein U-Boot mit eigenen Augen sehen zu können.

Die *Zamalek* ist Teil der Königlichen Hilfsflotte (RFA) und segelt unter dem Blue Ensign, der Flagge des Commonwealth. Sie ist kein Schlachtschiff, kein Zerstörer, verfügt aber über Waffen zur Selbstverteidigung – darunter vier Oerlikons 20mm und eine achtern montierte Bofors mit einem Kaliber von 40mm. Speziell ausgerüstet ist sie aber *für die Folgen* eines Angriffs – vor allem die Folgen eines tödlichen Torpedos, der von einem deutschen U-Boot abgefeuert wird.

Owen Morris, der Kapitän, ist ein urwüchsiger Waliser, der in seiner Freizeit gerne mal eine Opernarie schmettert, an Bord aber die Präzision in Person ist.

Er und sein Schiff haben sich als ein unschlagbares Team erwiesen – ob nun in stürmischer See, im Kugelhagel deutscher Flugzeuge oder bei der heiklen Operation, halberfrorene Überlebende aus eisigen Gewässern zu ziehen. Vier Monate zuvor, nachdem er einen Konvoi durch arktische Gewässer nach Russland begleitet hatte, erhielt Morris den *Distinguished Service Order* der britischen Krone. Er war erst der zweite Zivilist, der mit diesem Orden ausgezeichnet wurde.

Während der ersten Woche saugt Johnny alles in sich auf, was ihm die Funktionsweise des Schiffes näherbringt. Kapitän Morris erwartet das von all seinen Männern, selbst von dem Zweiten Steward. Wobei Johnny nicht nur den Kapitän beeindrucken will. Sicher, er ist dankbar, dass Morris ihm den Job überhaupt gab, doch seine primäre Motivation ist eine andere: Er ist wild entschlossen, endlich den Deutschen Paroli zu bieten – Mann gegen Mann.

Natürlich ist das naiv – und irgendwo in seinem Hinterkopf weiß er das auch. Die Wahrscheinlichkeit, irgendwann einem Deutschen direkt gegenüberzustehen, tendiert hart gegen Null. Wenn er Glück hat (oder Unglück, je nachdem), wird er vielleicht einmal den Umriss eines deutschen

U-Boots sehen, das langsam im Wasser verschwindet. Oder ein Periskop, das plötzlich aus dem Wasser auftaucht. Obendrein hat man ihm nicht mal ein Fernrohr ausgehändigt – und das Zielfernrohr seines Vaters liegt nun mit der *Caribou* auf dem Boden des Meeres. Nichtsdestotrotz ist es diese Hoffnung, die ihn Tag für Tag antreibt.

Der erste Teil ihrer Route führte sie aus dem schottischen Firth of Clyde an der Insel Arran vorbei, Irland lag steuerbord, während man weiter bis Liverpool dampfte, wo sich mehrere Handelsschiffe dem Konvoi anschlossen.

Erst als man das offene Meer erreicht, nehmen die Schiffe die Formation an, die sie auf der gesamten Überfahrt beibehalten. Die knapp 40 Schiffe – aus England, Norwegen, Jugoslawien, Dänemark, Schweden, Estland, Ungarn, Griechenland, Island und den USA – teilen sich in elf Kolonnen auf. 1 000 Yard beträgt der Abstand zwischen den Kolonnen, 800 zwischen den einzelnen Schiffen. Der gesamte Konvoi ist sechs Seemeilen breit und 1,3 Seemeilen lang.

Kommandant Casey, auf der *Empire Mariner* stationiert, ist für den gesamten Konvoi verantwortlich. Er kennt sich mit Geleitzügen aus – und hat seit Kriegsbeginn schon mehrere sicher über den Atlantik gelotst – hat aber auch Erfahrungen mit U-Booten. Im Ersten Weltkrieg diente er selbst auf einem britischen U-Boot und befehligte danach zwei Zerstörer. Im Mai 1940, als alliierte Truppen in Dünkirchen eingekesselt waren, beauftragte ihn die *Royal Navy* mit einer kniffligen Aufgabe: Er musste sichere Landungsplätze für die Vielzahl der Schiffe finden, mit denen die knapp 340 000 Soldaten in letzter Minute evakuiert wurden.

Die *Empire Mariner* fährt an der Spitze der sechsten Kolonne – genau in der Mitte des Konvois. Es ist die gleiche Kolonne, in der die *Zamalek* das Schlusslicht bildet. Die beiden Schiffe sind in ständigem Kontakt miteinander und entwickeln im Lauf der Überfahrt eine fast schon symbiotische Beziehung: Kapitän Morris hält dem Kommandanten den Rücken frei. Auf der *Zamalek* erkennt man oft schneller, wenn eins der Schiffe technische Probleme hat oder aus anderen Gründen vom Kurs abkommt. Beide Männer wissen genau, dass es immer Überraschungen geben kann – aus mechanischen oder meteorologischen Gründen. Wobei sich die eigentlichen Gefahren natürlich unter der Wasseroberfläche befinden.

Die *Zamalek* wurde 1921 im schottischen Troon gebaut und 20 Jahre später in den Govan-Docks von Glasgow zu einem Rettungsschiff umgerüstet. Der Umbau erwies sich zunächst als unzureichend, da die *Zamalek* – neben Lazarett und OP-Saal – nicht genügend Betten für Überlebende anbieten konnte. Bei ihrem zehnten Einsatz als Rettungsboot musste man 109 Überlebende in die *Zamalek* pferchen – die daraufhin erneut umgebaut wurde. Im folgenden Jahr begleitete das Schiff den berüchtigten *PQ 17* Konvoi nach Russland. Trotz ständigen Beschusses schaffte es das Boot bis nach Archangelsk – und zog unterwegs 154 Überlebende aus dem Eis der arktischen Gewässer. Es war die Fahrt, für die Morris die Ehrenurkunde der *Royal Navy* erhielt.

Die Männer, die ihn auf diesem Höllentrip begleiteten,

sind die gleichen, die Johnny diese heroischen Geschichten erzählen. Sie sind unglaublich stolz auf ihren Kapitän – und sind sich absolut sicher, dass niemand sonst diese Tour hätte durchziehen können. Johnny wähnt sich also in guten Händen.

Optimistisch stimmt ihn auch, dass *Zamalek* und *Empire Mariner* beide mit HF/DF-Funkpeilung ausgestattet sind. Allein die *Zamalek* hat drei Funkexperten an Bord, die das „Huff-Duff" bedienen. Sobald ein U-Boot einen Funkspruch absetzt, kann es geortet und vom Konvoi abgedrängt oder angegriffen werden. Neben dem Knacken des Enigma-Codes ist die Funkpeilung der primäre Grund, weshalb das Blatt auf dem Atlantik sich langsam zu wenden beginnt. Die U-Boote haben jedenfalls nicht mehr die Narrenfreiheit, die sie bislang genossen hatten. Greifen sie an, müssen sie damit rechnen, dass die *Royal Navy* umgehend zurückschlägt und „die Bastarde in die Hölle schickt" – wie es einer der drei Funker Johnny gegenüber formuliert. Allein diese Vorstellung zaubert ein diabolisches Grinsen auf ihre Gesichter.

Dem Konvoi *ON 165* war die *Escort Group B6* zugeteilt worden. Eine Woche nach Beginn der Überfahrt sah Johnny, wie die *HMS Fame* (F-Class) und die *HMS Viscount* (V-Class) zu ihrem Trupp aufschlossen. Es waren zwei Zerstörer, die eine beträchtliche Feuerkraft mit in die Waagschale warfen. Zusammen mit den bereits vorhandenen Korvetten waren es nun also sieben Kriegsschiffe, die den Konvoi beschützten. *B6* wurde von dem 41-jährigen Ralph Heathcote auf der *Fame* befehligt.

Heathcote hatte erst im August das Schiff übernommen. Sein erster Begleitschutz hatte ihn im Oktober über den Atlantik geführt. Das *Wolfsrudel Wotan* versenkte acht der alliierten Schiffe, die im Konvoi *SC 104* fuhren, nur zwei deutsche U-Boote standen auf der Habenseite, darunter *U 353*, das von der *Fame* versenkt wurde. Im Dezember brach der Zerstörer zu seiner nächsten Atlantikfahrt auf und übernahm auf halbem Weg den Schutz von *ON 154*, nachdem 18 U-Boote der *Wolfsrudel Spitz* und *Ungestüm* den Konvoi angegriffen hatten.

Heathcote wurde das Kommando übertragen, nachdem der reguläre Kapitän einen Nervenzusammenbruch erlitten hatte. Der Unerfahrenheit des Mannes waren 14 Schiffe und 546 Mann zum Opfer gefallen. Es war einer der größten Verluste, die alliierte Konvois im Zweiten Weltkrieg zu beklagen hatten.

Casey, Heathcote und Morris mussten also auch weiterhin auf der Hut sein – zumal sich die *Consolidated Liberators* gerade von ihnen verabschiedet hatten. Die schweren, viermotorigen *RAF*-Bomber hatten eine begrenzte Reichweite und mussten zur Basis in Island zurückkehren.

Am 15. Februar 1943 beginnt die Fahrt durch das berüchtigte Greenland Gap – eine 300-Meilen-Passage südlich von Grönland, die in Seefahrerkreisen auch gerne „Das schwarze Loch" genannt wird. An diesem Punkt müssen die Konvois auf ihren Luftschutz verzichten und darauf warten, dass *RAF*-Maschinen in Neufundland den einlaufenden Konvoi übernehmen. „Das schwarze Loch" ist für alle Kommandanten ein ständiges Risiko. Das Loch müsse drastisch schrumpfen, argumentieren sie, können aber nicht verhindern, dass das britische Oberkommando den Operationen über Deutschland Priorität einräumt. Mehr Flugzeuge und eine Basis in Grönland würden sicherstellen, dass Schiffe und zahllose Menschenleben gerettet werden könnten. Bei den Bürokraten in London stoßen ihre Argumente aber stets auf taube Ohren.

Ein Schotte namens Hugh MacKinnon ist es, der Johnny unter seine Fittiche nimmt. Hugh kommt aus Skye auf den Hebriden – wie erstaunlich viele Männer der Mannschaft. Auf der Inselgruppe sind sie schon als Kinder mit der Schifffahrt großgeworden – was für Kapitän Morris diejenige Qualifikation ist, auf die er am meisten Wert legt. Johnny erwähnt in diesem Zusammenhang, dass sein väterlicher Großvater aus Schottland stamme. Wer weiß, vielleicht kam er ja sogar von den Hebriden? Doch natürlich hat er für seine Theorie keinerlei Belege.

Hugh ist kein Deckhelfer, ist auch kein Teil der eigentlichen Rettungstruppe, sondern arbeitet – wie Johnny – in der Kombüse. Sollte im Rettungsteam aber einmal Not am Mann sei, wissen sie, wen sie als Ersten ansprechen würden.

Johnny brauchte eine Weile, um sich an Hughs Akzent zu gewöhnen – und wenn die Schotten miteinander sprechen, klingt es in seinen Ohren noch immer wie Kauderwelsch. Redet er aber allein mit Hugh, hat er keine Probleme. Durch seine Jahre auf der *Caribou* hat Johnny viel von seinem Akzent verloren, kann notfalls aber immer noch in seine alte

Rolle hineinschlüpfen. Manchmal geraten die beiden richtig in Fahrt und schlagen sich die regionalen Kraftausdrücke gegenseitig um die Ohren – was die Kombüsen-Mannschaft bereits als reichlich anstrengend empfindet.

Eines gibt es, auf das Hugh besonders stolz ist: seine Kenntnisse in Sachen Whisky. Bevor der Krieg an der Tür klopfte, war er Assistent des Brennmeisters, der in Skye den Single Malt-Whisky *Talisker* destillierte. Als nach Kriegsbeginn die vorhandene Gerste gegen überlebenswichtige Güter eingetauscht werden musste, konnte die Destillerie ihre Produktion nicht mehr fortsetzen.

Hugh hat sich heimlich zwei Flaschen zurückgelegt – eine für die Hinfahrt, eine für die Rückfahrt. Da man ihm zum Abschied ein kleines Fässchen vermacht hatte, ist er sogar optimistisch, den ganzen Krieg mit seinem Vorrat aussitzen zu können.

Die anderen Matrosen haben es längst aufgegeben, ihn auf seinen Single Malt anzusprechen. Sie wissen genau, dass er ihn mit niemandem teilt. Umso mehr ist Johnny überrascht, als ihn Hugh eines Abends zur Seite nimmt. Johnny fühlt sich geehrt, muss sich zunächst aber erst eine Lektion anhören, wie man Whisky zu trinken habe. Man müsse sich, wie Hugh es nennt, *der ganzen Breite seines Spektrums öffnen.* Und so frönen sie dann einem Ritual, das sie mit niemandem teilen.

Männliche Cliquen waren Johnny eigentlich immer schon suspekt. Er findet seine Identität eher darin, an unerwarteten Orten aufzukreuzen, unüberschaubare Konfrontationen zu suchen, ja sich selbst beim Untergang der

Caribou in einer Sonderrolle zu sehen. Es habe ihm, sagt er, zumindest eine neue Perspektive aufs Überleben gegeben. Insofern macht er sich auch keine Sorgen, wie es mit der Sicherheit ihrer momentanen Überfahrt bestellt ist.

Hugh wundert sich, so viel Übermut aus dem Mund eines Menschen zu hören, der noch nie auf einem Rettungsschiff gearbeitet hat. Er warnt ihn, die Klappe nicht zu weit aufzureißen, weil er's sonst noch bereuen würde. Der Käpt'n habe für Leichtsinn nichts übrig – vor allem, wenn der betreffende Kandidat noch unbedarft sei und keine Erfahrung habe.

Johnny sackt in sich zusammen – oder macht zumindest den Eindruck, als habe er die Lektion verstanden. Er möchte seinen Kameraden nicht unter die Nase reiben, wie groß sein Hass auf die Mörder ist, die seine *Caribou* versenkt haben.

Es ist ein Impuls, der inzwischen sein ganzes Denken beherrscht. Wenn die anderen Männer über ihre Frauen sprechen, hält er den Mund. Wenn sie ihm erzählen, wie sie ihre freien Tage auf Islay oder Lewis verbringen, zuckt er mit den Schultern. Nur mit Hugh spricht er – und das sogar viel und oft. Er muss daran denken, dass Sam und sein Vater im Ersten Weltkrieg ein ähnliches Gespann gebildet haben müssen. Eigentlich braucht man nicht mehr als einen guten Freund, die anderen stehen nur im Weg.

Es kommt der Tag, an dem Hugh Klartext mit ihm redet. Er hakt so lange nach, bis bei Johnny endlich die Dämme brechen: Ja, gibt er zu, sein Leben sei völlig verkorkst.

Er lässt sich mehr in die Karten schauen denn je zuvor

und erzählt von seinen Begegnungen mit Miss Fitzpatrick, dem dramatischen Tod der Strickland-Kinder und … Er hält inne.

Hugh ahnt schon, dass irgendwo auch noch eine Frau im Spiel sein muss, will ihn aber nicht weiter drängen.

Die *Nachttöpfe*, wie er die Deutschen ob ihrer runden Stahlhelme nennt, sind uns ganz schön auf der Nase herumgetanzt, sagt er stattdessen. Die nächsten Monate werden entscheidend sein. Wenn die Engländer das Blatt nicht bald wenden können, haben wir verschissen.

Seine drastischen Worte verfehlen nicht ihre Wirkung. Johnny hat noch niemanden getroffen, der die Lage so zynisch beschreibt wie Hugh. Er braucht eine Weile, um die neuen Informationen zu verarbeiten.

Am 16. Februar 1943 schert das erste Schiff aus dem Konvoi aus. Johnny verfolgt vom Deck aus, wie die *Atlantic Sun* – das dritte Schiff in der Kolonne neben ihm – ihre Position verlässt. Der amerikanische Tanker, der unbeladen auf der Heimreise ist, war von Island aus zum Konvoi gestoßen, meldet nun aber mechanische Probleme. Mit etwas Glück werden die Ingenieure so schnell eine Lösung finden, dass die *Atlantic Sun* wieder zum Konvoi aufschließen kann. Natürlich muss man sich um Schiff und Mannschaft Sorgen machen, aber mehr kann man im Moment einfach nicht tun.

⚓

Ist man erst einmal auf See, löst sich der emotionale Faktor Frau schnell in Luft auf. Die unstillbare Sehnsucht sorgt in kürzester Zeit dafür, dass sie sich in eine unerreichbare Fata Morgana verwandelt. Man hat geradezu Angst, sich in die Arme der Hoffnung zu flüchten. Vielleicht ist es besser, sie von vorneherein aus dem Kopf zu verbannen. Einmal an Bord, sollte man sein Herz auf einen mechanischen Muskel reduzieren.

Meine Tage und Nächte werden immer unerträglicher. Als wären die eisige Kälte und die aufgewühlte See nicht schon genug, kommt nun auch noch Nebel auf, der sich wie eine dicke Decke über uns legt. All unsere Pläne sind Makulatur. Wir sind so frustriert, dass wir uns genervte Kommentare wie „Schweinewetter" nicht verkneifen, wenn wir unsere täglichen Positionsmeldungen ans Hauptquartier durchgeben.

Die ständigen Standortmeldungen waren notwendig geworden, nachdem Dönitz die „Rudeltaktik" noch weiter perfektioniert hatte. Und trotzdem bleiben die *Wolfsrudel* inzwischen hinter den Erwartungen zurück. *Wolfsrudel.* Im Englischen, geht es mir durch den Kopf, klingt das Wort mit Sicherheit noch gefährlicher als im Deutschen.

In jedem Fall werden die Alliierten über die lahme Ausbeute von *Wolfsrudel Haudegen* keinen Schlaf verloren haben. Unser *Wolfsrudel* war auf 13 Boote geschrumpft (plus sieben, wenn man zwischenzeitliche Zu- und Abgänge mitrechnen will) – und wir hatten nicht mehr vorzuweisen als zwei versenkte Boote – ein Brite, ein Norweger – mit gerade mal 13 000 BRT. Was für eine Pleite.

Die meisten U-Boote fuhren seit einem Monat im Rudel und bildeten nun im Nordosten von Neufundland einen Halbkreis – immer noch in der Hoffnung, einen fetten Konvoi vors Rohr zu bekommen. Brennstoff und Zeit wurden knapp. Und immer akuter wurde die Frage: Was kommt zuerst – ein Konvoi oder der Befehl, nach Frankreich zurückzukehren? Immerhin gibt es noch die Möglichkeit, auf dem Rückweg völlig ungeplant einem Geleitzug über den Weg zu laufen. Einem meiner Mitstreiter vom Dänholm, Graf von Soden-Fraunhofen, passierte genau das.

Es war ausgerechnet dieser blasierte aristokratische Pinkel, der mit *U 624* eins der beiden Schiffe versenkte, die *Haudegen* für sich reklamieren konnte. Er begegnete dem allein fahrenden Schiff, das Kontakt zu seinem Konvoi verloren hatte, südlich von Grönland, und verpasste ihm zwei Torpedos. Ein paar Tage später hatte er nochmal Dusel: Gerade als er aus dem Hauptquartier die Anordnung erhalten hatte, endgültig in die Heimat zurückzukehren, kam ihm ein weiterer Konvoi vor die Flinte.

Doch zu viel Glück ist manchmal auch nicht gesund. *U 624* war gerade aufgetaucht und hatte eine Funkverbindung mit dem Hauptquartier aufgebaut, wurde dabei aber von einem *RAF*-Bomber abgehört und umgehend mit Wasserbomben eingedeckt. Keiner der 45-köpfigen Besatzung überlebte. Soden-Fraunhofen neigte schon immer dazu, den Mund zu weit aufzureißen.

Die Feindfahrten am Greenland Gap erwiesen sich aber nicht nur wegen des Wetters als deprimierend. Im ganzen

Haudegen-Wolfsrudel ist die Moral bis auf den Tiefpunkt gesunken. Zwei Wochen zuvor kam die Nachricht, dass *Der Löwe,* wie Dönitz genannt wurde, das taktische Kommando über die U-Boot-Flotte aufgeben würde. Er wurde im Januar 1943 unter Beibehaltung seiner Stellung als Befehlshaber der U-Boote zum Oberbefehlshaber der gesamten Kriegsmarine ernannt und von Paris nach Berlin versetzt.

Ich möchte wetten, dass es nicht einen U-Boot-Kapitän gibt, der die Nachricht positiv aufgenommen hätte.

Als sich die Nachricht wie ein Lauffeuer herumspricht, ist die Reaktion in der ganzen Besatzung verheerend: Selbst in schwierigen Zeiten gab uns Dönitz immer den nötigen Mut.

Wir sind nun seit 45 Tagen auf See. Die zermürbende Routine und das deprimierende Wetter haben unsere Moral gebrochen. Wenn wir nicht gerade tauchen, ist an regulären Schlaf nicht mehr zu denken. Eine vernünftige Mahlzeit hat es schon seit Wochen nicht mehr gegeben. Die Nerven liegen blank, die Stimmung ist gereizt. Der einzige Effekt meiner eigenen Schimpftiraden besteht darin, meine schlechte Laune auf ein erträgliches Maß zu reduzieren. Eine undefinierbare Rastlosigkeit hat sich im ganzen Boot breitgemacht.

Endlich kommt aus dem Hauptquartier die Ansage, *Wolfsrudel Haudegen* aufzulösen. Vier Boote, die noch ausreichend Brennstoff haben, müssen bleiben und bilden nun *Wolfsrudel Taifun.* Die armen Schweine. Die restlichen neun Boote dürfen die Heimfahrt antreten.

Gott sei Dank!

Ein grenzenloser Jubel bricht im Boot aus, als ich die Ansage mache. Einige Kommandanten würden ihre Mannschaft dafür bestrafen, das Verlassen der Front mit einem derartigen Freudengeschrei zu feiern. Ich zähle mich nicht zu ihnen. Jeder von uns hat seine Grenzen, wir alle brauchen dringend eine Ablösung. Mich selbst eingeschlossen.

Innerhalb einer Stunde haben wir unsere Route ausgearbeitet und den Segen des Hauptquartiers bekommen. Die Tage des nervenaufreibenden Nichtstuns sind für *U 69* vorbei. Wir können wieder unsere eigenen Entscheidungen treffen. Allein schon das ist ein Grund zum Optimismus.

Zum ersten Mal seit Wochen erlaube ich es mir, einen Gedanken an Elise zu verlieren. Aber nur kurz.

Der Leitende Ingenieur platzt herein. Schieder hat die Geschwindigkeit errechnet, um mit dem vorhandenen Brennstoff heil nach Hause zu kommen. Wir würden zwar Lorient mit fast leeren Tanks erreichen, aber wir würden es schaffen. Falls notwendig, müssen wir natürlich auch noch mal tauchen, doch ich bin zuversichtlich, auch ohne Tauchgänge durchkommen zu können.

Zwei Stunden später ruft mich Hebestreit in sein Funk-Kabuff. Es gibt Neuigkeiten von *U 607* – einem anderen *Haudegen*-Boot, das auf der Rückfahrt nach Frankreich ist. Was hat Mengersen vor? Er ist zweifellos einer der gescheitesten Köpfe der Kriegsmarine und dürfte ein Dutzend Abschüsse auf seinem Konto haben. Anscheinend ist ihm das Glück noch einmal hold. Er habe ein unbegleitetes Schiff entdeckt, mit dem er sein Konto noch schnell aufbessern könne. Und tatsächlich: Es ist ein Ami-Tanker. Um die 10 000 BRT, schätzt er. Mein aufrichtiger Neid ist ihm sicher.

Auch wenn das Schiff jetzt unbegleitet ist, muss es irgendwann Teil eines Konvois gewesen sein. Mit Sicherheit wird Mengersen die Augen nach weiteren Booten aufhalten, doch da sich das Wetter gerade rapide verschlechtert, dürften die Chancen auf weitere Treffer nicht allzu gut sein. Auf der Beaufort-Skala messen wir bereits Windstärke 9. Wir haben es tatsächlich geschafft, uns zum Abschied noch einmal in einen ausgewachsenen Nordatlantik-Sturm zu verirren.

Ich bereite mich für die Brücke vor. Die wasserfesten Klamotten – gummierter Ledermantel und ebensolche Hosen – sind unglaublich schwer. Dazu stopfe ich mir noch ein Handtuch in den Nacken, ziehe die wärmeisolierenden Handschuhe über und knote mir den Südwester unterm Kinn zu.

Oben auf der Leiter lausche ich für einen Moment den Brechern, die auf die Luke schlagen. Ich warte auf ein Wellental, stoße mich nach oben auf die Brücke und schließe umgehend die Luke hinter mir zu.

Hier draußen ist die Hölle los. Der Eisregen peitscht seitwärts gegen das Schanzkleid und die vier armen Schweine, die unter diesen absurden Bedingungen ihren Dienst tun müssen. Die tiefhängenden Wolken sind grau und bedrohlich und gehen am Horizont in pechschwarze, von schmutzigen Schaumflecken gekrönte Wogen über. Der Wind ist so brutal, dass sich die Männer auf der Brücke festgezurrt haben. Statt eines Kopfes sieht man nur den schmalen Streifen eines geröteten Gesichts, das unter der Öl-Kappe hervorlugt.

„Kapitänleutnant!“ Umbeck weiß die Tatsache zu schätzen, dass ich mich aus den Eingeweiden des Bootes nach oben gequält habe. Die anderen Drei drehen sich zu mir um. In ihren wettergegerbten Gesichtern sehe ich so etwas wie Stolz – Stolz, all diesen Widrigkeiten zum Trotz noch immer am Leben zu sein.

Ich informiere Umbeck, was ich über *U 607* erfahren habe, doch meine Worte verwehen im Wind. Mein Urteil habe ich ohnehin längst gefällt: Wenn wir unter den gegenwärtigen Umständen ein feindliches Schiff entdecken würden, käme kein U-Boot-Kapitän auf die Schnapsidee, das Schiff anzugreifen. Tatsächlich macht sich Umbeck auch weitaus mehr Sorgen, dass ich immer noch nicht festgezurrt bin – obwohl wir gerade durch gigantische Wellentäler schlingern. Er hält mich fest, als eine sprühende Welle über uns zusammenbricht. Ich gehe zu Boden, doch Umbeck hat mich noch immer im Griff und hilft mir auf die Beine. Mit beiden Händen umklammere ich das obere Rohr des Schanzkleides und drücke so fest, dass mir die Knöchel in den Handschuhen schmerzen. Ich bedanke mich bei Umbeck mit einem Grinsen.

Ich gehe noch ein zweites Mal zu Boden, treffe dann aber den einzig weisen Entschluss: Ich lasse die Wach-Mannschaft ihren Dienst tun und ziehe mich in den Turm zurück. Eine helfende Hand befreit mich aus den durchnässten Klamotten. Es kann mir gar nicht schnell genug gehen. „Die

Schneiderlein der Kriegsmarine wissen wohl nicht, wie's auf dem Nord-Atlantik zugeht", sagt der Mann und grinst.

Ich bin nass und praktisch nackt und halte mich immer noch an der Leiter fest, um nicht das Gleichgewicht zu verlieren. Der Mann, dem wohl meine Würde am Herzen liegt, reicht mir eine Decke. Ich werfe sie mir über die Schultern und verdrücke mich in mein Privatquartier, während er mit meinen Klamotten ins Heck geht. Er wird sie an beiden Seiten des Torpedorohrs aufhängen – noch immer der beste Platz, wenn man im Boot etwas trocknen will.

Eine Mannschaft bei Laune zu halten ist unter diesen Umständen ein Ding der Unmöglichkeit. Wir alle brauchen zumindest den Hauch von Normalität. Ich suche den Leitenden Ingenieur auf und befehle den Tauchgang. Schieder schaut mich an, als wolle er meine geistige Gesundheit infrage stellen.

Er gibt die notwendigen Anweisungen. Kaum sind die vier Wachleute wieder an Bord, neigt sich das Boot nach vorne. In 50 Meter Tiefe ist das Gleichgewicht wieder in unsere Welt zurückgekehrt. Ein Mann kann wieder aufrecht stehen, ohne gleich befürchten zu müssen, seinen Kopf in ein Handrad zu rammen. Ein Mann kann zivilisiert am Tisch sitzen, ohne Gefahr zu laufen, dass sein Teller mit dem geschmacklosen Süppchen auf dem Fußboden landet. Man hat wieder die notwendige Zeit, um sich die Frage zu beantworten, warum man überhaupt auf einem U-Boot gelandet ist. Ich arbeite mich durchs Boot und versuche mit jedem Mann einzeln zu sprechen. Lorient ist das Wort, das mir dabei am häufigsten über die Lippen kommt.

Auch wenn ich weiß, dass die neugewonnene Gelassenheit nicht von Dauer sein wird, gibt sie uns zumindest den Glauben zurück, dass wir früher oder später wieder ein normales Leben führen werden. Die meisten von uns nehmen die Gelegenheit wahr, ihr Äußeres so weit auf Vordermann zu bringen, dass sie wieder halbwegs den Männern ähneln, die vor sieben Wochen an Bord gingen. Es ist ein erstes Indiz, dass Optimismus tatsächlich noch möglich ist.

Nur Hagemann lässt uns demonstrativ wissen, dass er keinen Wert auf sein Aussehen legt. In seinem Bart kleben die Reste der letzten Mahlzeit – und die Wunde auf seiner Stirn, die er sich beim unfreiwilligen Kontakt mit dem Periskop zuzog, müsste dringend gesäubert und verbunden werden. Er lehnt es ab, die Wunde nähen zu lassen, sondern behauptet, dass das Seewasser auf der Brücke ausreichend sei, um Infektionen zu verhindern.

Wenn man ihn anspricht, redet er stundenlang wie ein Buch, würde aber nie auf den Gedanken kommen, selbst ein Gespräch anzufangen. Er will nie ein Thema vertiefen – oder *suggeriert* uns zumindest, dass er daran nicht interessiert sei.

„Einmal tief durchatmen, Oberleutnant!"

Er schnauft und macht ein Geräusch, das fast wie ein Wort klingt, aber letztlich doch unverständlich bleibt. Er vermittelt oft den Eindruck, als würde er lieber ignoriert werden – doch wenn man's dann tut, ist er auch wieder eingeschnappt.

„Sie sind ein alter Seebär, Hagemann, selbst wenn Sie noch jung an Jahren sind. Es ist nur eine Frage der Zeit, bis die Kriegsmarine Sie zu Höherem beruft." Ich habe noch nie so unverblümt mit ihm gesprochen, aber es stimmt schon: Das Hauptquartier sucht händeringend nach Kommandanten. Es dauert nicht mehr lange, bis man auch mit 24 das Kommando eines U-Boots übernehmen kann.

Hagemann ist schon immer ein seltsamer Vogel gewesen, aber mit seinen jüngsten Grillen treibt er die Mannschaft in den Wahnsinn. Die verdammten Drei, die die Brücke mit ihm teilen müssen, trifft es natürlich am härtesten, doch selbst wenn ich sein Verhalten in einem Vier-Augen-Gespräch kritisieren würde, hätte es keinerlei Auswirkungen.

Zu den Aufgaben des Ersten Offiziers gehört es, die Torpedos lade- und einsatzbereit zu halten. Das ist immer ein heikles Unterfangen, da sich die Hälfte der Kojen gleich neben den vorderen Torpedos befindet. Im Wahnsinn der vergangenen Tage wurde Hagemann anscheinend völlig unerträglich. Jedenfalls häufen sich die Beschwerden, die bis an mein Ohr dringen. Natürlich ist er auch der Typ, der nie und nimmer seekrank wird. Folglich geht er davon aus, dass alle Männer seine Konstitution haben. Wie kann es angehen, dass sich gestandene Seeleute mitten am Tag übergeben? Und zwischen den Kojen überall Kotzbecher rumstehen und stinken?

Ich erinnere ihn daran, dass es auf einem U-Boot keinen Unterschied zwischen Tag und Nacht gibt. Und davon ganz abgesehen: „Bei diesem Wetter bleiben die Torpedos, wo sie sind."

„Ich tue nur meinen Job."

„Und es ist mein Job, die mentale Gesundheit meiner

ganzen Mannschaft im Auge zu halten." Ich weiß genau, dass er mir nur noch mehr Kontra geben wird, wenn ich ihn nicht ein für alle Mal in seine Schranken verweise. „In ein paar Tagen sind wir in Lorient. Ihre Schikanen kommen zur falschen Zeit, Herr Oberleutnant." Es ist das erste Mal, dass er mich derart pampig erlebt hat.

Er verzieht sich in die Schmollecke. Als ich ihn beim nächsten Mal sehe, wirft er mir einen Blick zu, der fast schon dem Hissen der Weißen Fahne gleichkommt. Er ist noch immer völlig runtergekommen, ist noch immer die Arroganz in Person, doch zumindest gibt es niemanden mehr, der sich über ihn beschwert.

Wir bleiben auf Tauchstation, bis sich alle Männer einmal ausgeschlafen haben – genug, um wieder den Kampf gegen die Naturgewalten aufzunehmen. Ich weise Hebestreit an, vor dem Aufstieg noch eine halbe Stunde Musik zu spielen – irgendwas, das zur Stimmung an Bord passt. *Wie wär's mit Beethoven?* Ich überlasse ihm die endgültige Auswahl. Hebestreit weiß inzwischen, was mir gefällt und was nicht.

Ich will gerade Schieder aufsuchen, bleibe dann aber doch noch auf meinem Bett sitzen, um in Ruhe die ersten Takte der *Mondscheinsonate* zu hören. Meine Mutter liebt diese Sonate über alles – und auch ein hartgesottener Soldat kann dabei schon mal feuchte Augen bekommen. Vor allem, wenn er sich daran erinnert, dass diese Platte lief, als sie ihn beim Abschied fest an sich drückte. An meiner Entscheidung, die Militärakademie zu besuchen, hatte sie immer ihre Zweifel gehabt, wollte mir aber nicht im Weg stehen. Wobei mich allerdings auch nichts von meiner Entscheidung abgebracht hätte.

Diese Entscheidung hatte alle weiteren Wegscheiden zur Folge gehabt – und diese Wegscheiden wurden von einem Mann gestellt, der sich tagtäglich über eine riesige Seekarte des Nord-Atlantiks beugte. Ich kam jedenfalls zu der Überzeugung, dass Admiral Dönitz der *deus ex machina* war, der mit der Bewegung seines Bleistifts all meine Bewegungen bestimmte. Selbigen Bleistift hatte Dönitz übrigens inzwischen an seinen Nachfolger weitergereicht: Eberhard Godt, den neuen Kapitän zur See.

Und nicht nur ich war das Objekt dieser Entscheidungen, sondern alle meine Männer – Hagemann eingeschlossen. Oder vielleicht sollte ich sagen: vor allem Hagemann. Jeden Schritt, den ich mache, müssen sie notgedrungen mitmachen. Selbst wenn ich eine Fehlentscheidung treffe, werden sie mir pflichtbewusst folgen. Ich weiß daher Hagemann zu schätzen. Ein Mann muss auch mit Zweiflern leben lernen. Denn sonst wäre es kein erfülltes Leben.

Hagemann hat schon bald wieder Gelegenheit, seine wahren Qualitäten unter Beweis zu stellen. Als wir auftauchen, sind die Wetterbedingungen noch genauso brutal wie zuvor. Immerhin: Die Mannschaft ist ausgeruht und Lorient nicht mehr weit.

Hagemann leitet die erste Wache. Durch den strömenden Regen entdeckt sein Adlerauge etwas, das niemand erwartet hätte: Schiffe, unterwegs Richtung Osten. Sie müssen zu einem Geleitzug gehören.

Ich weise den Leitenden Ingenieur an, unseren Kurs so

anzupassen, dass wir sie besser unter die Lupe nehmen können. Sekunden später bin ich auf der Brücke, halte mich mit einer Hand am Schanzkleid fest und folge mit dem Fernglas der Richtung, die mir Hagemanns Finger vorgibt. Er ist wieder voll in seinem Element und greift wie ein Schraubstock nach meinem Arm, um mich aufrecht zu halten.

„Sehen Sie's, Herr Kapitänleutnant?"

„Ja. Ja." Die Sicht ist durch Regen und Nebel reduziert, doch es kann keinen Zweifel geben: zwei Schiffe, möglicherweise sogar noch mehr.

Eins ist ein Tanker, der vermutlich andere Schiffe mit Brennstoff versorgt – was die Vermutung nährt, dass es sich um einen Konvoi handelt. Das zweite ist ein Winzling – maximal 1500 BRT –, der nicht mal den Einsatz eines Torpedos rechtfertigen würde. Doch dann geht mir ein Licht auf: Es ist eins dieser Rettungsschiffe, mit denen die Tommies inzwischen Überlebende aus dem Wasser fischen. Wer weiß: Vielleicht werden sie ja schon bald alle Hände voll zu tun haben.

Und welche Schlüsse ziehen wir aus dem Gesehenen? Das ist eine Entscheidung, die Godt, unser neuer Kapitän zur See, zu treffen hat.

„Hängen Sie sich dran, Hagemann. Und lassen Sie das Schiff nicht aus den Augen."

Hagemann hat Blut gerochen. Ich sehe es in seinem Gesicht. Er kann kaum noch an sich halten.

Ich stürze wieder nach unten und reiße mir die Öl-Klamotten vom Leib. Im Funk-Kabuff wartet Hebestreit bereits auf mich – Stift in der Hand, ein leeres Formular vor sich.

Ich will nur einen kurzen Sichtungsbericht, kein Wort mehr. Ohne grünes Licht aus Paris werden wir keinen einzigen Torpedo abfeuern. Dem Hauptquartier ist nicht verborgen geblieben, dass unsere Gegner inzwischen über neue Aufklärungs-Techniken verfügen. Andererseits hat Dönitz hoch und heilig versprochen, dass sie unsere Chiffrierungs-Codes nie knacken werden.

Beta. Beta. AK 1541. Konvoi, ostwärts. Kurs 225.

Hebestreit chiffriert die Meldung mit Enigma und schickt sie ans Hauptquartier.

Das Warten auf die Antwort treibt uns in den Wahnsinn. Schieder steht neben mir. Wir stützen uns an allen gerade verfügbaren Gegenständen ab, um nicht das Gleichgewicht zu verlieren. Wir wissen, dass ein Angriff bei diesem Wetter der helle Wahnsinn wäre. Seine Gesichtszüge liefern mir keinen Aufschluss, was wohl gerade in seinem Kopf vor sich geht.

Dann und wann quetscht sich ein Bootsmann an uns vorbei, geht zum Maschinenraum und kommt wieder zurück – begleitet von stinkenden Ölschwaden. Wenn man lange genug an einer Stelle steht, kann man die U-Boot-Luft in ihrer ganzen Herrlichkeit genießen: Schweiß, verfaulter Abfall, Öl und Diesel. Bei diesem Seegang kann man U-Boote nun mal nicht vernünftig lüften, insofern ist die Luft nur unwesentlich besser als das undefinierbare Kondensat, das bei einem Tauchgang als Luft gehandelt wird.

Man kann die Spannung im Boot mit Händen greifen. Die Mannschaft weiß, dass unser Schicksal an einem einzigen Wort hängt.

Doch was kommt, wirft alle Erwartungen über den Haufen.

„Alarm", schreit Hageman durch die Sprechanlage und schlägt gleichzeitig die Schiffsglocke.

Der LI schießt wie ein Blitz weg und gibt den Befehl zum Fluten.

Die durchnässten Wachleute springen die Leiter runter. Noch während er die Luke zudreht, hören wir Hagemann fluchen: „Wir sind entdeckt worden. Ein Zerstörer kommt direkt auf uns zu."

Angesichts des Nebels muss der Zerstörer schon extrem nah sein. Der LI muss sich verdammt beeilen.

Wenn es einer schafft, ist es Schieder. Die Tiefenruder sind bereits in Position.

Wasser strömt in die vorderen Tanks. Die Luftventile schließen sich, die Diesel stoppen, die Elektromotoren springen an. Der Bug senkt sich langsam nach unten. Männer rennen nach vorne, um den Vorgang zu beschleunigen. Auch das Fluten der hinteren Tanks funktioniert optimal. Nach wenigen Minuten ist *U 69* komplett unter Wasser und pegelt sich ein.

Man hört ein kollektives Aufatmen – auch wenn allen bewusst ist, dass uns das Schlimmste wohl noch bevorsteht. Wir spitzen die Ohren und warten auf die Explosion einer Wasserbombe. Alle halten die Luft an. Minuten vergehen, ohne dass sich etwas rührt. Entweder wir sind unseren Verfolgern entkommen – oder aber sie haben bewusst ihre Pläne geändert.

Langsam setzt die reguläre Atmung wieder ein. Mit jeder Minute verstärkt sich die Hoffnung, dass wir einem Angriff entkommen sind. Der Zerstörer wird wohl kaum seine Wasserbomben verschwenden, wenn er kein klares Ziel ausmachen kann. Vielleicht ahnt man dort ja auch, dass wir gar nicht die Absicht haben, uns aus dem Staub zu machen.

Und sie haben recht. Wir bewegen uns langsam wieder zur Oberfläche – gerade hoch genug, um Funksprüche vom Hauptquartier empfangen zu können. Kapitän Godt sollte inzwischen eine Entscheidung getroffen haben.

Hebestreit reicht mir die dechiffrierte Nachricht: *Konvoi verfolgen. Zielsuchsignal übermitteln.* Taifun-Wolfsrudel *und heimkehrende* Haudegen-Wolfsrudel *schließen sich* U 69 *an. Bei Angriff auf Konvoi Brennstoffvorräte beachten. Auftanken vor Ort. U-Boot-Tanker* U 460 *Höhe der Azoren. Koordinaten folgen.*

U 607 muss sich ganz in der Nähe befinden, während uns die anderen Boote noch zu Hilfe eilen – sofern es das Wetter erlaubt. Godts Befehl, auf seinem Edelholzschreibtisch in Paris abgezeichnet, sieht also vor, dass *U 69* allein dem Konvoi hautnah folgen soll. Man spürt förmlich, wie Godts Augen zu glänzen beginnen, als er die Möglichkeit eines Angriffs ins Auge fasst.

Schieder hingegen will nichts davon wissen: „Wir werden alle vor die Hunde gehen."

„Kommt Zeit, kommt Rat."

„Zeit? Wir haben keine gottverdammte Zeit!"

Er hat recht. Wir haben keine Zeit.

„Der Zerstörer hört unsere Funksignale mit." Er dreht sich zum Funkraum und schreit Hebestreit an. „Oder etwa nicht?"

Der Feind hat Zeit, wir haben sie nicht.

⚓

Wenn er die Zähne Zusammenbeißen muss, kommt Johnny die Routine wie gerufen.

Auch wenn sie eigentlich in keine Kategorie passt, ist die *Zamalek* doch eher ein Kriegs- denn ein Handelsschiff. Zumindest ist Kapitän Morris dieser Auffassung. Er hat einen Drill auf dem Boot eingeführt, der schon morgens mit einer militärischen Parade beginnt. Was Präzision und Sauberkeit angeht, macht ihm keiner was vor.

Die Stewards stehen stramm in Reih und Glied, wenn er frühmorgens durch die Kombüse paradiert, um nach Spuren möglicher Schlampigkeit zu fahnden. Das Essen und die Esseneinnahme sind das Grundgerüst eines jeden professionell geführten Schiffes. Wenn es plötzlich eine Rettungsaktion gibt und eine Flut von ausgehungerten Menschen verpflegt werden will – von denen viele sogar in kritischem Zustand sind –, verlangt er nach einer kontinuierlichen Garantie, dass absolut nichts schieflaufen kann.

Die Stewards geben alles, um seine Erwartungen zu erfüllen. In seinem wohlwollenden Kopfnicken oder knappen Empfehlungsschreiben sehen sie einen reellen Gegenwert.

Sie wissen auch, dass er Banalitäten und Bagatellen nicht aufbauscht, nur um seine Autorität demonstrieren zu können. Wie der Käpt'n hat sich jedes Mitglied der Mannschaft schriftlich verpflichtet, auch die Rückfahrt auf diesem Boot anzutreten. Loyalität schätzt Kapitän Morris über alles.

Als Neuling unter Veteranen sieht sich Johnny doppelt in der Pflicht: Er möchte die Erwartungen des Kapitäns deshalb sogar *deutlich* übertreffen. Seine Uniform ist perfekt gepflegt, seine Schuhe glänzen mehr als die der Kameraden, seine Hände und Fingernägel sind blank gebürstet, das Gesicht perfekt rasiert. Nie sieht man auch nur den Hauch einer Schnittwunde oder den Einsatz von blutstillender Vaseline. Nimmt er seine Mütze ab, sieht man kurzgetrimmte Haare, die er mit einem Hauch von Silvikrin in die gewünschte Position bringt.

Hugh muss immer grinsen, wenn er morgens wach wird und seinen strebsamen Freund in der Koje sieht. Er weiß, dass der Tag der ersten Rettungsaktion nur eine Frage der Zeit ist – und Johnny anschließend genauso zerzaust und geschlaucht aussehen wird wie alle anderen auch. Gleichzeitig sieht er aber auch, dass Johnny an Statur gewonnen hat. Das neugewonnene Selbstbewusstsein steht ihm gut. Was wiederum auch Hugh zugutekommt: Das Wissen, einem Freund geholfen zu haben, erfüllt ihn mit Stolz. Zumal der Freund nicht einmal Schotte ist.

Alles hängt vom Wetter ab. Es ist kontinuierlich ungestümer geworden. Das Rettungsschiff muss mit zwölf Meter hohen Wellen kämpfen, mit einem unablässig peitschenden Wind und eisigem Regen. Niemand geht aufs Deck, wenn er nicht absolut muss. Selbst die größten Draufgänger wagen sich nicht hinaus. Die Angst, von einem Brecher erfasst und über Bord gespült zu werden, ist mehr als berechtigt.

Doch wie Johnny von seinen Kameraden erfährt, hat alles auch seine positive Seite: Unter diesen prekären Umständen würde ein U-Boot-Kommandant nicht im Traum daran denken, einen Angriff zu starten.

Was Johnny aber nicht wirklich überzeugen kann. Seit Tagen hat er sich ausgemalt, wie plötzlich ein U-Boot aus dem Nebel auftaucht und direkt auf ihn zuschießt. Er ist fest davon überzeugt, dass die Gefahr durch das Unwetter nur noch größer geworden ist. Standhaft weigert er sich, den Versicherungen seiner Kameraden Glauben zu schenken.

Wie schon auf der *Tudor Prince,* hat es sich Johnny auch hier zur Aufgabe gemacht, die Männer auf der Brücke mit Tee und Keksen zu versorgen – Tag und Nacht, ob sie's wollen oder nicht. Unterm Strich kommt seine Aktion gut an – und manchmal reicht ihm einer der Offiziere sogar sein Fernglas. Was will man mehr!

Angesichts des Seegangs konzentriert man sich auf der Brücke allerdings ausschließlich darauf, das Schiff in Position zu halten. Niemand verschwendet einen Gedanken an U-Boote – die Kapitäne und Wachoffiziere einmal ausgenommen, die auf dem Leitschiff und den begleitenden Kriegsschiffen ihren Dienst tun.

Dann, ohne jede Vorwarnung, kommt eine dringliche Warnung von Kommandant Casey: *HF/DF bestätigt*

U-Boot, 049° 00' Nord, 043° 30' West, Radius: 75 Meilen. Kapitän Morris mag nicht glauben, was ihm sein Funker zuruft. Wo eins ist, sind vermutlich auch noch mehr.

Er alarmiert die Mannschaft, obwohl das widrige Wetter dem Konvoi eindeutig entgegenkommt. U-Boot-Kommandanten sind keine Idioten. Darüber hinaus liegen Geheimdienst-Meldungen vor, die dem Gegner ein weiteres Manko attestieren: Die deutschen U-Boote wurden so lange nicht betankt, dass die Brennstoffvorräte inzwischen hart gegen Null tendieren müssen.

Morris ist nicht undankbar, nur gegen das Wetter kämpfen zu müssen. In zwei Tagen wird man sich Neufundland so weit genähert haben, dass die kanadische Air Force die Luftunterstützung übernehmen kann. Bis dahin baut er darauf, dass die begleitenden Zerstörer alles im Griff haben. In den vergangenen Monaten hat sich ihr HF/DF-Equipment als wahre Goldgrube erwiesen. Morris garantiert seiner Mannschaft, dass kein U-Boot in Schussnähe kommen kann, ohne entdeckt zu werden.

Die Mannschaft hat keinen Anlass, an seinen Worten zu zweifeln. Mit frischem Mut macht man sich daran, dem Unwetter auch weiterhin die Stirn zu bieten. Das Wissen, dass Neufundland zum Greifen nah ist, macht ihnen diesen Entschluss natürlich erheblich leichter.

Johnny hingegen ist fast schon enttäuscht. Die U-Boote, die seine Träume terrorisiert haben, sind offensichtlich so weit entfernt, dass sie keine reelle Gefahr darstellen. Was Hugh wiederum als eindeutig positive Nachricht empfindet. Er dreht sich in seiner Koje auf die andere Seite und versucht, noch ein wenig Schlaf zu finden – was Johnny besser auch tun sollte. Seine U-Boote wird er immer noch früh genug bekommen.

⚓

Nimm das Heft in die Hand. Bring die U-Boote in Position. Lock den Konvoi in eine Falle. Und dann: *Attacke!*

Auf dem Papier ist der Plan simpel, entpuppt sich in der Realität aber schnell als problematisch. Ihre Fähigkeit, blitzschnell unsere Position zu bestimmen, ist beängstigend. Vorbei die Zeiten, in denen wir uns wie ein Wolf heranschleichen konnten. Diesmal hat der Feind bereits unsere Witterung aufgenommen.

Obendrein ist es Wahnsinn, in diesem Nebel ein Ziel fixieren zu wollen. Der Funkkontakt mit dem Hauptquartier ist aufgrund atmosphärischer Störungen ein reines Glücksspiel. Rauschen und Knistern gibt es dafür mehr als reichlich.

Was jetzt zählt, ist Instinkt und ein gesunder Pragmatismus.

Schieder und Hagemann gehen sich an die Gurgel. Befehle des Hauptquartiers infrage zu stellen, kommt für Hagemann einer Gotteslästerung gleich.

„Ist das Ihr Ernst, LI? Hocken wir etwa auf unseren Torpedos wie ein Hund auf seinem Knochen?“

Schieder lässt sich nichts bieten.

„Wollen Sie mir weismachen, dass Sie unter diesen Umständen einen gezielten Schuss abgeben können?

Sie sind inzwischen wohl schon der Schutzheilige der Schlechtwetter-Schlachten."

„Machen Sie sich mal nicht in die Hose. Schlottrige Knie haben Sie anscheinend ja schon."

„Rutschen Sie mir doch den Buckel runter."

„Idiot."

So geht es nun schon seit einigen Tagen. Die Spannung hat sich langsam aufgebaut und kommt nun zur Entladung. Ich schreite nicht ein, weil ich mich auch nicht auf eine Seite schlagen will.

Um dann aber doch ein Machtwort zu sprechen: „Gott verdammt nochmal", schreie ich sie an. „Schluss jetzt."

Sie schauen mich überrascht an – erst verblüfft, dann zunehmend kleinlaut.

Schweigend trollen sie sich und lassen mich mit meiner Entscheidung allein.

Seit Stunden ist *U 69* nun der Hoffnungsträger unserer Flotte im Nordatlantik. Das gleiche *U 69*, das bereits aus anderen Gründen in die maritimen Annalen einging. Es war das erste Boot des Typs VII C, das von der Kriegsmarine eingesetzt wurde. Kiellegung im November 1939, Indienststellung im November 1940, zuerst kommandiert von dem unnachahmlichen Jost Metzler. 60 000 BRT gingen auf sein Konto. Stolzer Träger des Ritterkreuzes – oder, wie wir U-Boot-Kommandanten es respektlos nennen: das Ding, das den Juckreiz im Nacken kuriert. In jedem Fall war er ein Mann, der lange Schatten warf.

Doch gleichzeitig hatte dieser Mann auch Humor – eine

Eigenschaft, die jedem U-Boot-Kommandanten gut zu steht. Es ereignete sich unter Metzlers Kommando, dass *U 69* den Spitznamen *Die lachende Kuh* erhielt. Das Oberkommando hatte nach dem Tod von Prien die Order gegeben, den Kommandoturm mit dem „schnaubenden Stier" zu bemalen, der bereits Priens Turm geschmückt hatte. Doch der Offizier, den Metzler mit dem Projekt beauftragt hatte, kannte die Vorlage nicht. Stattdessen fiel sein Auge auf die Schachtel eines französischen Käses, die im Hafen von Lorient herumlag. *La vache qui rit* stand darauf und zeigte das Motiv der lachenden Kuh.

Metzler fand's lustig, und als sich auch die Offiziere im Hauptquartier auf die Schenkel schlugen, war die *lachende Kuh* eine beschlossene Sache. Als wir das Maskottchen erstmals sahen, wollten wir unseren Augen nicht trauen: eine französische Kuh, die lachend von einem deutschen U-Boot grüßt.

Er war mit Sicherheit ein außergewöhnlicher Kapitän, der meinen Beifall nicht braucht.

Man assoziiert einen Kommandanten ohnehin mit der Zahl seiner versenkten Schiffe – auch wenn die „Glückliche Zeit" natürlich längst vorbei ist und vergleichbare Zahlen heute völlig unrealistisch sind. Umso mehr ist der Konvoi vor uns eine echte Versuchung – auch wenn natürlich gute Argumente dagegensprechen.

Argumente spielen eine Rolle, werden aber von Befehlen übertrumpft. Das Oberkommando, einen Ozean von uns entfernt, liebt nun mal seine Planspiele. Godt kennt sich mit U-Booten zweifellos aus – schließlich hat er *U 25* selbst

18 Monate lang kommandiert. Allerdings stammen seine Erfahrungen noch aus der Vorkriegszeit. „So etwas wie den Nordatlantik im Februar hat er mit Sicherheit noch nie erlebt", sage ich zu Hebestreit.

Er ist mein Resonanzboden. Ich rechne eigentlich damit, dass er mir zustimmt, doch er scheut sich, eine eindeutige Position einzunehmen. Er greift wieder zu seinem Kopfhörer, um dem statischen Grundrauschen vielleicht doch noch faktische Informationen abzugewinnen.

„Dann liegt die Last allein auf unseren Schultern?", frage ich ihn – wohl wissend, dass er mich schon benachrichtigt hätte, falls sich ein weiteres U-Boot unserer Position näherte. „Sollen wir wirklich einen Alleingang wagen?" Ich versuche, optimistisch zu klingen, finde aber bei Hebestreit kein Echo.

Letztlich werde *ich* die Entscheidung treffen müssen, nicht er.

Während der ganzen Zeit funkt er in Intervallen unser Standortsignal – so wie vom Hauptquartier gewünscht. Die Schiffe im Konvoi werden unser Signal natürlich aufmerksam verfolgen. Ich möchte wetten, dass sich ihre Funker voller Stolz auf die Schulter klopfen.

Umbeck, mein II. Wachoffizier, erinnert mich daran, dass ich eine wichtige Entscheidung zu treffen habe. Umbeck selbst scheint von den dramatischen letzten Stunden erstaunlich wenig beeindruckt zu sein. Sein Bart ist gepflegt wie immer – im Gegensatz zu den anderen, die das Gestrüpp wuchern lassen, bis sie wieder in die Nähe des Heimathafens kommen. Auch seine Uniform ist weitaus gepflegter und kennt nicht die Flecken, die auf allen anderen Uniformen zu finden sind.

Falls er mich damit beeindrucken wollte, war er durchaus erfolgreich – vor allem natürlich, weil sein Äußeres in radikalem Kontrast zum ungepflegten Hagemann steht.

Ich bekomme langsam ein Gefühl, wie Umbeck tickt. Er schätzt es, immer eine Sonderrolle zu spielen – was ihm vielleicht dabei hilft, seine mentale Stabilität zu behalten. Wir alle haben dafür unsere eigene Methode.

„Alles klar mit Ihnen, Herr Kaleun?", fragt er.

„Alles klar, Leutnant Umbeck? Ja. Alles nur eine Frage der Zeit."

„Bis die anderen U-Boote zu uns aufschließen?"

„Ja, aufschließen. Das ist ein treffendes Wort."

„Dann greifen wir also an", sagt er kühl und beiläufig. Er weiß natürlich, dass die Meinungen seiner Vorgesetzten weit auseinandergehen.

„Ist es unvorsichtig, in diesem Wetter anzugreifen?", frage ich ihn.

Er mag sich dazu nicht äußern und weist darauf hin, dass er noch nicht lange genug an Bord sei.

Es fällt mir schwer, meine Geduld zu bewahren. In entspannten Zeiten würde ich mich jetzt vielleicht daran erinnern, dass auch ich einmal ein junger, naiver Wachoffizier war. Zeuge zu werden, wie die *Bismarck* in ihr Grab geschickt wurde, hatte auf mich eine sehr ernüchternde Wirkung.

„Warten wir auf das Kommando?"

„Wir warten."

Der Funkspruch, der in diesem Moment eintrifft, kommt aber nicht aus der Kommandozentrale. Hebestreit reicht mir die Meldung, als sei sie die Rettungsleine für einen Ertrinkenden. Sie besagt, dass Rosenberg mit *U 201* inzwischen ganz in der Nähe ist, nur wenige Kilometer entfernt.

Gut. Zumindest ein Gefährte, um das Risiko gemeinsam zu schultern.

Rosenberg gehörte zur Cew '36, kam also ein Jahr nach mir nach Dänholm. *U 201* – oder *Schneemann*, wie es nach seinem ersten Kommandanten Adalbert Schnee genannt wird – ist ebenfalls ein Modell VIIC und ging in Betrieb, als ich bereits meine erste Unternehmung hinter mir hatte. Wie Adi Schnee bekam auch Rosenberg das Ritterkreuz, wobei das von Schnee sogar noch von Eichenlaub umrankt wurde. Sein Nacken juckte wohl so sehr, dass er sich sogar einen Schneemann mit Ritterkreuz auf seinen Kommandoturm malen ließ.

Rosenberg hat drei Schiffe versenkt und liegt mit seinen BRT etwa gleichauf mit meinen. Als Verbündete kämpfen wir also auf Augenhöhe.

Wir haben keine andere Wahl, als direkt mit ihm in Kontakt zu treten. Da uns der Konvoi vermutlich schon längst entdeckt hat, wird der Schaden dadurch auch nicht mehr größer.

Ich nicke Hebestreit zu. Er soll die Meldung so kurz wie möglich halten. Mit etwas Glück bekommen die Konvoi-Funker vielleicht doch nichts mit.

Umbeck hat zuletzt nichts mehr gesagt. Er starrt mich stumm an. Vielleicht fragt er sich ja, warum ich Rosenbergs

Nachricht nicht laut vorgelesen habe. Stattdessen schicke ich ihn los, um Hagemann und Schieder zu suchen. Was in einem U-Boot natürlich nicht allzu lange dauert – vor allem, wenn die ganze Besatzung fiebernd auf die Entscheidung wartet.

Hagemann und Schnieder halten sich auf Distanz – so weit es unter den beengten Verhältnissen möglich ist. Ich weiß zu schätzen, dass sich Umbeck genau zwischen sie platziert.

„Wir haben einen Mitstreiter."

„Einen?"

„*U 201.* Günther Rosenberg."

Sie alle kennen natürlich Schnee und sein *U 201.* Wahrscheinlich kennen sie sogar Leute, die auf dem Schiff gedient haben. Rosenberg kennen sie hingegen noch nicht.

„Neuer Kommandant, alter Schneemann."

Niemand sagt einen Ton, bis Umbeck sich zu Wort meldet. „Wie mein Großvater immer sagte: Die zweiten Gedanken sind oft die besseren."

Auf gequirlte Lebensweisheiten könnten wir in dieser Situation auch gerne verzichten. Was die Worte in diesem Zusammenhang bedeuten sollen, weiß wahrscheinlich nicht mal Umbeck selbst.

Hagemann schaut ihn verächtlich an und tut so, als wolle er Umbeck an die Gurgel. „Möchte mal sehen, wie Großvater auf einer einzigen Feindfahrt sechs Schiffe versenkt."

Zweite Gedanken sind so ziemlich das Letzte, was wir in dieser Situation brauchen.

Alle drei erwarten meine Entscheidung. Es müssen nicht unbedingt Worte für die Ewigkeit sein, die man von mir erwartet. Sie sollten aber einen realistischen, gangbaren Weg skizzieren, wie man den Konvoi angreifen kann, den Verfolgern entkommt und sich, das Boot und die eigene Ehre unbeschadet in Sicherheit bringt. Die Quadratur des Kreises.

Ich setze mein charmantestes Lächeln auf – was die drei Herren völlig aus dem Gleichgewicht bringt, selbst Umbeck, der eine vergleichbare Krise noch nie erlebt hat, ist sichtlich irritiert. Der Punkt ist doch der, selbst wenn uns die Wahrheit direkt ins Gesicht lacht, würden wir achtlos an ihr vorbeigehen. Unsere Wahrheit zeigt sich erst dann, wenn wir das Periskop ausfahren und im Fadenkreuz unseren Gegner sehen.

Ich folge der Order des Oberkommandos und nähere mich dem Konvoi. Gemeinsam mit *U 201* sollen wir uns ein besseres Bild machen. Es gibt keinen Funkkontakt – es sei denn, eine der Parteien hat eine substanzielle Information. Außer dem Summen der E-Motoren ist auf dem Boot nichts zu hören.

Mit jedem Atemzug schieben wir uns näher an den Konvoi heran.

Schieder, ein Auge auf dem Druckmesser, verfolgt unsere Geschwindigkeit und den präzise berechneten Anstieg bis auf Periskop-Tiefe.

Wir alle haben uns im Kontrollraum versammelt. Stumm stellt sich jeder die Frage, was wohl als nächstes passiert.

Niemand will als Erster sprechen. Als wir uns der Oberfläche nähern, beginnt das Boot zu schlingern. Wir halten uns an Rohren fest, um nicht das Gleichgewicht zu verlieren.

„Ruhe bewahren, meine Herren“, sage ich, „Ruhe bewahren!“

Es macht keinen Sinn, die Männer mit gespieltem Draufgängertum oder falschen Hoffnungen aufzupeitschen. Wir können nichts anderes tun, als uns vorsichtig an unser Ziel heranzutasten.

„Boot auf Sehrohrtiefe!“ Schieder artikuliert das Wort mit der gleichen Präzision, mit der er das Boot steuert.

Ich stehe bereits am Periskop, den Kopf gegen die Augenmuschel gepresst, eine Hand am Rädchen zur Verstellung des Kippspiegels. Die andere Hand am Hebel zur Einstellung der Vergrößerung. Ich sehe Schaumkronen, dann auch die Wasseroberfläche.

„Alarm!“

Mein Gott.

„Alarm!“

⚓

Johnnys Augen sind auf die *Fame* fixiert – den Zerstörer, dessen Hunger auf deutsche U-Boote noch größer ist als sein eigener. Das britische Kriegsschiff hat seinen regulären Kurs verlassen und pflügt sich durch die Wellen, als mache es Jagd auf eine unsichtbare Beute. Johnny versucht krampfhaft, das Etwas vor seinem Bug auszumachen, doch das Wetter macht es unmöglich: Außer Schaum und

Gischt kann er partout nichts erkennen. Er versucht es erneut, doch diesmal wird er vom Wind und eisigem Regen zur Seite gerissen. Er rappelt sich wieder auf, umklammert die Reling und versucht es ein weiteres Mal. Keine Chance.

Doch plötzlich hört er eine Detonation und sieht, wie vor dem Zerstörer eine riesige Wasserfontäne in die Höhe geschleudert wird.

Eine Wasserbombe.

Dann noch eine. Und noch eine.

Es gibt nur eine logische Erklärung. Das U-Boot. Johnnys Herz beginnt zu rasen.

⚓

Die Detonationen treffen das U-Boot wie ein überdimensionaler Vorschlaghammer. Die Erschütterung reißt uns von den Beinen. Im Kontrollraum können wir uns nur aufrecht halten, weil wir uns verzweifelt an der Leiter zur Luke festklammern.

Zur Hölle mit euch! Aus allen Ecken des Boots hört man gellende Schreie, umgehend übertönt vom Getöse der Wassermassen, die in das von der Explosion gerissene Vakuum stürzen.

Was den unerschütterlichen Schieder nicht davon abhält, umgehend den Tauchvorgang einzuleiten. „Hart nach unten", schreit er den Mann an, der die Tiefenruder bedient.

Die Elektromotoren laufen auf Hochtouren. Männer aus dem Maschinenraum stürzen nach vorne, laufen geduckt durch den Kontrollraum und das Offiziersquartier, um sich zu guter Letzt durch die runde Öffnung zum Bug zu quetschen.

Eine weitere Detonation schüttelt das Boot. Und noch eine.

Der Zerstörer scheint alles auf uns abwerfen zu wollen, was er an Bomben an Bord hat.

Eine weitere Detonation löst einen kompletten Stromausfall aus.

„Notaggregat!“ Das Wort hat kaum meinen Mund verlassen, als die Lichter wieder anspringen.

„Schadensmeldung!“ Durch die Sprachrohre kommen diverse Rückmeldungen, doch niemand vermeldet einen Schaden.

Sieht ganz danach aus, als hätten die Bomben unsere Achillesfersen bislang nicht erwischt.

U-Boote sind schon schlimmeren Anschlägen entkommen. Dummerweise steht zu befürchten, dass uns das Schlimmste noch bevorsteht.

Plötzlich hören wir eine Salve der verhassten *Pings*. Es klingt so, als würden Kieselsteine auf einen Blecheimer trommeln. „ASDIC!“, ruft unser Sonar-Mann, hätte sich die Meldung aber auch sparen können. Es gibt niemanden an Bord, der angesichts des Geräuschs nicht zusammenzuckt. Der Zerstörer hat uns voll im Visier. Was nun mit 100-prozentiger Sicherheit bedeutet: mehr Wasserbomben.

„Das hört auch schnell wieder auf, meine Herren. Alles eine Frage der Zeit.“ Meine Gelassenheit ist nicht einmal aufgesetzt. Ich erinnere alle daran, dass die Erfolgsquote von Wasserbomben bei mageren fünf Prozent liegt. Zahllose U-Boote haben schon einen schlimmeren Bombenanschlag überlebt als diesen. Metzler und *U 69* waren drei Stunden unter Beschuss, zählten mehrere Dutzend Bomben – und kamen doch unbehelligt davon.

Der LI, die Augen fest auf den Tiefenmesser fixiert, informiert uns, dass wir uns in 150 Meter Tiefe befinden. Er schaut mich an und fragt, ob wir noch tiefer gehen sollen.

Ich bin zuversichtlich, dass die Trefferquote in dieser Tiefe bereits gegen Null tendiert – vor allem, wenn da oben katastrophale Wetterbedingungen herrschen. „Sie werden uns einen gehörigen Schrecken einjagen, aber ich möchte wetten, dass es zu mehr nicht reicht. Stimmt's, LI?"

Just in diesem Moment werden wir von zwei weiteren Detonationen erwischt. Stahlplatten mahlen geräuschvoll gegeneinander, um dann mit einem gehauchten Stöhnen wieder zu verstummen.

Ich bringe mich breitbeinig wieder in Stellung. Etwas Kaltschnäuzigkeit würde allen gut zu Gesicht stehen – auch wenn unser Sonar-Mann gerade durchgibt, dass der Propeller des Zerstörers jetzt direkt über uns ist. Er schaut mich erwartungsvoll an.

Nur nicht die Ruhe verlieren. Schieder weiß natürlich, wie man den Bug in die Richtung des feindlichen Schiffs richtet. Präsentiert man sich mit seiner Breitseite, liefert man dem feindlichen Sonar nur eine größere Resonanzfläche. Schieder weiß auch, dass die Sonar-Funktion weiter eingeschränkt wird, wenn man beim Tauchen Wasserschichten mit unterschiedlicher Thermik durchdringt.

Er schaut mich an. Ich weiß, dass er in seinem Kopf gerade berechnet, wie lange wir bereits unter Wasser sind – und ab wann wir zum Laden der Batterien wieder an die Oberfläche müssen. Unnötige Aktivitäten sind für die fast leeren Batterien natürlich Gift.

Und wieder ertönt das Trommeln der *Pings.* Der Zerstörer hat uns erneut ins Visier genommen. Er weiß genau, wo wir uns verstecken.

„Sollen die Schweine ihr Glück doch versuchen", schreit Hagemann. Entgegen seiner Natur hat er sich bislang völlig zurückgehalten. Seine blutunterlaufenen Augen schauen nach oben. „Lasst die Dinger ruhig kommen, ihr Arschlöcher!"

Das Katz- und Mausspiel kann beginnen. Zerstörer und U-Boot – beide gewillt, den Gegner ins Leere laufen zu lassen.

„Hart Steuerbord!"

Der LI reagiert wie ein Blitz. *U 69* dreht scharf ab. Wenn ich recht kombiniere, sollten wir auf diesem Wege den Wasserbomben entkommen.

Doch diesmal liege ich völlig falsch. Nicht eine oder zwei, sondern gleich eine ganze Serie von Detonationen! Sie rütteln an unseren Gliedmaßen und schütteln uns durch, als seien wir Marionetten. Der Zerstörer muss wieder genau über uns sein. Die Wasserbomben werden auf beiden Seiten des Schiffs über Bord geworfen und sinken mit einer Präzision, die ich nicht für möglich gehalten hätte. Zehn oder zwölf Bomben müssen es sein, die in einem ausgetüftelten Raster auf uns herunterregnen. Nicht mal mehr mit dem Zählen komme ich noch nach.

Auch den gesunden Menschenverstand haben wir für einen Moment verloren. Es braucht eine Weile, bis wir uns die Frage beantworten, ob das Boot noch tiefer tauchen sollte oder nicht. Einen anderen Weg, dem verdammten Sonar zu entkommen, gibt es jedenfalls nicht.

Schieder hat seine Faust demonstrativ auf den Druckmesser gelegt. Noch 100 Meter mehr – und *U 69* würde seine Zerstörungstauchtiefe erreichen.

„Die VIIC-Modelle sind schon weitaus tiefer gegangen", sage ich ihnen. Und alle haben sie überlebt.

Ich weiß, was der LI jetzt denkt. Es ist das Gleiche, das auch mir durch den Kopf geht. Die Wasserbomben sind seit Metzlers Zeiten immens verbessert worden. Sie sind schwerer. Und sinken schneller. Nachdem sie auf dem Wasser aufschlagen, brauchen sie nur noch wenige Sekunden bis zur Detonation.

Inwieweit hat der Feuerzauber uns überhaupt beschädigt? Gibt es Risse? Halten die Flansche? Und wie viele Detonationen kann das Boot noch verkraften?

Ich bin es, der die Entscheidung zu treffen hat. Ich schaue mir die Gesichter im Kontrollraum an. Von Schieder zu Hagemann. Von Umbeck zu Hebestreit. Dann zu den drei Offizieren, die Wache schoben, bevor wir abtauchten. Ich bleibe bei Wimmer hängen. Er lächelt – auch wenn sein Gesicht feucht ist von Tränen. Ich weiß, dass er an seine Mutter in Bremen denkt.

Wir bleiben, wo wir sind. Ich glaube, dass wir das Risiko eingehen können.

Wir drosseln die Geschwindigkeit und bleiben so unauffällig wie möglich. Sollen ihre Unterwasserschallempfänger doch mal zeigen, was sie draufhaben. Wir stellen alle Geräuschquellen ab. Keine Bilgepumpe, kein mechanisches Grundrauschen.

Die Order wird im Boot weitergegeben. Die Stimmen verstummen. Bewegungen werden eingestellt.

U 69 hüllt sich in strikte Stille.

⚓

Commander Heathcote Jagt ein U-Boot – und er wird sich dabei auch nicht vom grimmigen Nordatlantik abhalten lassen. Allerdings verfolgt er mit Sorge den wachsenden Abstand zwischen Zerstörer und Konvoi. Seine primäre Aufgabe besteht nun mal darin, den Geleitzug zu schützen. Er weiß aber auch, dass der Konvoi *ON 165* angesichts der schweren See nur in Zeitlupe vorankommt. Er sieht letztlich keinen Grund, warum er die Jagd abbrechen sollte. Er erinnert sich nur allzu gut an den Tag, als die Konvois *SC 104* und *ON 154* von einem *Wolfsrudel* dezimiert wurden. Damals konnte er der Apokalypse nur zähneknirschend zusehen, doch diesmal wird er den Tag der Rache nicht ungenutzt verstreichen lassen.

Seine Entschlossenheit wird noch dadurch gestärkt, dass er einen Mitstreiter an seiner Seite weiß. Lieutenant Commander Waterhouse in der *HMS Viscount* hat ein weiteres U-Boot erspäht, das sich durch Alarmtauchen in Sicherheit zu bringen versuchte. Heathcote und Waterhouse haben sich vorgenommen, notfalls ihr komplettes Arsenal an

Wasserbomben einzusetzen – wann immer sich eine sinnvolle Gelegenheit bietet. Da auf dieser Mission noch keine Bomben eingesetzt wurden, sind sie bestens bestückt. Und da Neufundland nur noch 500 Seemeilen entfernt ist, wollen sie selbst die letzten Reserven einsetzen.

Geschwindigkeit und Wendigkeit sind die wichtigsten Kriterien für einen Zerstörer – und Heathcote und Waterhouse haben genug Erfahrung, um das Optimum aus ihren Schiffen herauszuholen. Auch wenn ihnen die miserable Trefferquote von Wasserbomben wohlbekannt ist, haben sie mit dem neuen, verbesserten ASDIC nun eine weitaus bessere Chance, die U-Boote schnell und präzise zu orten. Wind und Wellengang sind eine zusätzliche Herausforderung, aber die beiden Veteranen sind nun mal Meister ihres Metiers. Da sich nur zwei U-Boote in der Nähe befinden, werden sie sich auch beide zur Brust nehmen. *Zum Teufel mit den Bastards!*

Johnny verfolgt, wie sich die *Fame* durch die aufgewühlte See pflügt, als wäre sie speziell für diesen Wellengang gemacht. Die *Zamalek* befindet sich weiterhin am Ende des Konvois und bereitet sich auf alle Notfälle vor. Kapitän Morris weiß, dass er erst dann ins Geschehen eingreifen kann, wenn es eine akute Kriegseinwirkung gibt.

Es ist ein wilder Ritt, doch Johnny ist fest entschlossen, das Geschehen so lange an Deck zu verfolgen, wie die Zerstörer den U-Booten auf der Spur sind. Es gibt nichts, was ihn davon abbringen könnte – auch wenn ihm die Wellen ihre eisige Gischt ins Gesicht schlagen. Er ist gesundheitlich endlich wieder da, wo er vor dem Untergang der *Caribou* war. Und fitter als jemals zuvor.

Wobei die Erinnerung an die Fähre aber ebenso frisch ist. Die Möglichkeit, dass heute der Tag der großen Abrechnung nahen könnte, ist ihm nicht verborgen geblieben. Die Vergeltung ist mit Händen greifbar.

Auch wenn er einen gummierten Öl-Hut und wasserabstoßende Kleidung trägt, hat sich die Feuchtigkeit irgendwie einen Weg unter die Schutzkleidung gebahnt. Jede Faser seiner Unterwäsche ist durchnässt. Doch solange er zuschauen kann, wie eine Wasserbombe nach der anderen hochgeht, wird ihn nichts vom Deck verjagen.

Rund um die *Fame* spritzen mehrere Fontänen gleichzeitig hoch. Es ist ein Spektakel, wie er es sich nie hätte vorstellen können. Und es gibt ihm ein warmes, wohliges Gefühl. Er kommt zu dem Schluss, dass alle Schritte, die er zuletzt unternommen hat, goldrichtig waren – weil sie ihn diesem Augenblick näherbrachten.

Vergeltung. Nie war ihm die Bedeutung des Wortes so bewusst wie heute. Und als die nächste Runde von Wasserbomben auf die verdammten Deutschen niedergeht, fühlt er fast so etwas wie Euphorie.

⚓

Bereits eine Bombe kann reichen – wenn sie denn im Radius von sechs Metern explodiert. Es ist der Abstand, der zwischen Wirkungslosigkeit und Weltuntergang liegt.

Als sie detoniert, wissen wir sofort, dass es ein Volltreffer ist. Der Stoß ist so gewaltig, dass wir uns alle auf dem Fußboden wiederfinden. Als wir uns aufrappeln, schreit jemand: „Druckkörper beschädigt!"

Auch wenn ich mich nur mühsam bewegen kann, laufe ich nach vorne, bis ich auf meine Offiziere treffe.

„Wo?", schreie ich sie an. „Wo?" Ich erwartete, eintretendes Wasser zu sehen, sehe und höre aber absolut nichts. Weder vor mir noch in der Vorderkaffe dahinter.

„Riechen Sie, Herr Kapitänleutnant."

Ich starre auf die Bodenluke. Wenn man sie aufschraubt, bekommt man einen direkten Zugriff auf den Batterieraum. Funk-Maat Sachse hustet.

Kein Zweifel: Es ist der stechende Geruch von Chlorgas.

Vielleicht haben wir es nur mit einem winzigen Riss im Druckkörper zu tun, doch dummerweise können wir ihn von hier aus nicht reparieren. Das eingedrungene Salzwasser und die Elektrolyten der Batterien müssen jedenfalls eine chemische Reaktion ausgelöst haben. Chlorgas strömt heraus und vergiftet unsere ohnehin schon knappen Sauerstoffvorräte.

Im Moment ist es noch erträglich, doch die Situation kann rasend schnell eskalieren. Husten. Brustschmerzen. Erbrechen. Tod durch Ersticken innerhalb einer halben Stunde.

„Auftauchen!", schreie ich zu Schieder. „Sofort!" Wir haben keine andere Wahl. Anderenfalls wird uns das Chlorgas den Garaus machen. Jetzt haben wir zumindest noch die Chance, das U-Boot zu lüften und unser Leben zu retten.

Der LI gibt seine Instruktionen dem Mann an den Tiefenrudern. Er selbst kümmert sich um die Tauchzellen: Pressluft strömt durch Düsen in die Tanks und drückt das Wasser hinaus. Augenblicklich beginnt das Boot zu steigen. Niemand stellt meine Entscheidung infrage. Das Chlorgas hat bereits den Kontrollraum erreicht.

Ich benutze das Sprechrohr, um mich an die ganze Mannschaft zu wenden. Ich spreche ruhig und langsam, auch wenn ich die wachsende Panik nur mühsam kaschieren kann. Welches Höllenfeuer wird uns bloß erwarten, wenn wir an der Oberfläche angekommen sind?

Die luftdichten Türen im ganzen Deck werden geöffnet, um die Luft vom Bug zum Heck strömen zu lassen. Die Gaskonzentration an der Stelle des Austritts hat sich dadurch reduziert. Wir sind alle gleichermaßen betroffen.

Das Husten ist inzwischen im ganzen Boot zu vernehmen. Dessen ungeachtet informiert uns der LI mit kurzen, präzisen Worten über den Stand des Aufstiegs. Die Gefahren eines überhasteten Aufstiegs sind ihm natürlich bestens bekannt. „100 Meter."

Hagemann brüllt seine Order an die Wachoffiziere mit einer derartigen Lautstärke heraus, als wolle er noch außerhalb des Boots gehört werden.

„75."

Das Husten ähnelt einem morbiden Choral. Einige greifen bereits zu ihrem Dräger-Atemgerät, dessen konzentrierter Sauerstoff eigentlich für die Flucht aus einem sinkenden U-Boot gedacht ist. Nun soll es dabei helfen, das tödliche Gas in den Lungen möglichst lange zu neutralisieren.

Endlich: „50.“

„Ruhe jetzt!“, schreie ich. Der Kontrollraum verstummt, von vereinzelten Hustenanfällen abgesehen. „Meine Herren, wir haben es schon als Kinder gelernt: Angst macht den Wolf größer, als er in Wirklichkeit ist.“ Ich lasse meinen Blick über die Runde streifen. „Oder etwa nicht?“

„Jawohl, Herr Kaleun!“ Nur Schieder meldet sich zu Wort.

Es ist so still im Boot, dass die Meldung unseres Sonarmaats eigentlich völlig überflüssig ist. Trotz des Hustens hören wir mit eigenen Ohren, wie die *Pings* des feindlichen ASDIC immer stärker werden.

„25.“

Ich mache mich bereit, um als Erster die Leiter zum Kommandoturm hoch zu sprinten, mache aber keine Anstalten, ans Periskop zu treten. Wir müssen ohnehin raus aus dem Wasser. Was immer ich dort sehen werde, werde ich mit meinen eigenen Augen sehen.

Sechs Männer stehen am Fuß der Leiter – bereit, im entscheidenden Moment auf die Brücke zu stürmen. Sie sind so furchtlos, wie die Kenntnisse unserer Lage beschränkt sind.

In meinem Kopf sehe ich das verschwommene Bild eines jungen Kadetten, der durchs Zugfenster auf die vorbeifliegende Landschaft schaut. Er sieht ein Mädchen, das anmutig ihre Hand zum Gruß erhebt. In ihrem Gesicht sieht er ein wissendes Lächeln und das Versprechen der Zukunft. Sie war meine Unschuld, mein jungfräulicher Wegweiser ins Mannesalter.

Und nun sind wir erwachsene Männer – Männer, die gemeinsam den Ruf des Schicksals erwarten.

Hagemann sagt keinen Ton, doch sein Gesicht zeigt wilde Entschlossenheit. Auch Ehrlich und Langhof schauen finster, können ihr atemloses Keuchen aber nicht kaschieren. Umbeck hat sein Heil im Stoizismus gefunden: Es gibt absolut nichts, das ihm noch Angst machen könnte. Allein Wimmer hat seine Emotionen nicht im Griff – auch wenn er sich krampfhaft darum bemüht. Aber glaubt er im Ernst, von seinen feuchten Augen ablenken zu können, indem er mannhaft seine Backenmuskel spielen lässt? Ein Hustenanfall gibt ihm Gelegenheit, sich unauffällig die Tränen wegzuwischen.

Unsere Ferngläser sind die letzten Waffen, die uns bleiben. Sie baumeln vor unserer Brust und wiegen so schwer wie wirkliche Waffen. Wir greifen mannhaft nach ihnen, als seien sie ein Geschenk der Götter.

Unsere Ohren warten gebannt auf die Worte des Leitenden Ingenieurs. Sekunde um Sekunde verrinnt, ohne dass etwas passiert.

„Boot ist aufgetaucht", ruft er aus dem Kontrollraum.

Ich setze meinen Fuß auf die erste Sprosse und klettere hoch. Als ich in Reichweite der Luke bin, drehe ich wie ein Verrückter am Handrad und stoße die Luke auf.

Salzwasser schießt durch die Öffnung, gefolgt von einem Stoß eiskalter Luft. Ich höre noch, wie unter mir die Besatzung begierig den Sauerstoff einzieht.

Der Kommandoturm ist kaum aus dem Wasser, als die Männer in einer bizarren Prozession auf die Brücke stürzen – sechs nasse Gesichter, die sich in ein unbeschreibliches Chaos stürzen. Wir knoten uns an der Reling an, bevor wir überhaupt einen Blick auf das Wasser werfen, das sich um uns herum auftürmt.

Der Wind tobt mit unverminderter Stärke. Er wirft das U-Boot wie einen Spielball hin und her. Schaumkronen schießen über die Brücke. Es ist die deprimierende Wiederholung dessen, was wir bereits kennen. Alle haben eine Hand am Schanzkleid, während die andere das Fernglas fest an die Augen drückt. 360 Grad geteilt durch Sechs.

Für einen Moment fällt uns ein Stein vom Herzen. So sehr wir auch durch Gischt und Nebel zu spähen versuchen, können wir beim besten Willen nichts entdecken, das einem Schiff ähnelt. Da gleichzeitig unter uns die vergiftete Luft aus den Räumen geblasen wird, verfestigt sich der erste Eindruck, dass die Götter es vielleicht besser mit uns meinen, als wir befürchtet hatten.

Wimmer, einer der Jüngsten von uns, der die meisten Lebensjahre zu verlieren hätte, berührt mich an der Schulter.

„Herr Kaleun."

Ich drehe mich um. Seine wirren Augen blicken in meine. Das Zeiss hängt vor seiner Brust. Er dreht sich zur Seite, um mir einen Blick aus seiner Position zu ermöglichen.

Ich weiß es natürlich besser, aber mein erster Impuls sagt mir, dass ich das Gesehene vielleicht einfach ignorieren sollte. Warum konzentriere ich mich nicht darauf, die reine, eisige Luft einzuatmen, solange es meine Lungen erlauben? Warum blende ich die Realität nicht konsequent aus?

Als ich die Tiefenschärfe justiert habe, sehe ich eine beängstigende Silhouette, die sich einen Weg durch die Naturgewalt bahnt und direkt auf uns zuschießt.

Noch immer will ich meinen Augen nicht trauen, noch immer will ich die Realität mit Füßen treten – bis …

„Alarm!"

Völlig kopflos stürzen wir alle zur geöffneten Luke. Wahllos springen Männer hinunter und reißen darunter stehende Männer zu Boden.

Ich warte bis zur letzten Sekunde.

Meine letzte Wahrnehmung ist die eines übermächtigen Bugs, der direkt auf mich zurast.

Ich schließe die Luke, drehe das Handrad und halte mich an ihm fest. Meine Beine baumeln in der Luft.

⚓

Während er in fiebriger Vorfreude auf weitere Wasserbomben wartet, kann er's tatsächlich erkennen. Durch die trüben Wasserschwaden sieht er, wie sich der Kommandoturm langsam aus dem Wasser schiebt, bis er die graue, stählerne Röhre in ihrer ganzen tödlichen Schönheit erkennt.

Bevor er die Möglichkeit hat, einen vergeblichen Schrei auszustoßen, werden Johnnys Augen durch die offensichtliche Kursänderung abgelenkt, die von der *Fame* genau in diesem Moment vorgenommen wird. Der Zerstörer steuert nun direkt auf die Flanke des U-Boots zu und wühlt sich wie eine barbarische Kreatur in die Wellen hinein. Johnny hat sogar den Eindruck, in diesem Moment Besatzungsmitglieder auf der Brücke gesehen zu haben. Er hofft aus ganzem Herzen, dass er sich nicht getäuscht hat.

Der Zerstörer mit seinen 1400 BRT wühlt sich in das U-Boot. Auch wenn die *Royal Navy* das Rammen gegnerischer Boote nicht empfiehlt – das Risiko eigener Schäden ist zu hoch –, donnert die *Fame* in die hintere Backbordseite und zertrümmert den äußeren Rumpf. Heathcote ist zuversichtlich, auch den 20mm-Stahl des inneren Druckkörpers beschädigt zu haben. Er ist außer sich vor Freude.

Johnny verfolgt, wie das Heck des Boots in den Wellen verschwindet. Eine weitere Woge fegt über das Periskop – und dann ist von *U 69* nichts mehr zu sehen. Johnny stößt einen Jubelschrei aus und genießt den Triumph in vollen Zügen.

Natürlich weiß er nicht, um welches U-Boot es sich handelt – genauso wenig wie er wusste, welches U-Boot die *Caribou* auf dem Gewissen hat. Es macht keinen Unterschied. Die Gerechtigkeit hat gesiegt. Johnny wird diesen Moment für immer in seinem Herzen tragen.

⚓

Der Aufprall reißt mir das Handrad aus den Händen. Ich stürze auf den Boden des Kommandoturms.

Benommen. Fassungslos. Von allen guten Geistern verlassen. Genau wie alle anderen Männer an Bord – sofern sie denn noch am Leben sind. Ein Wulst aus Körpern versucht gleichzeitig, sich aufzurichten – kollektiv vorwärtsstürzend, zurücktorkelnd, hoch- und runtergerissen.

Das Boot hat inzwischen Schlagseite und beraubt uns jeglicher Orientierung. Wir werden wahllos gegen Instrumente, Rohre und Handräder gewirbelt. Das Licht einer Taschenlampe zuckt unkontrolliert durch die Dunkelheit.

Eisiges Meerwasser schwappt vom Kontrollraum zu uns herunter und bahnt sich unerbittlich seinen Weg.

Die Schlagseite hält zwei von uns über Wasser, während die vier anderen den Kampf bereits verloren haben, vom Eiswasser gefroren.

Ich verspüre noch einen letzten Rest Hoffnung in mir, doch meine vollgesaugten Kleider zerren mich unwiderstehlich nach unten und brechen meinen Widerstand. Das war's. Hier kommen wir nicht mehr lebend raus.

Unweigerlich springen meine Gedanken zu Elise. Ich hatte ihr doch versprochen, wenn ich wiederkomme, wird alles gut werden. Jetzt würde ich sie nie wiedersehen, würde nie mehr in ihre Augen sehen …

Das Wasser steigt nur noch langsam, reicht uns aber bereits bis zum Brustkorb und greift nun die verbleibenden Luftblasen an. Zwei Männer, die immer noch leben wollen, steigen auf die vier Kameraden, die mit dem Leben abgeschlossen haben.

Der Luftdruck fällt, während das Boot Meter um Meter sinkt.

Mein Kopf ist jetzt nur noch auf die Funktion des Atmens fixiert.

„Herr Kaleun."

Der Druck auf meine Ohren verfremdet die Worte zu einem quälenden Lamento. Wimmers nasser Körper liegt auf mir wie eine zentnerschwere Last. Ich stoße ihn weg, doch er hat keinen Platz mehr.

„Herr Kaleun."

Das Wasser steigt weiter. Er schafft es nicht mehr, seinen Mund über der Oberfläche zu halten.

„Zum Teufel mit dem Wasser", spuckt es aus ihm heraus.

Ich stehe auf einem toten Offizier und recke meinen Nacken, so weit es irgendwie geht. Meine Trommelfelle platzen.

Zum Teufel mit dem Krieg.

Februar 1945

Eine wird für Buzz sein, eine für Charlottes Freundin, an deren Namen er sich schon nicht mehr erinnern kann.

Hanks Ernennung zum First Lieutenant hat ihn in die Plexiglas-Nase einer *B-17 Flying Fortress* geführt. *Fort* nennen die Flieger ihren Bomber, während *Mickey* für das H2X-Radarsystem steht, das sie an all die Orte führt, an denen sie ihre Bomben abwerfen wollen. Wie alle anderen B-17s auch, hat Hanks Bomber darüber hinaus ein individuelles Maskottchen, das auf den Namen *Delicious Dame* hört. Die *Dame* ist eine Pin-up-Blondine mit gepunktetem Bikini und Stöckelschuhen und ist auf dem Rumpf gleich neben der Plexiglas-Nase verewigt.

Um 0800 Uhr an diesem Februarmorgen werden 1400 amerikanische Bomber ihre Stützpunkte in Südengland verlassen. Wie der Rest der neunköpfigen Mannschaft wird Hank um 0430 aus seinem Etagenbett in der Podington-Kaserne klettern und sich auf eine Mission vorbereiten, die diesmal mit vollen Tanks geflogen werden muss. Die *Lancaster* der *RAF* sind gerade von ihrem Nachteinsatz zurück, in dessen Verlauf sie die gleiche Stadt angegriffen haben, die in wenigen Stunden auch die B-17s bombardieren werden.

Das Frühstück ist reichlich: Eier, Speck aus der Dose und Frühstücksfleisch. Dazu starker, schwarzer Kaffee. Eine halbe Stunde später werden die Mannschaften durch Kälte und Dunkelheit zu hell erleuchteten Baracken gefahren, wo Hank erfahren wird, mit welcher Mannschaft er diesmal fliegen wird. Einige Männer kennt er bereits von früheren Missionen, andere sind ihm unbekannt. Die Mannschaften verändern sich mit jedem Einsatz.

In den Baracken hängt eine riesige Landkarte an der Wand, auf der die heutigen Routen eingetragen sind. Nach ein paar patriotischen Floskeln des Kommandanten übernimmt ein Offizier die Einsatzbesprechung und eröffnet uns das Ziel der heutigen Mission.

Dresden. Hank hat noch nie davon gehört.

Wie immer hört er aufmerksam zu. Hank ist der Bombenschütze – was unter anderem bedeutet, dass die Ladung (60 Prozent 500-Pfünder, 40 Prozent Brandbomben) seiner Kontrolle untersteht. Der Abwurf der Bomben ist der einzige Grund, der sie so weit in feindliches Territorium führt. Wenn irgendetwas schiefläuft, würden sie vermutlich alle ins Gras beißen. Sie könnten von der Bodenflak getroffen oder von deutschen Jagdfliegern abgeschossen werden – oder aber mit dem Fallschirm in feindliches Territorium abspringen müssen, wo sie vermutlich in einem Kriegsgefangenenlager landen würden.

Der Briefing-Offizier verspricht ihnen, dass ihnen die deutsche Bodenflak nicht allzu viel Sorgen machen sollte. Was ein Fortschritt gegenüber ihrer letzten Mission nach Berlin wäre. Nachdem sie dort einen Teil ihres Rumpfs verloren hatten, schafften sie es nur noch mit Ach und Krach nach Podington. Der GI in der Heckkanzlei konnte sich bei seinem Schutzengel bedanken.

Sechs Mann sind es inzwischen, die mit Hank trainiert haben, aber bei einem Einsatz ums Leben kamen. Hank versucht nicht dran zu denken, kann die Gedanken aber nicht gänzlich verbannen. Er will nur sicherstellen, dass er den Krieg überlebt und sein geliebtes Texas wiedersehen kann.

Die Flughöhe wird mitgeteilt, Flugpläne verteilt, die Uhren verglichen.

Navigatoren und Bombenschützen werden noch weiter gebrieft, um sie mit Zielen und Wetterbedingungen vertraut zu machen. Einige Schwadronen werden die Rangierbahnhöfe am westlichen Stadtrand bombardieren, andere – wie Hanks Staffel – nehmen Ziele im Stadtzentrum aufs Korn. Sollte es Wolken geben, werden sie *Mickey* konsultieren müssen.

Lastwagen fahren sie zum Ausrüstungszentrum, wo sie selbst ihre Montur zusammenstellen. Da die Kabinen weder Druckausgleich noch Heizung haben, herrschen in einer Höhe von 8 000 Metern Temperaturen um minus 45 Grad. Hank sucht sich eine lange, mehrschichtige Wollunterhose heraus sowie die beheizbare, *Bugs Bunny* genannte Uniform. Er erhält eins der *survivor kits,* die von der Air Force für den Ernstfall ausgegeben werden, und entledigt sich aller Materialien, die ihn und seine Mission identifizieren könnten. Das Einzige, was ihm bleibt, ist die Erkennungsmarke, die für die Identifizierung toter Soldaten notwendig ist. Es ist die gleiche *Hundemarke,* die er geküsst hatte, als er mit letzter Kraft in das Rettungsboot der *Caribou* kletterte.

Ein weiterer Army-Transporter bringt ihn zu den zementierten Stellplätzen, wo die *Dame* bereits auf sie wartet. Punkt für Punkt wird eine lange Checkliste abgearbeitet. Pilot und Co-Pilot überprüfen ihre Instrumente, die Schützen laden die Munition, Hank und der Navigator stellen sicher, dass ihre *Norden*-Zielgeräte in einwandfreiem Zustand sind.

Die Bodenbelegschaft bringt ihnen einen letzten Becher Kaffee. Der Pilot wartet, bis die vier Motoren – einer nach dem anderen – angeworfen werden. Es wird ein langer Tag werden, doch Hank ist motiviert wie nie zuvor. Während er auf den Beginn seiner Mission wartet, wandern seine Gedanken zu den schöneren Seiten des Lebens. Er denkt an die Zeit nach dem Krieg, denkt an die Abende, die er mit seinen Kumpanen in den Pubs der englischen Countryside verbringen wird, denkt aber natürlich auch an Sarah, die erst kürzlich sein Herz erobert hat.

461 B-17s sind für Dresden bestimmt. Eine Einheit besteht aus drei Geschwadern mit insgesamt 20 *Forts*, die in der traditionellen *Box*-Formation fliegen. Die Route führt sie zunächst über die Nordsee zur holländischen Küste. Der Himmel ist wolkenlos – und es sieht ganz danach aus, als solle es im Verlauf der Mission auch so bleiben.

Dutzende von P-51-Jägern werden die Bomber begleiten. Hanks B-17 ist nicht im ersten Geschwader, aber auch nicht im letzten, das vermutlich als Erstes von deutschen Kampfflugzeugen angegriffen würde. Die Air Force-Leute nennen es die *Purple Heart Corner,* weil hier nicht nur die Chancen auf einen Orden höher sind, sondern auch auf ein vorzeitiges Ableben.

Als sie elbaufwärts fliegen, haben die *Forts* einen Panoramablick auf das Land unter ihnen. Hank verfolgt aus seiner Plexiglas-Kapsel die geografischen Details, weil die

Stadt gleich hinter einer spezifischen Flussbiegung kommen muss. Wie in der Vorbesprechung angekündigt, ist der feindliche Flak-Beschuss minimal. Er muss eigentlich nur seinen Geschwader-Kommandanten im Auge behalten und alles ignorieren, was gegen seine eigene B-17 geflogen kommt. Die US-Bomber werden nicht umsonst „Schlachtrösser" genannt und lassen sich von ein bisschen Flak nicht beeindrucken.

Da der Himmel inzwischen bewölkt ist, bleibt keine andere Wahl, als *Mickey* um Hilfe zu bitten. Hank muss seine Hand eigentlich nur auf den Hebel legen und dann den Geschwader-Leiter beobachten, um seine Bomben punktgenau abzuwerfen.

Auch wenn inzwischen nichts mehr von der Stadt zu sehen ist, gibt es keinen Zweifel, dass die B-17s kurz vor dem Ziel sind: Durch die Wolkendecke steigen schwarze Rauchsäulen auf – Folgen der Verwüstungen, die von der *RAF* in der Nacht angerichtet wurden.

Hank zwingt sich zu höchster Konzentration. In diesem Moment ist er praktisch der Pilot und entscheidet, ob Flughöhe oder Richtung noch verändert werden – oder ob man nun planmäßig das Ziel anfliegt. Es ist kurz nach Zwölf, als sein Bomber die schwarzen Rauchsäulen passiert. Er sieht, wie vor ihm die Bomben regnen. Er bedient den Hebel, der den Bombenschacht öffnet und die beiden Depots leert.

Es dauert zehn Minuten, bis 771 Tonnen Höllenfeuer die Stadt in Schutt und Asche legen.

Hank weiß nicht mehr über Dresden, als er am Anfang

seiner Mission wusste. Er wird auch nicht die Verwüstungen sehen, die seine Bomben in der Innenstadt angerichtet haben. Er ist nur glücklich, dass nun alles vorbei ist und er zurück nach England kann. Wenn alles nach Plan verläuft, werden sie am späten Nachmittag landen – gerade rechtzeitig zur Abschlussbesprechung und dem anschließenden Dinner. Es war ein guter Tag und eine Mission, die zu seinen leichtesten zählte.

Obendrein gibt es Grund zum Optimismus. Es gibt Gerüchte, die sich zuletzt verfestigt haben: Der Krieg, so heißt es, könne beendet sein, bevor das Jahr vorbei ist.

⚓ Anhang ⚓

Kriegstagebuch *U 69*

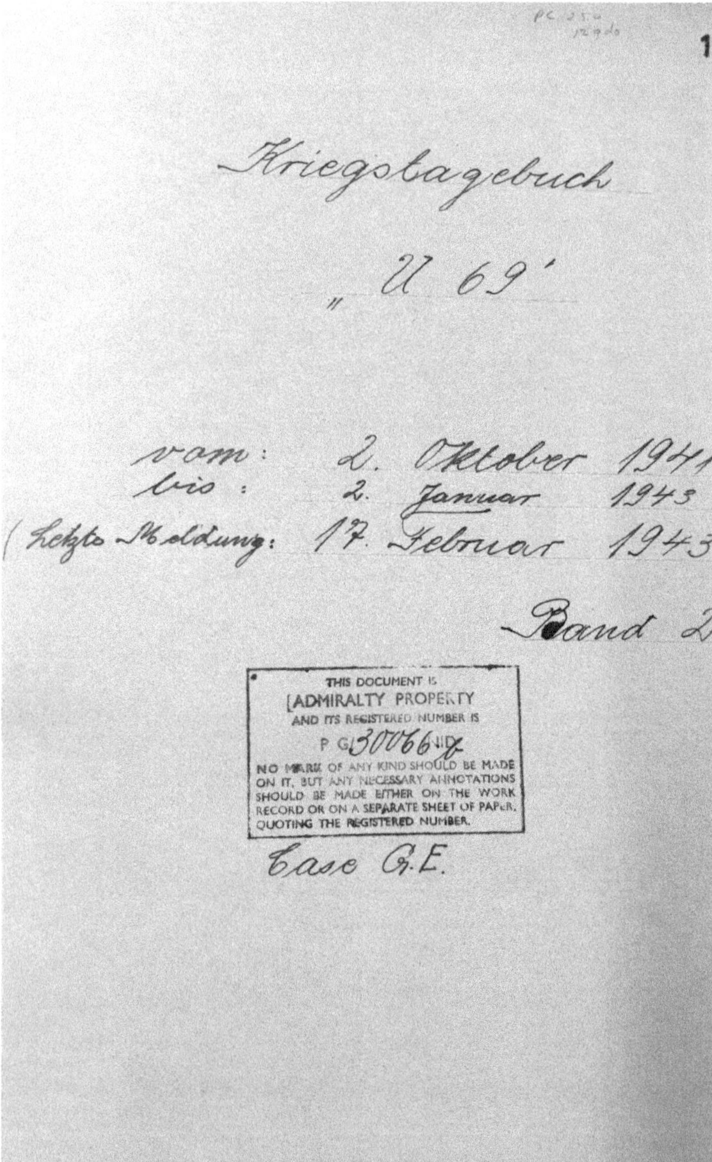

1

Kriegstagebuch

„U 69"

vom: 2. Oktober 1941
bis: 2. Januar 1943
(Letzte Meldung: 17. Februar 1943)

Band 2

THIS DOCUMENT IS
ADMIRALTY PROPERTY
AND ITS REGISTERED NUMBER IS
P G 30066 NID
NO MARK OF ANY KIND SHOULD BE MADE ON IT, BUT ANY NECESSARY ANNOTATIONS SHOULD BE MADE EITHER ON THE WORK RECORD OR ON A SEPARATE SHEET OF PAPER, QUOTING THE REGISTERED NUMBER.

Case G.E.

Kriegstagebuch *U 69*

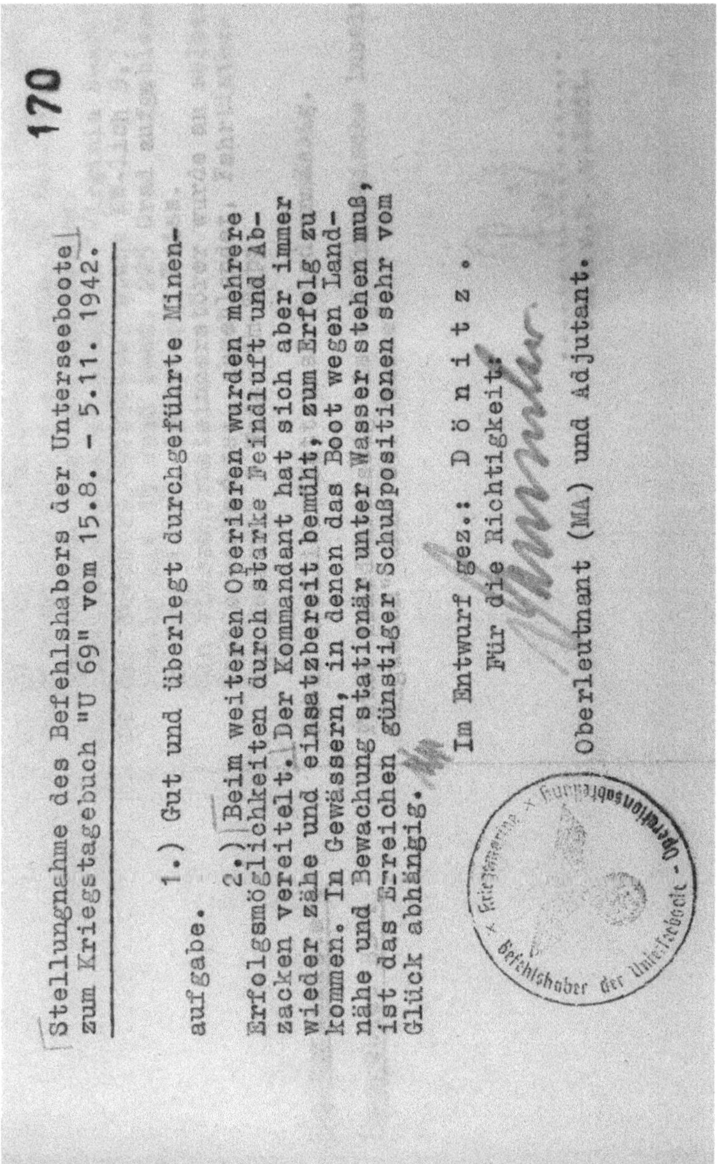

170

Stellungnahme des Befehlshabers der Unterseeboote
zum Kriegstagebuch "U 69" vom 15.8. - 5.11. 1942.

1.) Gut und überlegt durchgeführte Minenaufgabe.

2.) Beim weiteren Operieren wurden mehrere Erfolgsmöglichkeiten durch starke Feindluft und Abzacken vereitelt. Der Kommandant hat sich aber immer wieder zähe und einsatzbereit bemüht, zum Erfolg zu kommen. In Gewässern, in denen das Boot wegen Landnähe und Bewachung stationär unter Wasser stehen muß, ist das Erreichen günstiger Schußpositionen sehr vom Glück abhängig.

Im Entwurf gez.: D ö n i t z .

Für die Richtigkeit:

Oberleutnant (MA) und Adjutant.

Kriegsmarine × Operationsabteilung × Befehlshaber der Unterseeboote

Kriegstagebuch *U 69*

Ulrich Gräf, Kommandant, *U 69*

1 Bugtorpedowaffe
2 Bugraum
3 Reservetorpedos
4 WC
5 Oberfeldwebel-Messe
6 Offiziersmesse
7 Kommandantenraum
8 Horch-Raum
9 Funk-Raum
10 Akku-Raum

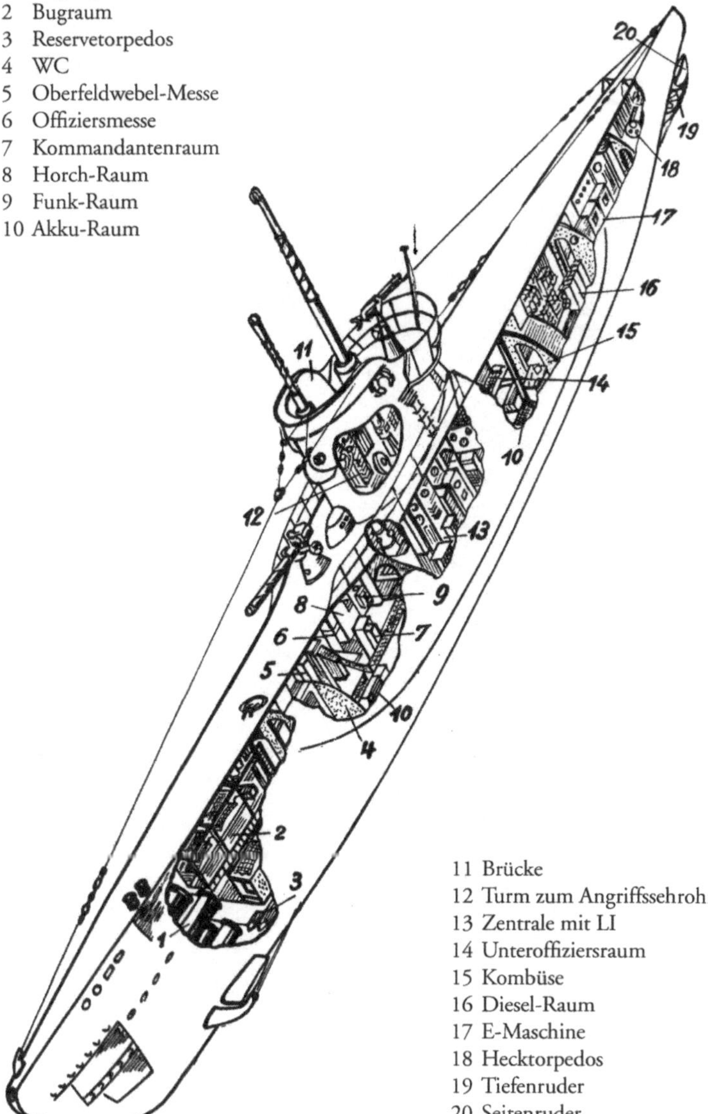

11 Brücke
12 Turm zum Angriffssehrohr
13 Zentrale mit LI
14 Unteroffiziersraum
15 Kombüse
16 Diesel-Raum
17 E-Maschine
18 Hecktorpedos
19 Tiefenruder
20 Seitenruder

Plan von *U 69*

Kapitän Benjamin Taverner (links) auf der *S.S. Caribou*

S.S. Caribou

Nachwort
Zum Teufel mit dem Krieg

Mit Büchern zum U-Boot-Krieg ließ sich Kasse machen. U-Boot-Fahrer waren Helden. Deren Prototyp: Günther Prien. Der Kommandant von *U 47* drang mit seinem Boot im Oktober 1939 in die Bucht von Scapa Flow, den Heimathafen der britischen Flotte, ein und versenkte dort das Schlachtschiff *Royal Oak.* Die nationalsozialistische Führungsriege hatte einen Vorzeigesoldaten, NS-Deutschland so etwas wie einen Popstar, der damals freilich noch anders hieß: „Er ist ein toller Bursche und ein richtiger Volksheld. Und macht nur verwegene Stücke, dabei so nett und sympathisch“, notierte sich der Propagandaminister Joseph Goebbels im November 1940 in sein Tagebuch. Gerade war Priens Buch *Mein Weg nach Scapa Flow* dabei, zum Bestseller zu werden. 120 000 Exemplare waren bereits am ersten Verkaufstag im Oktober des Jahres über den Ladentisch gegangen, am Ende sollten es fast 900 000 Bücher werden, die wohl überwiegend jugendliche und männliche Leser fanden. Der Titel warf für den von den Nazis „arisierten“, das heißt im Klartext enteigneten, Ullstein Verlag, der seit 1937 Deutscher Verlag hieß, satte Gewinne ab. Nicht zuletzt dank der Erinnerungen des Kapitänleutnant Prien konnte der Umsatz im Vergleich zum selben Monat im Vorjahr um 50 Prozent gesteigert werden. Der U-Boot-Kommandant kam in der Folgezeit mit seinem Werk unter die 20 bestverkauften Bücher im Dritten Reich überhaupt.

Es war kein Erfolg aus dem Nichts. Kriegsliteratur, ganz gleich ob in Form von Sachbüchern, Erinnerungsbüchern oder Romanen, bildete in Deutschland bereits seit Jahren ein äußerst erfolgreiches eigenes Marktsegment. So hatte sich bis Mitte der 30er Jahre im Zuge des Gedenkens an den Weltkrieg ein regelrechter Boom entwickelt. Mit ausgelöst von Erich Maria Remarques Anti-Kriegsroman *Im Westen nichts Neues*. Es ist als ob sich insbesondere nach der Machtübernahme durch die Nazis rechte Autoren permanent an Remarque abarbeiten mussten und Gegenentwürfe schrieben. Es mag erstaunen, dass die Konjunktur des Kriegsbuchs auch nach dem deutschen Überfall auf Polen und dem nun beginnenden realen neuen Weltkrieg anhielt. Nun ging die Literatur über das Vergangene nahtlos über in die Erlebnisliteratur der Gegenwart, die für das kriegführende Deutschland großen propagandistischen Wert hatte. So bekamen 145 Hitlerjungen, die im Oktober 1942 zum Kriegseinsatz in den Deutschen Verlag abkommandiert worden waren, das Buch des Ritterkreuzträgers Prien zum Dank geschenkt. Sollten nach dem Wunsch der NS-Führung doch auch aus ihnen möglichst bald Soldaten werden, die bereit waren, ihr Leben für ihr Land einzusetzen. Der zum Helden stilisierte Prien war zu diesem Zeitpunkt bereits mit *U 47* untergegangen.

Trotz dieser missbrauchten Heldenbilder: Nicht nur durch solche zeitgenössischen Erlebnisbücher, auch durch Fotos, Wochenschaubilder und Kinofilme wurde aus dem Propagandabild vom U-Boot-Krieg ein Sujet für die Popkultur – weit über 1945 hinaus. Das Thema zieht bis heute und wurde immer wieder neu adaptiert. In Deutschland am präsentesten ist sicher *Das Boot*, der Kinofilm nach dem Roman von Lothar-Günther Buchheim – und nicht zuletzt dessen Neuauflage in einer Fernsehserie für das Pay-TV in jüngster Zeit.

Dabei laden die nüchternen Fakten rund um den U-Boot-Krieg nicht unbedingt zur Verklärung ein. Bleiben wir zunächst bei der rein deutschen Sicht, so sind von 40 000 U-Boot-Fahrern nur knapp 13 300 lebend zurückgekommen. Von über 850 Booten gingen in den Kriegsjahren mehr als 750 verloren. Für die Strategen des U-Boot-Kriegs, zu denen allen voran der spätere Großadmiral Karl Dönitz gehörte, waren die menschlichen Opfer von nachgeordneter Bedeutung. Sie bemühten nüchtern die Rechenschieber, um den „Erfolg" ihrer Strategie zu ermitteln: Wie viele U-Boote mussten eingesetzt werden, um wie viele alliierte Schiffe (und damit Material, Soldaten und Seeleute) zu versenken? Was musste getan werden, um den Krieg für das Deutsche Reich zu einem „guten Ende" zu führen? 1942, als die *Caribou* von *U 69* versenkt wurde, befand sich dieser U-Boot-Krieg aus Sicht NS-Deutschlands in seiner letzten „erfolgreichen" Phase. Nie wurde mehr gegnerische Tonnage versenkt als in diesem Jahr. Danach kam die Wende, die „Jäger wurden zu Gejagten" wie man noch heute mit Pathos getränkt in einschlägigen Publikationen gelegentlich lesen kann.

Es scheint, dass sich die per se eingeschränkte Perspektive der U-Boot-Fahrer, ihr eingeengter Blick durch das Sehrohr, in den Erzählungen über die Schlacht im Atlantik in gewisser Weise fortgesetzt hat – auch nach dem Krieg. Die Opfer, die andere Seite, sah der U-Boot-Mann meist nur technisch vermittelt. Ein medialisierter Blick, der das Leid auf Distanz hielt.

Genau hier ermöglicht uns deutschen Leserinnen und Lesern der Roman von Kevin Major den entscheidenden Perspektivwechsel. Er erzählt, wer während dieser Schlacht im Atlantik auf der anderen Seite stand. Er gibt den – aus dem Blickwinkel der U-Boot-Fahrer – namenlosen Opfern der „Grauen Wölfe" literarisch ein Gesicht. Mit seiner filmisch anmutenden Schnitt-Gegenschnitt-Technik strukturiert dieser fortwährende Perspektivwechsel den Roman. Wir folgen eingangs dem jungen U-Boot-Kommandanten Oberleutnant Ulrich Gräf und der Besatzung von *U 69* auf Tauchfahrt vor der nordamerikanischen Küste, lernen dann nach dem ersten Szenenwechsel die Besatzung und die Passagiere der *Caribou* kennen. Einer Fähre, die zwischen Nova Scotia und Neufundland pendelte. An Bord Zivilisten, Soldaten, Frauen, Männer, Kinder. Zu ihnen gehören „Bride" Fitzpatrick, die Chef-Stewardess der Fähre, oder Benjamin „Ben" Taverner, der Kapitän mit seinen beiden Söhnen. Major hat für sein Buch mit Zeitzeugen gesprochen, Akten und Bücher gewälzt, in jeder Hinsicht gründlich recherchiert und das Schicksal der *Caribou* entlang der realen Ereignisse erzählt. Gleichwohl ist es ein

Stück fiktionaler Literatur, in der sich der Autor die nötigen Freiheiten vorbehalten hat.
Der Untergang der *Caribou* war eines der tragischsten Kriegsereignisse für die Region um Neufundland. Von 237 Passagieren und Besatzungsmitgliedern kamen 137 durch den Angriff ums Leben. Die Katastrophe rief Kanadiern, US-Bürgern und Neufundländern (damals noch Bewohnern einer britischen Kolonie) einmal mehr ins Bewusstsein, dass der Krieg ganz nah und seine Folgen nicht nur in der Ferne zu spüren waren. Allein rund 2 000 Angehörige der *Royal Canadian Navy*, der kanadischen Marine, kamen nicht aus dem Zweiten Weltkrieg zurück. Insgesamt starben wohl allein bei der Schlacht im Atlantik auf alliierter Seite rund 36 000 Seeleute der Handels- und mindestens ebenso viele der Kriegsmarine – insgesamt also über 70 000 verlorene Leben. Andere zivile Passagiere, die zu Opfern wurden, sind in diesen Summen noch nicht einmal enthalten. Ihr aller Schicksal ruft Major mit seinem Roman ins Gedächtnis, gibt den bloßen Zahlen ein Gesicht.

Für die meisten deutschen Leserinnen und Leser dürfte auch die Geschichte der Region um Neufundland weitgehend unbekannt sein. Auch auf sie lenkt der Kanadier Major unser Augenmerk; ein Aspekt des Romans, den der englische Originaltitel *Land Beyond the Sea* noch stärker akzentuiert. Neufundland erlebte in den 20er Jahren des 20. Jahrhunderts einen gewaltigen wirtschaftlichen Niedergang, der schließlich Anfang der 30er Jahre dazu führte, dass es von einem eigenständigen Staatengebilde innerhalb des britischen Weltreichs (einem Dominion) wieder zur Kronkolonie mit größeren Abhängigkeiten wurde. Starke wirtschaftliche Bande bestanden stets zu den Vereinigten Staaten, zahlreiche Neufundländer fanden dort Arbeit und Brot und machten dort „ihr Glück". Auch ihnen begegnen wir in Majors Text. Die durch die geografische Lage bedingte strategische Bedeutung Neufundlands seit Kriegsbeginn führte schließlich trotz aller menschlichen Opfer zu einem wirtschaftlichen Aufschwung. Die USA errichteten Militärbasen, US-Soldaten und Geld strömten ins Land. Von 1949 an schließlich gehörte Neufundland – entschieden wurde das durch eine Volksabstimmung – zu Kanada.

Der Autor schildert die Protagonisten beider Seiten, Deutsche wie Alliierte, mit großer Empathie. Alle – der U-Boot-Kommandant oder die Chef-Stewardess der *Caribou* gleichermaßen – bekommen menschliche Züge verliehen. Schwarz-Weiß-Malerei ist nicht sein Ding. Dabei entwickelt das Geschehen eine Zwangsläufigkeit: Die Katastrophe, die mit der Torpedierung der *Caribou* einen ersten Höhepunkt im Roman erreicht, erscheint von der ersten Szene an unausweichlich. Auf beiden Seiten finden sich Menschen, die – aus unterschiedlichen Gründen – jeweils ihre Pflicht erfüllen. Bis zum bitteren Ende. Und der Untergang der *Caribou* ist noch nicht der Höhepunkt dieser Verstrickung. Dass einer der Überlebenden, der Steward Johnny, am Ende des Romans Augenzeuge der Versenkung von *U 69* wird, ist Majors künstlerischer Freiheit zu verdanken. Dass das traumatische

Erlebnis der Torpedierung die Überlebenden immerwährend begleitete, steht außer Zweifel. Und wieder schneidet Major vom triumphierenden Johnny, der beim Untergang des ihm feindlichen U-Boots Genugtuung empfindet, zum wenig heroischen Tod der U-Boot-Besatzung rund um Gräf, die in ihrem stählernen Sarg ertrinkt. Den letzten Gedanken im Kopf: „Zum Teufel mit dem Krieg". Der Untergang von *U 69* auf der nächsten Feindfahrt nach dem Angriff auf die *Caribou* ist im Gegensatz zu den letzten Gedanken der Besatzung belegt. Das Boot wurde vom britischen Zerstörer *Fame* gerammt. Gräf und alle seine Männer starben.

Die Schlussszene im Roman gehört einem weiteren Überlebenden der *Caribou*, Hank, einem „Ami, wie er im Buche steht". Er gehört zur Besatzung einer der US-amerikanischen *Fliegenden Festungen,* die einen der später berüchtigten Bombenangriffe auf Dresden fliegen. Er nimmt Teil an einem Tagesangriff vom Februar 1945, der mit zu dem Inferno führte, in dem Tausende starben und große Teile Dresdens in Schutt und Asche fielen. Hanks Gedanken kreisen während des Einsatzes um die Opfer der *Caribou* und seine Erlebnisse auf der sinkenden Fähre, sind aber zugleich auch nach vorn gerichtet: Auf den erhofften, baldigen Frieden. Er ist davon überzeugt, kämpfen zu müssen, damit der Krieg ein Ende findet. Major geht es in seinem Roman nicht darum, eine eingeengte Sichtweise durch eine andere zu ersetzen. Vielmehr ist sein Herangehen zutiefst humanistisch geprägt.

Ganz anders, und das muss in diesem Zusammenhang betont werden, vollzog sich die „Traditionspflege" der U-Boot-Männer in der jungen Bundesrepublik. Der Vorgänger „unseres" Kommandanten Gräf auf *U 69*, der spätere Korvettenkapitän Jost Metzler, trug seinen Teil dazu bei. Unter seiner Ko-Autorschaft entstand – zusammen mit Paul Heinsius, einem Marinehistoriker, der später unter anderem an der Marineoffzierschule der Bundeswehr unterrichtete – der Erlebnisbericht *Die lachende Kuh*. Das Werk kam 1954 erstmals auf den Markt, erschien in verschiedenen Taschenbuchausgaben und sogar eine französische und eine englische Lizenzausgabe sind belegt. Sie alle zeigen, wie populär die U-Boot-Kämpfer und ihre Deutung der Ereignisse nach dem Krieg noch waren und wie nachhaltig sie an ihrer eigenen Stilisierung mitwirken konnten. Schon der Untertitel von Metzlers Buch zeigt, was der Leser zu erwarten hatte (und was nicht): *Die einem spannenden Abenteuer gleichenden Erlebnisberichte der Besatzung von* U 69 *während des Zweiten Weltkrieges*. Es sind die typischen Landser-Geschichten, die hier zum Besten gegeben werden, das, was man auch im Familienkreis erzählen konnte. Alles mit einem plauderhaften Unterton versehen. So ist es sicher kein Zufall, dass der Untergang der *Caribou* nicht unter den „Versenkungserfolgen von *U 69*" im Anhang des Buches aufgelistet wurde. Im Text wird die Torpedierung mit einigen dürren Worten erwähnt: „Da keine weitere Beute zu erspähen war, schickte das Boot sich an, wieder den weiten Ozean zu erreichen. Am 11. Oktober wurde auslaufend die Cabot-Straße passiert. Drei Tage später, am 14. Oktober, versenkte *U 69* den

Dampfer *Caribou* mit 2222 BRT durch Torpedoschuss." Zu den Opfern – kein Wort. Aus Metzlers Perspektive, und der vieler anderer, gab es nur treue Pflichterfüllung und deutsche Opfer. Die andere Seite blieb ausgeblendet.

Das Buch vom Ritterkreuzträger Metzler ist ein gutes Beispiel dafür, mit welcher Macht in der Bundesrepublik Deutschland nach 1945 erfolgreich Geschichtsklitterung betrieben wurde. Es ist damit bei weitem kein Einzelfall, sondern Teil eines breiten Stroms solcher Erinnerungsliteratur. Das Bild, das in vielen dieser populären Veröffentlichungen gezeichnet wurde, wirkt in Teilen bis heute nach. Majors Blick auf beide Seiten tut gerade in Zeiten gut, in denen die neuen Ewig-Gestrigen wieder Schlussstriche fordern oder die Katastrophe der Nazi-Herrschaft als „Vogelschiss" verharmlosen wollen. Der Weg, den Major einschlägt, ist der einzige Weg, der es ermöglicht, die Sehrohrperspektive der U-Boot-Fahrer auf das Allgemein-Menschliche zu erweitern und vielleicht für immer loszuwerden: Indem Geschichte erzählt wird, so wie Kevin Major es in *Caribou* macht. Immer und immer wieder.

Christian Adam

⚓ Editorische Notiz ⚓

Die *Caribou* war eine 1925 fertiggestellte, 84,3 Meter lange Passagierfähre. Sie konnte 400 Passagiere und 1100 Tonnen Fracht aufnehmen. Am 14. Oktober 1942 waren 237 Menschen an Bord, als sie auf ihrer Reise von North Sydney, Nova Scotia / Kanada nach Port aux Basques, Neufundland, vom deutschen U-Boot *U 69* ohne Vorwarnung torpediert wurde. Die Eskorte der *Caribou*, das Minenräumboot *HMCS Grandmère*, konnte die *Caribou* nicht schützen. Das Einschlagen des Torpedos von *U 69* führte zu einer Explosion, die das Schiff fast in zwei Hälften teilte. Die *Caribou* sank innerhalb von 5 Minuten.

Der Untergang der *Caribou* ist eine der größten Katastrophen Neufundlands während des Zweiten Weltkrieges. Außerdem ist es bisher das schwerste Schiffsunglück in der Cabotstraße. 137 Menschen verloren dabei ihr Leben, darunter viele Frauen und Kinder sowie der Kapitän und seine beiden Söhne. Nur 34 Leichen konnten geborgen werden.

U 69 war das erste U-Boot vom Typ VII C – dem erfolgreichsten U-Bootstyp der Seekriegsgeschichte –, das von der Kriegsmarine eingesetzt wurde. Dieser Bootstyp hatte 14 Torpedos, eine 8,8 cm Deckskanone und eine Flugabwehrkanone. Der Stapellauf von *U 69* war am 19. September 1940. In den gut zwei Jahren, die das U-Boot unter verschiedenen Kommandos auf See war, versenkte *U 69* in insgesamt zehn Unternehmungen 16 Schiffe. Wie die meisten deutschen U-Boote seiner Zeit führte auch *U 69* bootsspezifische Zeichen und Bemalungen am Turm, darunter die 1941 hinzugefügte Zeichnung einer lachenden Kuh mit dem Schriftzug *La vache qui rit.*

Unter Ulrich Gräfs Kommando versenkte das U-Boot am 14. Oktober 1942 die *Caribou.* Am 17. Februar 1943 wurde *U 69* im Nordatlantik von der *HMS Fame* der britischen *Royal Navy* gerammt und versenkt. Keines der Besatzungsmitglieder überlebte.

⚓ Personenregister ⚓

Caribou

Bridget „Bride" Fitzpatrick war Chef-Stewardess auf der *S.S. Caribou.*

Benjamin Taverner war der Kapitän der *S.S. Caribou.*

Harold und Stanley Taverner waren beide Leitende Offiziere auf der *S.S. Caribou.* Sie waren die Söhne von Benjamin Taverner, Kapitän der *S.S. Caribou.*

James Hubert Coffin war Able Seaman auf der *S.S. Caribou.*

Harry George und **Clarence Hann** waren als Chief Steward und als Donkeyman auf der *S.S. Caribou* tätig.

George und Jerome Gale waren Brüder, die auf der *S.S. Caribou* als Maschinist und Steward gearbeitet haben.

Alex Bateman war Steuermann auf der *S.S. Caribou.* Er überlebte den Angriff. J.W. Lundrigan erinnerte sich an seine Mithilfe bei der Rettung der Insassen des Rettungsbootes Nr. 2.

J. William Lundrigan war ein damals 41-jähriger Unternehmer aus Neufundland, der den Angriff überlebte.

Gladys und **Leonard Shiers,** Mutter und Sohn, waren Zivilisten aus Halifax. Beide haben den Angriff überlebt. Der 15-Monate alte Leonard war das einzige Kind unter den Überlebenden.

William Strickland war ein Zivilist und Mitglied der *Royal Canadian Navy* aus Rose Blanche. Er überlebte als Einziger seiner Familie und saß mit Gladys Shiers im Rettungsboot.

Owen Charles Morris war Kapitän des Rettungsschiffs *Zamalek.* Er hatte während der gesamten Kriegszeit das Kommando der *Zamalek* und hält den Rekord für die höchste Anzahl an geretteten Seeleuten.

Hugh MacKinnon war Matrose auf dem Rettungsschiff *Zamalek.*

James Cuthbert war vom 26. November 1941 bis zum 20. April 1944 Kapitän der *HMCS Grandmère.* Sie nahm nach dem Angriff 100 Überlebende von der *S.S. Caribou* auf.

Ralph Heathcote war vom 10. August 1942 bis zum 14. Juli 1943 Kapitän des Zerstörers *HMS Fame,* der am 17. Februar 1943 das deutsche U-Boot *U 69* versenkte.

U 69

Ulrich Gräf war vom 31. März 1942 bis zum 17. Februar 1943 Kommandant von *U 69*. Er war Leutnant zur See, Oberleutnant und Kapitänleutnant (Herr Kaleu/Kaleun). Unter seinem Kommando versenkte *U 69* sieben Schiffe. Dazu gehörte die Fähre *Caribou*. Er war Teil der *Crew 35*.

Martin Schieder war Leitender Ingenieur, LI, und Oberleutnant Ingenieur.

Johannes Hagemann war Erster Wachoffizier, I. WO, und Oberleutnant zur See.

Joachim Umbeck war Zweiter Wachoffizier, II. WO, und Leutnant zur See.

Wilhelm Janssen war Obersteuermann.

Willy Hebestreit war Oberfunkmaat.

Fritz Sachse war Horcher und Obermaat.

Josef Wimmer war Maschinenmaat.

Michael-Franz Ehrlich war Bootsmaat.

Alfons Langhof war Bootsmannsmaat.

Weitere Personen

Erich Topp war ein deutscher Marineoffizier. Er war ein hochdekorierter U-Boot-Kommandant der Kriegsmarine und zuletzt Konteradmiral der Bundesmarine.

Reinhard „Teddy“ Suhren war ein deutscher Marineoffizier und U-Boot-Kommandant. Sein zwei Jahre älterer Bruder war der U-Boot-Ingenieur und Ritterkreuzträger Gerd Suhren. Reinhard Suhren war Teil der *Crew 35*.

Karl Dönitz war ein deutscher Marineoffizier und Großadmiral, Mitglied der NSDAP und Anhänger Adolf Hitlers. Ab 1939 war er Befehlshaber der U-Boote. Ende Januar 1943 ernannte ihn Hitler zum Oberbefehlshaber der Kriegsmarine. Dönitz war einer der 24 Angeklagten im Nürnberger Prozess gegen die Hauptkriegsverbrecher.

Eberhard Godt war ein deutscher Konteradmiral sowie langjähriger und enger Mitarbeiter von Karl Dönitz in der Führung des U-Boot-Krieges.

Engelbert Endrass war ein deutscher Marineoffizier und U-Boot-Kommandant. Er kommandierte *U 46* und *U 567*, versenkte 22 Schiffe und beschädigte vier Schiffe während seiner Unternehmungen.

Horst „Hein“ Uphoff war ein U-Boot-Kommandant. Er war Kommandant von *U 84* und Teil der *Crew 35*.

Friedrich-Wilhelm Wissmann war Kommandant von *U 18* und *U 518*. Er war Teil der *Crew 35*.

Klaus Harney war U-Boot-Kommandant von *U 756*. Er war Teil der *Crew 35*.

Wilhelm Lachnit war ein deutscher Maler, der sein Werk größtenteils in Dresden schuf. In den 1920er Jahren entstanden vor allem Radierungen und Gemälde. Er schuf neben Gemälden und Grafiken auch Wandbilder und großformatige Holzschnitte sowie kleinformatige Monotypien.

⚓ Sachverzeichnis ⚓

ASDIC/Radar: Vorläufer des Sonars. Ab 1943 konnte das ASDIC/Radar erste Erfolge verzeichnen, da in dieser Zeit auch das Radar in größerem Umfang eingeführt wurde. *U 39* war der erste deutsche U-Bootverlust im Zweiten Weltkrieg und zugleich der erste erfolgreiche Einsatz des britischen SONAR-Unterwasserortungsgerätes.

Crew 35 meint den 1935er Jahrgang von Marineoffizieren, die gleichzeitig der deutschen Marine beigetreten sind. Die *Crew 35* begann mit 462 Offizierskadetten, darunter 351 Nautikkadetten und 56 technische Kadetten.

ENIGMA wurde im Zweiten Weltkrieg zur Verschlüsselung des Nachrichtenverkehrs der Wehrmacht verwendet. Durch die Beschaffung der Enigma-Maschine und Codebücher beim Entern von *U 110* im Mai 1941 wurde die Dekodierung möglich. Ab November lasen die Briten den Funkverkehr täglich mit. Ab Februar 1942 verbesserte die deutsche Seite die Technik, sodass die Entschlüsselung für die Briten nicht mehr möglich war. Kurz vor dem Sinken von *U 559* am 30. Mai 1942 gelang es den Briten aber erneut streng geheime Codebücher zu bergen und die Dekodierung war wieder möglich.

Huff-Duff ist ein Funkpeilgerät. Es wurde im Zweiten Weltkrieg ab etwa 1943 auf sämtlichen Schiffen der Alliierten eingesetzt. Sobald das verfolgende U-Boot einen

Funkspruch absetzte, konnte es geortet und vom Konvoi abgedrängt oder versenkt werden.

Hydrophon ist ein Horchgerät, das auf U-Booten im Zweiten Weltkrieg eingesetzt wurde.

KTB ist die Abkürzung für Kriegstagebuch.

Leigh light: Starke Scheinwerfer, über die seit Mitte 1942 alliierte Flugzeuge verfügten und die wirksame Nachtangriffe auf U-Boote ermöglichten.

Metox ist ein Radarwarngerät. Ab August 1942 wurde es auf den deutschen U-Booten eingesetzt, um feindliche Radarwellen orten zu können.

Torpedofächer: Bezeichnend für diese Taktik ist die Zieleinstellung der Torpedos auf leicht nebeneinanderliegende Stellen, sodass ihre Laufbahnen sich wortwörtlich „auffächern“ und dadurch ein größeres Zielgebiet abdecken.

Wasserbomben und **Hedgehog-Granaten:** Wurden zur Zerstörung von U-Booten eingesetzt.

⚓ Danksagung des Autors ⚓

Die Arbeit an dem vorliegenden Buch erstreckte sich über mehrere Jahre, in einer frühen Version erblickte es sogar als Theaterstück das Licht der Welt. Mein Dank gilt all jenen, die mich in diesen Jahren tatkräftig unterstützt haben: Anne und unsere Familie, dir mir ein Fels in der Brandung sind, James Langer, mein Lektor, der sich für das Gelingen des Buches unermüdlich einsetzte, Breakwater Books und Westwood Creative Artists, die mich mit ihrer Professionalität tief beeindruckten. Rona Rangsch für ihre Recherchen der deutschen Geburtsurkunden sowie Arts NL und die Access Copyright Foundation für ihre finanzielle Unterstützung.

Ein historischer Roman lebt von der Symbiose aus Fakten und Fantasie. Die Dramaturgie folgt dabei persönlichen Erinnerungen und wissenschaftlichen Forschungen gleichermaßen. Die folgenden Quellen erwiesen sich dabei als unentbehrlich: die persönlichen Erinnerungen der *Caribou*-Überlebenden Gerald Bastow, Alex Bateman, Aloysius Burke, Jack Dominie, Thomas Fleming, Jack Hatcher, J. William Lundrigan, Thomas Pearcey, Gladys Shiers, William Strickland und Howard Yorke.

Von unschätzbarem Wert waren die Biografien, Autobiografien und Chroniken der U-Boot-Kommandanten und -Besatzungsmitglieder Lothar-Günther Buchheim, Peter Cremer, Hans Goebeler, Werner Henke, Werner Hirschmann, Wolfgang Lüth, Jost Metzler, Teddy Suhren, Erich Topp und Herbert A. Werner, nicht zuletzt der klassische Roman *Das Boot* sowie seine kongeniale Verfilmung.

Ein herzliches Dankeschön geht an das Deutsche U-Boot-Museum in Cuxhaven-Altenbruch für das KTB von *U 69*, die Deutsche Dienststelle (WAST) in Berlin, die National Archives in England für das Datenmaterial zur Geschichte der transatlantischen Konvois sowie an das Museum of Science and Industry in Chicago für die intensive Besichtigung von *U 505*.

Eine unschätzbare Informationsquelle waren die Beiträge von U-Boot-Kennern wie Clay Blair, Luc Bräuer, Bernard Edwards, Nathan M. Greenfield, Michael Hadley, Malcolm Llewellyn-Jones, Timothy P. Mulligan, Jürgen Rohwer, Eric C. Rust, David Syrett, Jordon Vause, David Westwood und Kenneth Wynn, die Dokumentationen von John Cardoulis, Steven High und Darrin McGrath (zu St. John's im Zweiten Weltkrieg) und Arnold Hague, Murdo Morrison, Neil McNaughton und David Wherrett (zu den Funktionen der Rettungsschiffe, die die Konvois begleiteten), schließlich auch die Archive der US-Streitkräfte in Europa über die Bombardierung Dresdens.

⚓ Bildlegenden und Copyrightangaben ⚓

Für den Abdruck der Seiten aus dem Kriegstagebuch (KTB) von *U 69* bedanken wir uns beim Bundesarchiv Militärarchiv in Freiburg: Kriegstagebuch von U 69, Zeitraum 2.10.1941-2.1. 1943, Akte BArch, RM 98/175

Für den Abdruck der Fotos von Kommandant Ulrich Gräf und von *U 69* bedanken wir uns beim Deutschen U-Boot-Museum.

Der Plan von *U 69* ist in dem Buch von Jost Metzler *Die lachende Kuh* enthalten.

Für den Abdruck der Fotos von Kapitän Benjamin Taverner und der *S.S. Carobou* bedanken wir uns beim Maritime History Archive

Die kanadische Originalausgabe erschien unter dem Titel „Land Beyond the Sea“ bei Breakwater Books.

Für die Förderung der Übersetzung bedanken sich Verlag und Übersetzer beim Canada Concil for the Arts.
We acknowledge the support of the Canada Council for the Arts.

Canada Council for the Arts Conseil des arts du Canada

Pendragon Verlag
gegründet 1981
www.pendragon.de

Deutsche Erstausgabe
Veröffentlicht im Pendragon Verlag
Günther Butkus, Bielefeld 2020

Lektorat: Günther Butkus, Jessica Tiekötter
Umschlag und Herstellung: Uta Zeißler, Bielefeld
Umschlagfoto: Shutterstock, Ase
Satz: Pendragon Verlag auf Macintosh
Gesetzt aus der Adobe Garamond
ISBN 978-3-86532-683-6
Gedruckt in Deutschland